朝秦暮楚

徐劢 著

辽宁人民出版社

图书在版编目（CIP）数据

朝秦暮楚/徐劢著.—沈阳：辽宁人民出版社，
2018.3
ISBN 978-7-205-09258-0

Ⅰ.①朝… Ⅱ.①徐… Ⅲ.①长篇小说—中国
—当代 Ⅳ.①I247.5

中国版本图书馆CIP数据核字（2018）第046383号

出版发行：辽宁人民出版社
　　　　　地址：沈阳市和平区十一纬路 25 号　邮编：110003
　　　　　电话：024-23284321（邮　购）　024-23284324（发行部）
　　　　　传真：024-23284191（发行部）　024-23284304（办公室）
　　　　　http://www.lnpph.com.cn
印　　刷：朝阳铁路印务有限公司
幅面尺寸：160mm×230mm
印　　张：19.75
字　　数：180千字
出版时间：2018年3月第1版
印刷时间：2018年3月第1次印刷
责任编辑：董　喃
装帧设计：丁末末
责任校对：郑　佳
书　　号：ISBN 978-7-205-09258-0
定　　价：48.00元

秦末乱世，人各为己；

天行有常，群雄逐鹿。

在那个时代，

每一份坚守都值得感动，

每一种声音都需要聆听。

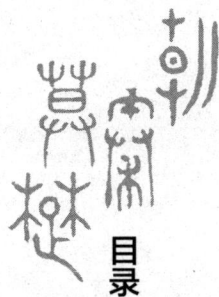

目录

序幕之一

"观阴阳之开阖以命物,知存亡之门户,筹策万类之终始,达人心之理,见变化之朕焉,而守司其门户。"

——《鬼谷子·捭阖》

"报——"天界小吏急匆匆地跑过来,踉跄站稳,"先、先祖女娲,制衡天地的神器华夏契约被人类盗走了。还、还有当年造出华夏契约的太古石盘,都被一并盗走了!"

"什么?"女娲惊愕,"竟有人类前往天界盗取华夏契约?"

"千、千真万确。"天界小吏气喘吁吁。

先祖女娲默然不语,抬首望了望承天台的方向。

承天台上,冷风肃杀。有一位神已拦在登上承天台的石阶上。这是位年轻的天神,他面容清秀,五官却不失孔武有力。那一头黑色的长发随着风的卷动而瀑下,衬得这位青年天神更为洒脱和不羁。

"你是谁?"黑衣人类用布满血丝的双眼盯着面前这位有着乌墨长发,咄咄逼人的青年天神,有力地问道。

"宛渠宫卫百里见天,"长发青年倒也是干脆,他简单地介绍了一句,继而怒目而视，道："此日承天台为我所守。你若执迷，不肯归还华夏契约，也难以打开通天阵以重返人间。那么，就算你拿到了这传说中的华夏契约，也无能为力了。"

黑衣人类没有慌乱，面无惧色地踏上台阶，与那自称百里见天的青年天神平视着，目光如炬。

面对这黑衣人类，百里见天稍有些失了底气，但他还是故作镇定道："放下华夏契约，我放你走。"

黑衣人类笑了笑："我知道，你心里也有一直想要守住的东西，不是吗？"

百里见天心中某种柔软的东西仿佛被触到了。他心头一震，脚步后移，不由自主地为黑衣人类让开了路。

黑衣人类携着华夏契约，缓步踏上承天台。他用力一挥衣袖，斑驳的承天台上突然迸射出紫色的光芒，在黑衣人类脚下形成一道旋涡。黑衣人类踏足其上，在九层云天之上一跃而下……

序幕之二

　　"分天下以为三十六郡，郡置守、尉、监。更名民曰'黔首'。大酺。收天下兵，聚之咸阳，销以为锺鐻，金人十二，重各千石，置廷宫中。一法度衡石丈尺。车同轨。书同文。"

——《史记·秦始皇本纪》

　　始皇三十四年，咸阳。

　　熊熊烈火耀白了还未红日初升的半边夜幕，滚滚浓烟萦绕在咸阳城的上空，像是一条从烈火中腾升的巨龙，在只有几颗晨星的夜空下兴奋地盘旋。咸阳宫的禁卫们有条不紊地抬升火势，添加木柴，同时留意着不要让火星飘飞到周遭的建筑上。一辆辆马车整齐有序地驶入咸阳，纷纷驻足在禁卫们燃起的火池边……

　　天虽未亮，但咸阳城内已有近半的人注意到了熊熊燃烧的火焰，心神开始有些不安。始皇帝与丞相李斯站在咸阳宫的高台上，远远地望着浓烟飘飞的火池，一抹淡淡的微笑不禁攀上了这千古一帝的面孔。

　　相比白天，被照亮的半边夜幕更加夺目耀眼，仿佛是上天的警示与咆哮。

　　禁卫们开始卸下马车上统一规格的木箱，随着木箱被打开，那些各异的书简静静地躺在里面，面对着残存的夜空和滚滚燃烧的烈火。

书简没有生命，却承载着先辈们的思想与经历。可这些先辈永远不会知道，他们煞费苦心所记载下的东西，将永远桎梏于这个时代的锁链。随着集权与专制的开始，先秦之人、之事、之天下，在大秦的烈火中戮没，在时代的脚步后被动放弃了尾行。

雄鸡突然报晓，尖利的叫声划过秦朝的天空。

秦始皇站在高台上，远眺着旭日东升。那红日为远处的群山勾勒了一丝白色的轮廓，天边白光愈发耀眼，红日的边缘初露云天。那被咸阳宫的熊熊烈火照亮的天幕与被初升的太阳染白的星空融为一体，化作了大秦的万里长空。秦始皇披露在晨曦之下，看着那远处的亭台屋舍逐渐被照亮，不禁满足地长叹一声："这是大秦的旭日，朕的天下正如这旭日高升……"

火势又渐旺了些，马儿在热浪面前不禁后退了几步。站在最前面的禁卫费力地将一个木箱抬起，然后将其中的竹简尽数倾入火池。那是一卷卷的《诗经》，随着牛皮绳被逐一烧断，散落的竹片沉入了火焰。无情的火舌攀上了"今夕此夕，见此良人"的哀婉凄美，将亘古的故事埋葬在焦黑色的碎屑之中。

禁卫们开始将书简投放到火池中，先秦诸子百家的藏书在顷刻间殆尽为虚无，竹简的残渣坠入火焰深处，飘飞的灰烬昭告着一个新的时代的开始。

其实"焚书"并不一定需要禁卫来做，但一方面出于安全考虑：这"焚书"是丞相李斯上谏始皇，为统一大秦，阻绝议古论今；这样做势必会引起儒生的不满，这举国大事可万万不能有一丝意外和闪失。

而另一方面，则是由于秦始皇的好大喜功。

　　正像他在统一天下后收天下之兵，以铸十二金人一样，嬴政想以此告诉这个世界，天下之主究竟是谁，而谁又能真正率领这个天下。

　　今年年初，始皇帝在宫内摆设酒宴，大儒淳于越认为天下初定，此时若有作乱者横行，无诸侯相助，势必天下大乱。丞相李斯则冒死进言：始皇帝平定四海，已非夏商周之势。如今儒生以古非今，惑乱民心，指责朝廷之制。故而除秦国典籍及种植、医药、占卜之书可留存外，诸子百家之书都应焚毁，藏书者当以重刑。若有人欲学习法令，当以官吏为师。

　　始皇帝欣然接受了李斯的想法。

　　望着红日下吞噬着先秦书简的烈火，丞相李斯满意地说道："陛下，这样一来，一切决定将尊于您一人。"

　　始皇帝笑道："从今往后，大秦将千秋万代，传世不朽。"

　　咸阳宫的连廊内，秦国的大公子扶苏正无助地倚在墙头，烈火与焚烧的书简映在他澄澈的眸子里，那火池仿佛是饕餮，正吞噬着他的意志与信念。站在扶苏一旁的是一位高个子的男人，他的面色不起一丝波澜，长袍在晨风中轻轻飘着，颇有些仙风道骨。

　　"徐福先生，陛下这样做，您觉得对吗？"扶苏声音有些颤抖地问道。

　　"天下本无对错可言，所谓对错，不过是叵测人心的托词，"徐福笑了笑，"大公子，您真的认为，始皇帝焚书是心甘情愿的吗？"

　　扶苏摇摇头，他虽身为始皇帝的长子，也极有可能是这天下的继承人，但他终究不是秦始皇，不是那个改变了这天下的人，永远难以理解他那高高在上的父亲在思考些什么。

　　但同时他也知道，眼前的徐福先生所知道的一些东西，自己的父亲永远都不会知道。

"世间的大多数事情都是迫不得已的，始皇帝这么做，也一定有他自己的权衡，不是吗？"徐福面对着已经升起的朝阳，动了动唇角说道。

"那他也不必焚烧百家之书，总会有些别的办法的。"扶苏有些惨淡地说道。

"大公子，用始皇帝的话来说，您的确太过仁慈了些。仁慈本不是坏事，老子曾有言：'天下莫柔弱于水，而攻坚强者莫之能胜，以其无以易之也。'但如何做到'弱之强盛，柔之胜刚'亦是另一门学问了。"徐福平静地答道。

扶苏清楚，徐福先生引用《道德经》中的这两句话，是在说他心性温和，却尚未将这样的心性与那处心积虑的治国之思结合在一起。只是扶苏不愿承认自己现在的水平还不足以治理一方。

不仅仅是扶苏，就连平定天下的秦始皇，也不愿承认自己在什么方面低人一等。

人都是这样。

"不要再想了，大公子。《荀子·天论》有言：'大巧在所不为，大智在所不虑。'"徐福远眺苍穹，安慰道。

听了徐福先生这样一番似懂非懂的话，扶苏的心情似乎平静了些。这时他方意识到，徐福先生早在始皇二十八年因秦始皇渴望长生不死而被派遣去寻找神山和不死药，耗资巨大，六年前就一去再无音讯。

可在三天前，徐福竟悄无声息地回到了咸阳。

想到这里，扶苏疑惑地问道："徐福先生，您怎么突然回来了，是已经寻到神山和不死药了吗？"

徐福摇摇头，温润的面色上多了一丝焦虑："星象发生了微妙的变化，恐怕天下定有变数。"

"这么说，您是回来找父亲说明此事的吗？"

"正是，"徐福点点头，"我让航队继续前行，我则隐匿行踪，悄悄回到咸阳。这样的事情，还是知道的人越少越好。"

火池中的火焰仍没有消减的趋势，一车车的书简被无情地吞噬，这一幕无不使咸阳城中南来北往的人们触目惊心，嬴政和李斯仍伫立在高台上，醉心于这独特的景色……

"等始皇帝欣赏完这大秦千秋万代的烈火，我再同他说吧。"徐福笑了笑，在他转身准备离开前，他不动声色地对扶苏说了句，"大公子尽可放心，那些先秦诸子百家之书，早在我当年出航之时，就已经携带去一批珍本了。待航队回归之日，若大公子能够继承这天下，那么这些珍本仍会普照在阳光之下，留给后人传诵。"

扶苏一惊，他望着徐福离去的背影，感激地点了点头。

只是……始皇帝真的放心把这天下交给自己吗？

咸阳宫大殿。

在欣赏完烈火焚书的盛景后，秦始皇嬴政接见了突然归来的方士徐福。此时此刻，咸阳宫大殿殿门紧闭，偌大的主殿内只有始皇帝和徐福两个人，而始皇帝的身边连一个侍卫都没有——这是很不寻常的现象：自荆轲行刺以来，始皇帝身边的侍卫只增不减，且咸阳宫内的安全措施也做得十分周密，这般始皇帝与他人独处的情形更是不多见了。

因为始皇帝清楚，六年前被他遣去寻找神山和不死药的徐福的突然出现，要么意味着天大的喜讯，要么意味着不祥的噩兆。

对于徐福，始皇帝不敢轻怠，他难得有几分客气地问道："先生这次回来，可是为朕寻得了些长生不死的线索？"

"非也，"徐福没有丝毫拐弯抹角，十分直接地说道，"臣这次回来，另有事相告陛下。"

始皇帝原本平和的面色多了丝愠怒和不满，他仍不死心地问道："那六年前出发的航队如今在哪？先生此前一去有否了解些海外的奇闻异物？"

"航队还在继续前行，臣下则在一年前独自悄悄向咸阳返回，为的就是向陛下告知此前说的要事。至于海外的奇闻异物……"徐福将手探向腰间，将系在袍子上的小葫芦解下来，双手递到始皇帝面前。

这小葫芦只有半个手掌大小，表面有些斑驳，看上去很不起眼。

"此乃何物？"始皇帝疑惑地问道。

徐福微微一笑，解释道："这是用海外仙草的精华所炼制的药液，名曰'重生泉'。由于这种海外仙草每千年才长一片叶子，故而使此物十分稀少珍贵。"

"重生泉？"始皇帝显然是被这名字吸引了。

"饮下这药液可以忘记一些过往的事情，使人从头再来，重新开始，故而也可称之为'重生'了。"徐福继续解释道，"一饮而尽之后，便会忘记自己最珍视的事物带来的痛苦。"

"最珍视的事物带来的痛苦，此话怎讲？"始皇帝不解地问。

"对。"徐福淡淡地点点头，"越是珍视的东西就越在乎，越在乎的东西往往越让人痛心。"

始皇帝没太理解徐福的话，也没有接过重生泉。他并不在意这个不起眼的小葫芦——这重生泉虽是神奇，但对于现在的始皇帝来说还派不上什么用场；他所珍视的东西就是这如日中天的大秦，但这大秦怎么可能为自己带来痛苦呢？

徐福见始皇帝对重生泉没有兴趣，便将小葫芦收进了袖中，又令下人从外面抬进来一面铜镜。

"此乃何物？"始皇帝俯首而视，见这铜镜足有半人之高，以砗磲和琉璃为饰，四边有玉龙盘踞。

"窥心镜，以首山之铜铸之。"徐福解释道，"若是说那重生泉可以使人忘记最珍视的事物，那这窥心镜便可使人看清自己最珍视的事物。"

"如此神奇？"始皇帝有些惊喜，他一面叫左右将这铜镜抬起，一面凑上前看向镜中的画面。

这铜镜果然不同寻常——始皇帝看向其中时，其内没有映出始皇帝的面容，而是一片漆黑。片刻，这漆黑逐渐被镜内的一束光芒照亮。随着镜中的旭日高升，漆黑之中渐渐出现了大秦的山川水泽、亭台楼阁。恢宏的国土一一展现在始皇帝的面前，引得始皇帝面露欣喜。

"好、好！"始皇帝连连称赞，令左右将这铜镜收好。

心境稍有些明朗，始皇帝便也回到刚才的话题，问道："先生口中十万火急的要紧之事究竟是什么？"

徐福的面色凝重起来，他故作惶恐地低下头："臣不敢说。"

始皇帝更加想知道答案，便承诺道："无论先生口中的十万火急之事为何，尽可言之，朕洗耳恭听。"

"臣不敢当，陛下言重了。"徐福回了一礼，继而颔首说道，"近年来臣经常于海上观测天象，略有所研习。斗转星移，日月升落自有其变化和寓意所在；近日来星象发生了些微妙的变化，恐怕是不祥之兆。"

"哦？"始皇帝的声音中多了丝怀疑，"这等大事，宫中的占星官竟没有告诉朕。"

徐福解释道："此次星辰变化十分微妙，与常日的星象更替大有不同。臣下斗胆，窃以为那些占星官还不能看出这些潜在之处。"

始皇帝将信将疑，继续问道："那先生觉得，这件事应如何解决？"

徐福答道："陛下钦定骊山为陵，定知骊山通天地之灵，乃一要处。臣恳请陛下相允臣于三日后前往骊山，在地下中央宫殿所对应的正上方布设星阵，逢凶化吉。"

始皇帝并不想让别人进入自己事先准备好的皇陵，但这毕竟是攸关国运的大事。虽然自己不情愿，但还是让他去做吧。

毕竟他也不敢弄出什么乱子，始皇帝这样想到。

"多谢陛下相允。"

三天后。

一场多年未有的暴雨浸洗了咸阳，密而厚实的云层压得人有些喘不过气。浓密的水汽遮掩了人们的视线，不时袭来的狂风将路人的衣角吹得横飞。

一驾从宫中始发的马车在雨雾中走向骊山，这样的天气使得马车行进的速度慢了好多。车夫一声不响，马儿则不情愿地在雨水中沉嘶了两声，马蹄在泥泞的路面上留下了一条长长的印痕。

骊山在雨雾中若隐若现，那陡峭的山壁与崎岖的山路尽显大自然的鬼斧神工；但在骊山地下，始皇帝还为自己建造了皇陵，其规模之大及造工之精妙亦可谓巧夺天工。

看来是始皇帝早先已经派人通报过了，见这辆从咸阳宫始发的马车行来，看守骊山的守卫纷纷让于两侧，任由马车驶入秦始皇陵的选址。

随着马车环绕着山脚走了一段时间后，一座有些斑驳陈旧的亭子出现在前方，亭中伫立着一个人影，那人正向前探着身子，仿佛等待这马车已经很久了。

"就停在这吧。"马车车厢内，徐福撩开帷幕的一角，对车夫说道。马车车夫不作声地点点头，随即勒住了马。

一阵雷声响过天空。

徐福下了车，走到雨中，任凭雨水顺着他的袍角滑落到山路上。他没有穿往日的那件长袍，而是特意换上了一件深褐色的曲裾深衣——这是士大夫那样的阶层平日里常有的着装，而像他这样的一介术士却是鲜有穿着的。这件曲裾深衣是徐福特地为今天这样的场合准备的，他要穿着正装，来迎接整个秦国最为尊贵的客人。

亭子中的人冲他点了点头，徐福微微一笑，向亭子走去。

当徐福走到亭中时，他才看清这人的模样——这是一个身材高大、目光如炬的中年男子，男子简单地说了一下他叫章邯，是这里的监工。

对于骊山秦始皇陵的监工章邯将军，徐福倒是早有耳闻，但这却是徐福第一次见到他。徐福不想与他多语，只是寒暄了几句便进入了正题。

章邯说道："君房先生，始皇帝已派人说明过情况了。"

"有劳将军了。"徐福面带微笑道。

"从这里上山，遇到岔路后向左走，遇到一块石碑后向右转，然后一直走到一块平地——那里就是地下皇陵中央宫殿的正上方。"章邯说道。

徐福点点头，表示感谢。

"需要我同您去吗，君房先生？"章邯问道。

"不必了。"徐福道了别，回身飘入雨中。

君房先生……徐福心里默念着刚刚章邯对自己的称呼，心想自己已经好久没有听见别人称自己的字了。

相对于称呼自己的字表示尊重，徐福更希望和他比较熟识的人称他的姓名。他一直觉得，姓名是人生来即取的，比起后取的字，显然姓名更能表达出一个人存在的意义。

顺着章邯刚刚说的山路，徐福很快走到了那块规整的平地，这里寸草不生，只有坚硬的岩石地面，看来这里就是秦始皇陵中央宫殿的正上方了。

又是一阵阵雷声，雨下得更大了。徐福站在这里，甚至很难透过水雾看清山脚的景致。

徐福望向雨中的一个方向，那里隐隐约约地坐落着一排排华丽壮观的亭台楼阁，正是秦始皇陵的地上宫殿部分。

"就连死后的事情都安排得这么得当，不愧是始皇帝啊。"徐福自言自语道，他的嘴边挂着一丝微笑。

雷声和闪电更加密集了，徐福不由自主地向后退了两步。

"嘶嘶……"一条黑身青首的大蛇突然从徐福后面爬了过来。

《山海经·海内南经》有言："巴蛇食象，三岁而出其骨，君子服之，无心腹之疾。"徐福看出了这蛇的身份，他知道这条大蛇是一种警示，来警示所有此时此刻在骊山半山腰的人都赶快离开。

但他并不想走。徐福从身后拔出长剑，以极快的速度将这条大蛇甩了出去。大蛇可能是被徐福锐利的目光和剑的寒光所吓，悻悻地爬走了。

正当那蛇爬走时，徐福感觉眼前突然一亮，一道雷光柱便突然之间地从天空劈落，砸在徐福面前这块平地上。雷光柱的范围很大，电流在秦始皇陵中央宫殿的正上方四下游走着，整座骊山随着雷光柱的劈下微微颤动着，在骊山深处修建始皇陵的工匠们更是清晰地感到了这如地震般的震动。

徐福纹丝不动，渐渐适应了这刺目的落地雷光。他向雷光中看去，见这从天而降的雷光柱中有两个模模糊糊的影子。

徐福嘴角的微笑更明显了些，他正了正曲裾深衣的领子，向面前骇人的雷光前迈了一步。

他知道自己即将见到的，将是大秦的历史上最为尊贵的客人。

朝闻道

夕死可矣

——

《论语·里仁第四》

第一章
秦闻朝

始皇三十四年，阳城。

风轻云淡，已经到了《礼记·月令》中所说的季秋时节。金菊绽放在已有了些许冬季寒意的秋风下，草木枯槁的大地蒙上一层淡淡的白霜。在这个时节，天子田猎，百工休工，郡县乡里一片祥和安宁之景。

颖川郡阳城县东边一隅农田的人们结束了今秋的最后一次劳作，他们放下割秸秆的镰刀，在夕阳彤云下坐在一旁长满青苔的大石头上休息。大石头的一旁跳跃着两只麻雀，它们远眺着向天边同一个方向簇拥的火烧云，叽叽喳喳地叫着。

农人中一个叫陈胜的微胖男子望着自己日夜耕作的农田，感叹道："将来我们当中要是有谁富贵发迹了，可不要忘了大家啊。"

坐在石头上休息的农人们不禁哈哈大笑，其中一个叫李默的瘦弱男子拍了拍陈胜的肩膀，故作语重心长："陈胜兄，不是我说你。你说我们不过是一群帮别人耕田的农人，连自家的地都租出去了，再富贵还能富到哪去？更谈何发迹啊？"

在大石头旁嬉戏的两只麻雀扑打着翅膀飞了起来，它们向着远处的丛林盘旋低飞去。陈胜不置可否地摇摇头，目光随着那两只小麻雀逐渐远去。他笑了笑，暗想道：这小小的麻雀，又怎么能知道鸿鹄远志呢？

农人们继续谈笑风生，夕阳将大石头和他们的影子拉得修长。黑色的剪影举手投足，尽显秦人的一派愉悦轻松。

"陈胜兄，快看！你儿子阿朝回来了！"李默突然指向一个方向。陈胜顺着他手指的方向看去，见自己的儿子正挎着一篮鲜鱼从远处走来。

这个满面朝气的十几岁小伙子名叫秦闻朝，是陈胜的儿子。他的名字是陈胜拜托县里的有学识的儒生帮忙起的，取自《论语》中的"朝闻道，夕死可矣"。秦闻朝之所以不姓陈，是因为陈胜不过是他的养父，而他的生父早在十几年前就不在了。

对于秦闻朝的生父，陈胜从不忌讳和他谈起。早在秦闻朝刚记事儿那会儿，陈胜就告诉秦闻朝，他的亲生父亲叫秦武阳，已经不在人世了。

而夺了秦武阳性命的不是别人，正是大秦帝国与天同齐的始皇帝。

当时尚处东周末年，走投无路的燕太子丹派遣刺客荆轲和随行的秦武阳前往咸阳宫假意献上燕国地图，实则"图穷匕见"，旨在刺杀当时尚是秦王的嬴政，这震惊了天下的"千古一刺"不幸失败，荆轲当场被乱刀砍死，而秦武阳及其家人也未能幸免。

好在秦武阳前往咸阳之时，已经料到此一去再难复返，便叫妻子一定要保住刚出生不久的儿子。故而当秦武阳同荆轲前往咸阳之时，其妻子就秘密地将还不懂事的儿子托付给秦武阳生前的好友陈胜养育。陈胜出于旧相识的缘故，爽快地答应了并承诺将这个孩子养大成人；秦武阳的妻子含泪感谢后不舍地离开。当诛灭秦武阳九族的诏令一下，其妻子便与早已准备好冒充她儿子的奴隶前去赴死。

十几年前震惊一时的荆轲刺秦现在也已经成了人们嚼烂了而不愿再谈的话题，而秦武阳九族俱灭也成了秦人板上钉钉的共识。秦闻朝的生活早已没有了任何危险，他在阳城的一隅从当年的那个刚出生不久的婴儿慢慢长成一个意气风发的小伙子，过着默默无闻的普通生活。

但有一件事始终成为萦绕在秦闻朝心头的疑惑：陈胜完全可以让秦闻朝继承他的陈姓，并将其是秦武阳之子的事实彻底隐瞒；但陈胜却为秦闻朝留下了秦姓，并将其身份毫无保留地告诉了他。这些本是很危险的事情，好在陈胜所住的这一带的人们大多都是农人，不识字，一贯称秦闻朝为"阿朝"，而且这周围的人们对这个自小便寄养在陈胜家中的孩子的身份来历并没有多大的兴趣。

秦闻朝从前问过陈胜自己心头的这个疑惑，陈胜总是说，以后慢慢你就会懂了。

现在秦闻朝并不在意自己的身份——他的印象中连秦武阳模糊的影子都没有一丝；而将他从小养到大的父亲自始至终都是陈胜，一个在阳城耕田的农人。

我不过是个普通人，秦闻朝总是这样想。

夕阳西下。秦闻朝对着坐在大石头上的农人们挥了挥手，然后加快脚步走了过去。

陈胜见儿子走过来便直起身子，伸手接来了儿子手中装着鲜鱼的篮子，笑呵呵地说："阿朝，这么快就买回来了？哟，还很新鲜呢。"

"嗯。"秦闻朝心不在焉地点点头，然后问父亲："我能不能出去走走，一会儿再回来？"

陈胜不放心儿子，便问道："要去哪儿啊？不在家吃晚饭了吗？"

秦闻朝解释道："就在县里，不走远。听说今天晚上有集会，我想去看看。集会上有不少好吃的，就先不在家吃饭了。"

"行，"陈胜用他粗糙的大手拍拍儿子的肩膀，"别回来太晚就行。"秦闻朝和父亲以及农人们道了别，高兴地跑远了。他为自己撒了个小谎感到窃喜，因为他根本就不是要去什么集会。

天色逐渐黑了下来，只有西方的天际还留着些残阳。秦闻朝在瑟瑟秋风中狂奔着，直到一间宅院出现在面前时才气喘吁吁地止住了脚步。

这座宅院在始皇帝焚书后已经被封了，平日里是不允许黎民百姓随便进入的，这也是秦闻朝选择在夜幕降临之时前来的原因。

秦闻朝轻轻推了一下紧闭的院门，门没有锁。伴着门轴因锈蚀而发出一声刺耳的嘶鸣，一幅荒凉的画面展现在他面前：簌簌落叶杂乱地铺满了院子，庭院内的摆设搁上了一层浅浅的浮灰。满院尽是萧索，像是此时天边的最后一丝残霞。

这里原本是阳城一位儒生的居所，听闻这位儒生似乎还是孔丘之徒子路的后人，学识渊博，家中藏书无数。半年前始皇帝大兴焚书，儒生家中的儒家经典被尽数搜走。儒生愤懑不平，当街以古非今，斥责秦制，故而被地方官吏抓了去，当众处以弃市之刑，身首异处，以儆效尤。

秦闻朝走进这间很久没人进入的院子，然后径直进入已经没有门的屋子。屋内十分昏暗，秦闻朝点燃事先备好的半根蜡烛，借着摇曳的烛光开始了探寻。

屋内一片狼藉，秦闻朝走到屋子的最里面，见几个木质书箧摆在角落里，而书箧中早已空空如也。

在书箧一旁的地面上，散落着好些绢帛，有些成卷放着，有些则铺张而开。那些铺开的绢帛上清晰可见山川水泽与奇异走兽的图画，一旁还写着文字。秦闻朝知道，这些绢帛其实是一卷卷的《山海经》，他所见过的少有的不用竹简记录的书籍。

而这一卷卷的《山海经》，正是秦闻朝窥伺已久的宝贝。

早在这位儒生还在世时，秦闻朝就来他家中拜访过。那个时候秦闻朝就对这位儒生家中整齐摆放的一卷卷的《山海经》产生了极大的兴趣。秦闻朝不认得多少字，但他对绢帛上绘制的那些色彩鲜明的山海异兽图甚是喜欢。多头的鸟儿，黑身青首的毒蛇，沐火的大鼠……这些奇异的形象无不吸引着秦闻朝的眼球。儒生对这些荒诞之谈不感兴趣，家中的这些《山海经》也只是之前友人送的不便推辞的礼物而已。故而儒生出手大方，将其中几卷绢帛送给秦闻朝。秦闻朝对儒生送他的那几卷《山海经》爱不释手，很长时间以来都对儒生家中其他的《山海经》绢帛垂慕已久，却又不好意思开口去要。

半年前焚书的诏令下达时，明确规定了医药、卜筮、农耕之书可以保留；《山海经》虽不完全在其范围之内，却也当然算不上诸子百家之谈。故而搜书的人没有将儒生家中的《山海经》清理干净，而是留在了这间废弃的宅子里。

秦闻朝本是抱着试试看的心态来的，没想到竟真的在这里找到了他梦寐以求的《山海经》绢帛。

他俯下身子，正准备细细去看这些绢帛，突然一个好奇的女性声音在身后响起："你在干什么啊？"

秦闻朝吓了一跳，手中的半根蜡烛差点落地。他猛一回头，见自己身后不知道什么时候冒出来个和自己年龄相仿的女孩，正好奇地看着自己。

"你是谁？"秦闻朝一边警惕地问道，一边借着残微的烛光打量起眼前的女孩来：这姑娘皮肤白皙，澄澈的眼中流露出一丝好奇和倔强，身上所着的素色衣饰看上去不像是秦人的装束。

女孩仿佛没有听见秦闻朝的问话似的，她自顾自地俯下身子，拾起了地上的一卷绢帛。女孩将绢帛抖开，一只九尾白狐的图画呈现在少女面前，那白狐的图画下写有一行大篆。

女孩看了看绢帛，将那大篆字念了出来："有兽焉，其状如狐而九尾，其音如婴儿，能食人……"

秦闻朝不免有些惊讶，心里暗想这女孩的身份定不简单。且不说大篆，就算是秦国的小篆，以农人为主的黔首百姓也鲜有人认得；而这大篆则是西周晚期的文字，除了那些夫子儒生外，认得的人更是少上加少了。

"这不是青丘狐吗？"女孩把绢帛递到秦闻朝面前。

"你也看过《山海经》？"秦闻朝欣喜地问道，"除了那些术士方士，现在对《山海经》感兴趣的人不多了。"

女孩仍然没有理会秦闻朝的问话，她奇怪地看了看秦闻朝手中的蜡烛，将鼻子凑上前去闻了闻，在闻到一股刺鼻难闻的怪味后连连捂住鼻子叫道："呀！这是什么东西啊？"

"这是……蜡烛啊。"秦闻朝愣愣地答道。秦时的蜡烛大多是用掺了杂质的黄蜡做的，更有商贾用猪油或鱼脂以假乱真，故而黔首百姓能买得起的蜡烛燃烧时多少有些难闻的异味。

这女孩不仅身着非秦朝的衣饰，而且竟不认得蜡烛，想到这里，秦闻朝不禁问道："你不是秦人吗？"

"当然不是了。"女孩嗔怪地看了他一眼。

"那你是从哪……"

秦闻朝话音未落，一阵脚步声就由远及近地进了院子，女孩轻叫了一声不好，然后将整个身子卧在空书箧后藏了起来。

"喂，怎么了？"秦闻朝不解地问道。

"有人进来就说我不在。"女孩悄声说道，然后将露在外面的衣角向后拽了拽。

秦闻朝刚想问为什么，就见两个身材高大的男子进了屋子。秦闻朝认得这两个男人，他们是阳城负责查案的狱吏。若不是出了什么案子，这些狱吏是不会轻易出现的。

狱吏没有过问秦闻朝为什么在这间宅院里，而是扫视了屋子一圈后问：
"小伙子，有没有看到一个女孩跑进来？"

秦闻朝稍稍松一口气，心里暗想幸好狱吏没有意识到这间宅子已经被
封了，他连连点头："看到了，刚进了院子就又从墙头翻出去了。"

秦闻朝话一出口就后悔了——秦律规定连坐制，知情而包庇的谎报者
也要受到重罚，所以若有人触犯了法律，同巷的甚至亲人也不得已实话实
说，大义灭亲。可自己竟在情急之下帮这样一个素不相识的女孩撒了谎。

"这小贼可真够狡猾的，"其中一个狱吏骂道，"故意把我们骗到这
院子里。"

"小贼？她怎么了？"秦闻朝冒着冷汗问道。

"偷了东西，"另一个狱吏草草说道，"阳城也不安稳，小伙子你也
小心点儿自己东西别被偷了。"

两个狱吏发着牢骚出了屋子，直到那走出院子的脚步声听不见时，女
孩才从书篓后直起了身子。她拍了拍身上的尘土，对秦闻朝说了句谢谢。

秦闻朝面如土色，他有些担心地问："你……你偷了东西？"

"不是我干的，"女孩无奈地皱皱眉，"谁知道他们怎么想的。"

"那到底是怎么回事？"秦闻朝问道。

"你管那么多干吗？"女孩瞥了秦闻朝一眼，不由分说便要走出屋子。

"先别走，"秦闻朝连忙拉住女孩，"那些狱吏正在外面搜呢，你现
在出去肯定会被抓到。"

"喊，你个傻小子竟然在担心我？"女孩不屑地笑笑，"就算他们找
到我也不能把我怎么样，我只要动动手指头他们就都被我烧成灰了。"

秦闻朝白了她一眼："你那么厉害还躲什么啊？"

女孩听了秦闻朝这么说，突然哭了出来，她边哭边喊："你以为我想躲躲藏藏的啊？刚一下来就碰上这样的事，早知道就不来人间了！"

秦闻朝有些措手不及，一头雾水地道："你说的'刚一下来''来人间'是什么意思？"

女孩的眼中流露出一丝警觉，她不顾秦闻朝的劝说，执意要推门出去。眼见着女孩要走出院门，秦闻朝用力拉住女孩的袖子，不让她贸然离开。

"不要扯我的袖子！"女孩有些生气，她扬手甩开秦闻朝，力度之大使秦闻朝摔倒在地。秦闻朝手中的蜡烛滚到一侧满是灰尘的墙角，熄灭了。只有些月光从门内照进来，秦闻朝灰头土脸地爬起来，突然感觉胸前一阵灼痛。他低头看去，见自己胸前的衣襟竟被烧出个大口子。他摸了摸被烧焦的衣服，从中取出了放在前襟、自己随身携带的几枚秦半两。可令秦闻朝无比错愕的是，其中一枚秦半两居然被烧断了，整齐的断面上还留着些余烬。

一根小小的蜡烛不可能会烧断一枚秦半两。

刚才还在哭泣的女孩愣了愣，她连忙过去扶住秦闻朝，有些担心地问道："你没事吧？"

"没事。"秦闻朝虽是这样说着，但他觉得若不是放了几枚秦半两在胸口处，恐怕被烧断的就是自己的骨头了。他若无其事地将那断裂的秦半两收起来，心里暗想今天撞上的这姑娘若不是什么武学弟子，就准是撞上鬼了。

"你……没事就好，那……我走了。"那女孩说着，头也不回地跑出了屋子。

024

"你等一下！那些狱吏还没走远，你这样会被他们抓住的！"秦闻朝赶忙追出去。

"我都说了不是我偷的了！"女孩一边跑，一边喊道。

见女孩越跑越远，秦闻朝急忙喊道："等一下，我相信你！告诉我究竟是怎么回事可以吗？"

女孩突然止住脚步，脸上还挂着泪痕。她回头问秦闻朝："你说你愿意相信我？"

秦闻朝气喘吁吁地点点头："这儿不安全，我带你去个安全的地方再说。"

夜色迷离，清冷的月光洒在阳城一条浅浅的小溪里，惹得水面波光粼粼，有若碎琼残珂。小溪曲曲折折地围绕着阳城蜿蜒着，在阳城东边那里流去下一个县。

阳城东边有一片草地，现在这个时令也只剩下些枯草灰土了。阳城的人们将这里称为阳城坡，劳作后人们通常喜欢到这里休息一番。

秦闻朝带着女孩来到了阳城坡，他们背倚着一棵大树的树干，面对泛着月光的溪水，那些《山海经》的绢帛就堆在他们脚下。这里在晚上鲜有人光顾，尤其是秋末冬初的时候，所以这时候在这里极为安全。

"你是这儿第一个愿意相信我的人，"女孩低下头说道，"之前我和好多人都解释了，包括那些要追捕我的人，可他们都不相信我。"

"所以到底是怎么回事？"秦闻朝急切地问。

女孩解释道："昨天晚上的时候我正在路上走着，突然面前来了一个气喘吁吁的男人，不由分说便把一包沉甸甸的东西推到我手里，然后那男人又急匆匆地跑了。我奇怪地把包裹打开，见里面是一些铁制的东西，具体是什么我也不知道。"

"然后呢？"

"我感到很奇怪，想把这些东西还给那个男人，可那人一眨眼的工夫就跑远了。我想在原地等一会儿，看那个男人会不会回来取。可片刻过后，刚才那两个找我的人，哦，就是你说的狱吏，急匆匆地向我跑来。他们其中一个人抓住我的胳膊，另一个人把我手中的包裹抢过去，清点一番之后两个人心照不宣地点点头。然后他们开始问我一些奇怪的问题，听了好一会儿我才明白过来，原来是有个商贩的铁器被偷了，他们却把我当成了那个偷铁器的人。当我明白过来他们想把我带走时，便挣扎地逃跑了。我就这样跑了一天，他们也追了我一天。"

秦闻朝大体上听明白了，说道："所以说，那个把装着铁器的包裹推到你怀里的男人才是真正的盗贼。他在奔逃的路上突然碰到了你，走投无路之下便想嫁祸于你？"

"显然是这样。"女孩用力点点头。

"那些狱吏有没有说是哪的商贩被偷了？"秦闻朝问道。

女孩回忆了一下，答道："就是阳城的商贩，好像姓廖，每天在西边的市集里贩卖铁器。"

"姓廖？卖铁农具的廖师傅？"秦闻朝惊讶地问。

女孩眨眨眼："怎么，你认识？"

秦闻朝点点头："是我父亲的朋友，我和他很熟悉。"

微凉的风吹过阳城坡，秦闻朝在迷离的夜色中听着女孩的诉说。他无法确定女孩说的是否属实，但秦闻朝莫名地想要努力查清这件事，还女孩一个清白。

"这样吧，"秦闻朝说道，"明天我和父亲去问问廖师傅，尽可能把真凶抓出来。"

"对了，"秦闻朝又问道，"你是习武之人？"

"习武之人？"女孩乐了出来，"为什么这么说？"

秦闻朝指了指自己胸口被烧焦的衣襟。

"这个……我不能告诉你。"女孩摇摇头，说。

沉默良久后，女孩轻轻说："对不起，还有……今天谢谢你啊。"

"没关系。"秦闻朝笑了笑，"父亲从小告诉我，要尽我们所能帮助身边的人。"

女孩心中仿佛有什么东西被触动了，她侧过头问道："大多数人类都是像你这样的吗？"

"什么？"秦闻朝皱皱眉，没太听懂女孩的意思。

女孩正要说些什么，突然一阵急促的脚步声在他们不远处响起，那脚步声的主人正担心地喊道："阿朝……阿朝……"

秦闻朝听出了这是陈胜的声音，他对女孩说道："是父亲来找我了。"

"那你快走吧。"女孩连忙起身。

秦闻朝对女孩说道："你刚才说你不是秦人，这里人生地不熟的，晚上自己一个人小心点儿。"

女孩一愣，对秦闻朝点了点头。

秦闻朝还没来得及告诉女孩在哪能找到自己，女孩就只留下一句"有机会会再见的"后，便踩着石头过了溪水，很快便消失在小溪的对岸。

陈胜很快找到了阳城坡，他抱住秦闻朝，担心地说道："哎呀，可算找到你了。都这么晚了，我还以为你走丢了呢。"

秦闻朝抱起脚边的那摞《山海经》绢帛，撒谎告诉陈胜这是在市集上的异域商人送的。他为让父亲担心道了歉，随即同陈胜走回了他们所住的里巷。他们进了院门的青石板上有些斑驳的院子，自家黄狗对这对刚进门的父子友好地轻叫了两声，便又缩回窝里。晚风清凉，星辰扑朔。

夜色渐深，秦闻朝却不觉困倦。沉甸甸的疑虑压在他心头，使得他好长时间后才迷迷糊糊地入了梦。

女孩与秦闻朝道别后，沿着小溪对岸的丛林一路走去。夜里的林间野路寂静得很，女孩驻足于一棵高大的树下，轻轻咳嗽了两声。

一只通体血红色的小鸟轻盈地飞停在女孩面前，一边欢快地叫着一边扑打着翅膀。这只小鸟很不寻常，它左右两只眼内都有着两个瞳仁，使得它看上去炯炯有神而又不失娇小可爱。

"重明，我刚才遇到了一个人类。他说他愿意相信我，而且还可能帮我摆脱掉那些狱吏。"女孩愉悦地摸了摸小鸟的头，这只被她唤作重明的鸟儿轻叫了两声后驻足在女孩的肩上。

"看来不是所有的人类都是贪婪自私的，也是有些好人的嘛。"女孩一边说着，一边摸着小鸟重明的鸟喙。

女孩顺着树干手脚娴熟地攀了上去，她倚在树冠之中，远远地看着月下的景色。这个视角正好可以将整个阳城收览于眼下，此时阳城几乎没有了灯火，万籁俱寂，只剩下洒满屋檐的丛丛月光和穿过农田的阵阵清风。

"重明你看，人间的景色，也很漂亮呢。"女孩淡淡地笑着。

"啾啾。"重明在女孩头顶不住地盘旋了一会儿，振翅叫着。

女孩不知道自己在这片迷离的夜色中眺望了多久大秦的山川屋舍，她觉得自己的意识逐渐模糊，困意泛上，在一天的倦怠后不觉多了几分睡意。

在睡梦迷离中，女孩回到了那个世界，回到了那一天。

那是一个雪夜，昆仑山巅几近被暴雪与狂风吞噬一空，灰黑色的夜幕盘踞在世界的顶端，将那惨白的雪片悉数抛撒下来。黄帝的大殿之上，寒风萧瑟，那来自重重神祇的力场令人难以喘息。殿主及诸位宾客围绕不时冒出熹微火星的火炉，端坐于座上，垂下目光，蹙眉不语。

"先来听听玄冥所言吧。"黄帝率先打破了这焦灼而紧张的气氛。

水神玄冥自颛顼一旁的座位上起身，缓步走到大殿中央，面色凝重，神色庄严。

玄冥行礼道："禀告五方天帝及诸位来客，根据来自下界山海异兽提供的信息，术士徐福在嬴政的指派下已经开始了第三次寻访神山之征。看来这一次，他就要成功了。"

玄冥故意停顿了片刻。几位天帝欲言又止，还有几位天神仍低头不语，似乎在思考着什么。

"徐福夜观天象，已经找到了正确方向。臣下预计，徐福不出数年，便会抵达神山，寻得天界。"玄冥说罢，退回神座上。

良久，木神句芒开口道："或许我们应该采取原先的计划，掀翻徐福的航队——这是目前最有效的方法；或是使神山上的天神及山海异兽加紧撤离，让徐福三年后扑个空。"

海神若摇摇头，当即否认道："人类的发展速度之快已经超出了我们的想象。天下既然有嬴政，也不乏其他野心勃勃的人。随着时代变更，这样的人必定会越来越多。现在切忌就事论事，人类窥伺着我们神的力量，他们已经麻木不堪，只知索取，不懂平衡，我们必须要采取行动。"

"唉，"颛顼叹息道，"未承想即便我们令天界远离了人世，还会有这等事情发生。"

炎帝点点头，对颛顼说道："当年涿鹿之战后，北帝您建议扩增天与地之间的距离，分离天界与人世。然而如今人类虽不能倚仗天梯前往天界，还是想尽一切办法做到这些事情。如果我们坐以待毙，恐怕迟早有一天，他们会侵入我们的世界，获得我们的一切力量。到那时，也许神的世界将于世无存，天地失衡，灾祸降临。"

火炉啪啪作响，涌出火星，似刚萌生的希望。寒风吹过，炽红的火星却瞬时化为了青烟。

"我有一个主意。"大殿一角传出一个柔和的声音，众神循着声源望去，见说话者是洛水女神。

黄帝点点头："洛神有何想法，尽可言之。"

洛神振振有词道："如今人类窥伺我们控制自然规律和不朽的力量，想要取缔我们并占据天界。这显然会导致天地失衡，但我们不能贸然对人类采取行动。对他们宽容或是惩戒，其前提在于我们必须深入了解人世和人类。如果在不了解的情况下做出举动，这不单单是对人世的不负责任，更是对我们自己的不负责任。"

众神之中立即有反对之声，火神祝融率先说道："每年五位天帝都会降临人间游历三天，同时人间的山川水泽也有诸神守护，为什么洛神说我们天神不了解人间呢？"

洛水女神矢口否认道："祝融兄方才也说了，每年天帝只会游历人间三天，可这三天又能看出多少人间的世态炎凉？还有守护山川水泽之神，虽然可以充分了解人间，可又有几位真的深入人间生活，了解下界社稷苍生的心声？以我为例，我虽守护人间的洛水，也足以了解人间的王朝历史和文化，但对人类详细的生活，我却几乎一无所知。"

众神哑口无言了，因为洛神所言极是——虽然天界掌控着自然万物，足以了解人间的王朝更替，但对于人类现在的生活，真的没有太多了解。

"那洛神的意思是？"黄帝问道。

"我认为在我们之中应该派出代表，进入人间并用长达几年的时间来了解人类，最后我们通过这几年的光景所带来的人类真实而全面的形象来做出最终决定。"

洛神说完后，大殿又是一片寂静，然而那炉火显然明亮了些。

"大家还有其他建议吗？"黄帝问道。

没有回答。

"那么诸位神祇都同意立即执行洛神的提议吗？"黄帝又问道。

"不容等待！"骊山女神愤恨道，"嬴政对我如此轻慢，简直是不把神灵看在眼里。"

"必须立刻执行！"湘江女神附和道，"他曾将湘山的树木砍伐一空，他不懂得尊重自然。"

殿堂内有些嘈杂，诸位神祇抱怨声四起。

"表决吧。"黄帝一抬手，制止了喧嚣。

"今日本帝轩辕代表先祖女娲，集诸位来客至此，事关人类与天神能否相处融洽这一要事。根据此前我们得来的多方讯息，人类的野心正急速膨胀，窥伺神灵的力量。事已至此，我们不能坐以待毙。那么，同意刚才洛水女神提出的'派出神使莅临人间，考验人类以求抉择'的神祇，请起身示意。"黄帝气宇轩昂，声如洪钟。

各路天神依次起身，直到所有的神祇都起身示意，无一反对。随着神祇的起身，黄帝说道："那么我将代表五方天帝及诸位来客，尽快通知先祖女娲，尽早派遣代表深入人间。"

暴雪丝毫没有减小的痕迹，黑色夜幕中不时闪过晶莹的雪片，隐现于雪夜的山峦中不时传来几声异兽的嘶吼。尽管那炉火明亮了许多，但殿堂仍十分寒冷。

……

梦中迷离的炉火火光和暴雪黑夜变得逐渐模糊，女孩怔了一下，揉揉眼睛从回忆的梦境中回到了现实。小鸟重明用喙轻轻碰了碰女孩的面颊，初露的晨曦拂过女孩的面颊，好似温柔的手一般。

黑夜散去，朝霞自山间初升的朝阳逐渐向天边蔓延而开。秦国的山川水泽、屋舍亭台与万物苍生逐一披露于闪烁的日光之下，迎来了新的一天。

这是始皇三十四年普通而崭新的一天，这是大秦帝国的万丈朝霞。

阳城西侧的市集也迎来了新的一天，这里聚拢着形形色色的商贾贩夫和将要入市购买货品的黔首，他们或是谈论着家长里短，或是席地而坐，在还未开市时就自夸起自家的精良货品。

忽然间，那市集旁沉寂的小楼多了些脚步声。人们翘首以盼，见亭长从夯土台基上走下来，当即宣布举旌当市，一面绿色的旗帜便随着升旗人的动作缓缓攀升至木杆顶端。

绿色旗帜缠绵在清冷的秋风中，市集原本紧锁的大门被亭长敞开，负责检查证件的市吏们站在市集的大门两侧，逐一检查商贩的证件和货品并加印盖章，商贩百姓陆陆续续地走进市集，人们便开始了一天的交易买卖。

陈胜和秦闻朝随着人流进入市集，他们穿过南边大道，直奔廖师傅的店肆而来。

廖师傅正在不远处的铺前打着铁器，脸上却没有了一如既往的轻松舒坦。陈胜对着廖师傅挥了挥手，廖师傅见是老朋友陈胜来了，赶紧放下手中的活儿，推开店肆的隔板走了出来。

"陈胜兄，你怎么来了？"廖师傅用袖口擦了擦额头的汗珠，客气地问道。

"儿子告诉我你家的铁器被人偷了，我这不就过来看看了嘛。"陈胜解释道，秦闻朝在一边点点头。

廖师傅的脸上多了些愁容，叹了口气说道："可不是嘛，已经丢了三次了。前些天狱吏告诉我是个女贼偷的，从她那里找到的只是其中一次丢的，还有两次被偷的没有找到。"

廖师傅请陈胜和秦闻朝进来说，他推开店肆的隔板，撩开帘子进了店肆后面存货的坊间。坊间内有些杂乱，不大的空间内到处堆着铁制农具和廖师傅自己的杂物。

陈胜在坊间内环顾了一周，然后问道："你这儿的小伙计呢？"

"帮我出去取生铁了，得下午才能回来，怎么了？"廖师傅奇怪地问。

"有没有可能是他？他应该最有可能下手。"陈胜谨慎地问道。

廖师傅摇摇头，"怎么可能？怎么可能是小伙计呢？"

陈胜问道："那狱吏已经查过他了吗？"

"没有，"廖师傅又摇摇头，"他不知道这有小伙计帮忙，也不能让他们知道。"廖师傅说的这话倒有其苦衷——《商君书》规定"无得取庸"，也就是商人不能雇小伙计帮忙；但市集里人太杂，私下里去雇小伙计的商人也太多，所以地方官府对于这样的事也只能睁一只眼闭一只眼了。

廖师傅一口咬定："不可能是我熟悉的人，肯定不会。"

陈胜点点头，又问道："那是白天做生意的时候丢的吗？"

"应该不是。"廖师傅说道，"虽说白天大部分时间我都在肆前招揽生意，有时顾及不上后面坊间里的存货。但铁器不同于其他货品，那么沉的东西如果被人偷着搬出来肯定能被我发现。"

"那就是晚上进去的人吧。"秦闻朝推测道。

廖师傅疑惑地挠挠头，说道："我觉得也不会。因为有太多的商贩将货品放在市集各自的坊间里，夜里也不带走。故而晚上闭市后总要有市吏守在亭楼上，观察有没有人想要进到市集里偷盗东西。就算是市吏有所疏忽，夜晚大门紧锁，四周封闭，市集的土墙也砌得很高，盗贼应该也进不来的。"

"那还真是奇怪，"陈胜点点头，问道，"以前市集里也发生过东西被盗的事情吗？"

廖师傅长叹一声："每天都会有啊，小偷小摸的事情太常见了。不过也就是买东西时顺走几根菜，或是趁商贩不注意捡一两个首饰。市集可以说是天下最乱的地方了，就算那些眼尖的列伍长每天都在市集里巡走，也难免会有漏网之鱼。做商贩的只要没有大的损失，也就认命了。可我这卖铁不一样啊，铁器本身就贵重，买铁农具的老百姓又少之又少，这可真是丢一件就少一件啊。"

这时候廖师傅的店肆外突然一阵嘈杂，廖师傅撩开帘子，见此前的几位狱吏又来调查情况了。廖师傅告诉狱吏没有什么新的消息，狱吏们也叹着气，说没什么进展。

一个想法如电光火石般突然出现在秦闻朝脑海中，他将这个想法说了出来："会不会是窃贼在闭市后一直躲在市集里，拿了铁器后等第二天开门后再找机会离开？"

陈胜、廖师傅和狱吏们面面相觑了一阵，忽而露出恍然大悟的神情。

狱吏们立刻找来亭长，询问有没有可能闭市后市集里还藏着人。

亭长想了想，肯定地说道："不无这种可能。每天闭市前我和列伍长、市史们都要巡查一圈，但店肆和坊间内都是商贩私人的东西和货品，我们不能进去。闭市后站在亭楼之上的市史们也更多地关注市集外面有没有可疑人接近，但很少去看市集里面的情况。如果有窃贼藏在坊肆里，那很有可能不会被发现。"

"那看来我们得想个办法，把他找出来。"其中一名狱吏说道。

正当大家一筹莫展时，秦闻朝突然想起小时候陈胜给他讲过的一个故事：据说东周时期有一位纵横家名叫苏秦，他遇刺后在命绝之时请求齐王将其车裂，并假意赏赐刺杀之人，以将真凶抓出来。

"你是说，我们想个办法把窃贼引出来，让他自己站到我们面前？"一位狱吏问道。

秦闻朝点了点头。

计划立即被制订了：狱吏先是向几位贩铁的商人交代，让他们故意去讲铁价可能要大跌以走漏风声，并特意嘱托不要打草惊蛇。这样一来势必会引起窃贼的注意，窃贼定会尽快把自己手中的铁器倒卖出去。

随后狱吏假扮成路人，待在几处贩铁的店肆旁暗暗观察，接下来的两天贩铁商人的交流一传十，十传百，几乎整个市集的商贩都以为铁价真的要跌了。

到了第三天的时候，一位身材高大的男子走到一家贩铁的店肆前，男子的面部用黑布遮着，很是可疑。他指了指自己身后拖着的大袋子，问商贩收不收铁器。商贩说可以，便开始清点起袋子里的铁制农具。男子一言不发地看着商贩算钱，待商贩算清钱后接过递来的一大袋子的秦半两，便匆匆离开，涌入人群之中消失不见。

躲在一旁观察的狱吏扮成的路人很快将廖师傅叫来。廖师傅看了看，一口咬定这些铁器就是自己前两次丢的。

阳光倾下一地影子，狱吏点了点头："剩下的，就是把这窃贼捉拿归案了。"

狱吏们很快联系市吏和列伍长，同时守在市集的几个出入口处，观察着有没有一个面遮黑布，身材高大，同时拎着一袋子秦半两的男人。但一天下来也没有结果，这个人应该还在市集里藏着。

"贼心不死啊！"其中一个狱吏骂道，"咱们今天就把他引出来，不能让他再跑了。"

傍晚的时候人们渐渐散了，黄昏时分市集内一片萧条，暮色将亭楼的影子长长地打到市集内，仿佛一条黑色的栈道横在人散剩消的市集之上。

等天色再黑了些后，狱吏们找来些干草，分别在几个出入口堆成一堆。随着火把划过干草，一位狱吏扯着嗓门喊道："着火了！快来人救火啊！"

火焰在干草堆上逐渐蔓延而开，滚滚浓烟飘到市集的上空，仿佛这里真的着火了一般。站在亭楼上的亭长环顾着市集，忽然看见一个黑色的影子从烟雾中窜出来，动作慌张地在市集里四下跑着。亭长大喊一声，几位狱吏立刻打开侧门，冲进市集；躲在市集中的身材高大的男子反抗了几下，就被涌上来的几位狱吏压倒在地，就地被捕。

第二天白天时，狱吏将这些事情告诉了廖师傅，陈胜与秦闻朝也在场。狱吏说那个人叫庄贾，是阳夏县人，迫于生计出来偷东西。庄贾也承认了自己在情急之下嫁祸于一个女孩。

"还真是冤枉了先前那个女孩了。"狱吏有些不好意思地说道。

"陈胜，还有阿朝，也要谢谢你们了。"廖师傅愁眉渐展，感激地说道。

"找到东西就好了。"陈胜摆摆手，与廖师傅聊了一会儿后和秦闻朝一起回了家。

此后的几天里，秦闻朝试图找到那个女孩，可在阳城却再也没有见过她。直到秋末的一天，陈胜在家里用干草编着篮子，想在不用耕田的时季里卖些手工制品换些养家的钱。秦闻朝见父亲忙着，便去准备午时的饭食。他决定去河边捕些鱼来吃，趁着现在溪水还没冻上的时候。

当秦闻朝走到绕着阳城的那条小溪边时，一旁的树干突然晃了晃，几片枯叶摇坠下来。秦闻朝抬起头，见那之前的女孩此刻正坐在树枝上。她身边还有一只血红色的小鸟一边"啾啾"地叫着，一边低低地盘旋着。

女孩跳下树，拍了拍秦闻朝的肩膀，笑着说道："这次的事情，要谢谢你了。"那血红色的小鸟落在女孩的肩上，她与秦闻朝说了再见，便在秋意之中渐渐走远，在秦闻朝的视野中逐渐消失。

　　秦闻朝愣愣地看着女孩走远，这时方才想起来什么，他大喊道："喂——我还不知道你的名字呢！"

　　女孩在秋风中站定，远远地回头喊道："我叫楚天暮，有机会再见吧。"

念去去

千里烟波

暮霭沉沉楚天阔

——

《雨霖铃》

第二章

楚天暮

天色微凉，寒潮笼霜。

今冬的第一场雪在这个早晨悄无声息地落了下来。发白的天空笼罩在阳城的上空，像是一团浸了雪的雾影，缥缈迷离。阳城东边的田地化为了一片雪原素野，家家户户安静得很。这个世界正细细聆听着落雪的声音。

陈胜今天做的仍是些黎民百姓日常的饭食：蒸了两碗麦饭，用茱萸拌了些葵菜，又切了些前几日刚晒好的鱼干。秦闻朝刚吃下两口饭，陈胜突然想起来什么，便说道："阿朝，今天吃完饭之后，去帮我送点儿东西吧。"

"送什么？"秦闻朝夹起一块鱼干，沾了些茱萸后边吃边问。

陈胜解释道："我之前有一个朋友，住在东郡西面的一个村落，人们都称他为滆池先生。这滆池先生去年突然出游四海，临走之前告诉我他有一个女儿，叫凤瑾，希望我在他出游这几年里多照顾照顾。我想把今年攒下的余粮给那个孩子送去些。对了，我前两天还用攒下的钱在市集上买了件深衣，你也帮我一并送去吧。"

秦闻朝点点头，他很能理解父亲的做法。在秦闻朝的眼里，陈胜最大的闪光点在于善良；也多亏了陈胜当年答应将秦武阳妻子托付来的秦闻朝养大，不然秦闻朝也难得安稳健康地长到现在。

一顿早饭草草了了之后，陈胜帮秦闻朝从临县借来一辆马车。秦闻朝将一部分秋收后的粮食放进陶罐，然后将陶罐和一件崭新的曲裾深衣抬上了马车。

随着车夫挥动马鞭，马儿便不停蹄地向东郡驶去。其间走走停停，秦闻朝在几家客舍歇息了几次，当驱车的马儿踏进东郡的界线时，已经是一个黑天了。这时候的东郡一片寂静，漆黑如晦的夜色下只剩下两三家还亮着灯火。秦闻朝叫车夫将马车停在父亲告诉的那处里巷入口处，同里监门说明了情况后径直进了巷子。

里巷内由北向南的第三户人家的院墙已经破烂不堪，夹在墙缝中的草籽吐出藤蔓，和一人来高的杂草交错在一起攀上墙头，秦闻朝推了推虚掩的院门，正犹豫要不要进去打扰时，院中的那间小屋突然有了动静。秦闻朝见一个十岁左右的小女孩小心翼翼地走出屋子，小声地问道："请问你找谁？"

借着月光，秦闻朝见小女孩身子瘦弱，只穿了件破旧的薄衣，继而问道："你就是风瑾吗？"

女孩怯怯地点了点头。秦闻朝赶紧说明了来意，之后将马车上的陶罐和深衣搬了过来。风瑾连连道谢，执意要秦闻朝进屋坐坐。

秦闻朝随着风瑾进了半昏暗的屋子，当他走进内间时不由得一惊：一碟燃着微光的猪油搁在案上，而那案前坐着的正是此前遇见过的女孩楚天暮。她正一边吃着一瓣桃子，一边用手轻轻地在鼻尖挥着，大概是想要驱走燃着的猪油所带来的异味。

"你怎么在这儿？"秦闻朝大吃一惊，看着楚天暮问道。

"你怎么也过来了？"楚天暮也不由得吃了一惊，嗔怪道。一只血红色的小鸟也不由得从案下探出头好奇地看着秦闻朝。

风瑾觉得有些尴尬，问道："你们认识吗？"

秦闻朝和楚天暮不约而同地点了点头。

"你怎么也来东郡了？"楚天暮问秦闻朝，同时大方地递上一瓣桃子。

秦闻朝犹豫了一下，接过桃子说道："父亲叫我来给风瑾送过冬的粮食和衣服，你呢？"

楚天暮答道："我就是路过东郡，随便找户人家顺便了解了解这儿的奇闻异事。"

"啾啾。"血红色的小鸟应道。

"这位姐姐已经问过我东郡这边发生过的许多有意思的事了，"风瑾看向楚天暮，"我们正谈到家父。"

秦闻朝突然想起陈胜对他说过的，风瑾的父亲在去年突然出游四海，把风瑾一个人独自留在了家里。

"你父亲到底去哪了？"秦闻朝问道。

风瑾的面容上多了些恍惚和失落，她解释道："我的父亲之所以被称为滈池先生，是因为他懂很多知识，更看过《归藏》《连山》和《周易》，能预测很多不可思议的事情。之前一切都平安无事，直到去年的某一天，始皇帝东巡至此，我的父亲见到了始皇帝。"

"见到了始皇帝？！"秦闻朝又是一惊。

"对。"风瑾淡淡地点点头，"始皇帝知道父亲懂得很多东西，能够占卜吉凶，便令父亲为其占卜大秦的未来。父亲占卜后告诉始皇帝这泱泱大秦会在十年内亡国，始皇帝勃然大怒，说父亲有欺君之罪，砍下了父亲的左臂。可父亲当时却只是淡然一笑，愿意与始皇帝下一个赌注——以十年为赌期，赌注内容是让始皇帝相信自己的话，也就是大秦将在十年内亡国。"

"始皇帝当时哈哈大笑，说如果父亲能在十年内把当年始皇帝祭祀江神所沉下的玉璧找回来，那他就愿意相信父亲的话。这是根本不可能完成的事情，去寻找一块几年前沉入江中的玉璧，堪比在沙地中寻找一粒特殊的沙子一般难。可父亲当时却欣然允诺，在始皇帝离开东郡的第二天也离开了家，说一定要在十年内找到早已沉入江中的玉璧，让始皇帝相信自己的话。"

秦闻朝不敢相信地说："到整个天下去找一块不明下落的玉璧，根本就不可能啊。"

楚天暮也不满道："而且你父亲明知道不可能还要去找玉璧，一去不返，把你自己留在家中，这也太不负责任了吧！"

"不，"风瑾轻轻摇摇头，"父亲一定是真的预言到天下将要有变故才这样的。如果大秦真的亡国，那么像此前东周末年始皇帝吞并六国那样的战争必不可少，到时候会生灵涂炭，民不聊生。所以父亲执意要去找那不可能找到的玉璧只是为了让始皇帝相信自己说的话，从而避免亡国的可能，防止哪怕只是很微小的变数发生。"

秦闻朝和楚天暮有些错愕地对视了一下，不再多说什么了。气氛徒然变得沉闷了许多，楚天暮觉得自己不该提到这个话题，赶紧转移话题说："风瑾，你再给我讲讲这里发生的有意思的事吧。"

风瑾倒是点点头，很认真地给楚天暮和秦闻朝讲起来发生在东郡西侧这个小村庄中形形色色的往事，看来她真的能够理解常人所不能理解的父亲的行为。

"还有一个老人住在这个村子里，"风瑾讲道，"这个老爷爷穿得破破烂烂的，别人都说他有疾病在身，刻意远离他。但我感觉这个老爷爷很好啊，我总是去找他，老爷爷学识渊博，总是给我讲很多很多的故事。"

"想去看看吗？"楚天暮看向秦闻朝。

秦闻朝耸耸肩，表示没有意见。

"老爷爷就住在小巷最里面的那座破庙里，用杂草和木板堆筑成的。如果你们现在去的话，帮我把这个带给他。"风瑾把案上的一个小布包递给楚天暮，说道，"这里面是我做的莲子糕，把它给老爷爷带去吧。"

秦闻朝和楚天暮点点头，与风瑾道了别，带着小布包走出风瑾的家门。屋外的空气虽然微凉，却清新了很多。楚天暮深呼吸了两下，然后看着秦闻朝问："对了，我还不知道你叫什么呢。"

"哦，我叫秦闻朝。"秦闻朝边走边和楚天暮讲自己名字的由来和寓意。

他们边走边聊，穿过悠长的巷子，走到了这处里巷的尽头。正如风瑾所说，里巷尽头的那座破庙不是如一般黔首所住的房子用土坯砖砌成，而是用一堆杂草做顶，以松散的木板架成的。

秦闻朝和楚天暮推开了门，首先映入他们眼帘的是正对面的一座雕像，足有两人之高，看上去是用黑色的铜铸成的；只可惜这座雕像没有头，也就难以看出是为哪位圣人立的像了。断头雕像下端坐着一位老人，老人耷拉着眉眼，额前却有六颗肉痣，看上去颇有些诡异。他穿得邋里邋遢，宽松的灰色长袍上满是油渍和陈迹。

秦闻朝和楚天暮本想把东西放下就离开，不料老人却让他们进去。出于礼貌，两个人只好硬着头皮走了进去。

楚天暮走过去，把小布包放在老人脚边，对老人说道："风瑾叫我们把莲子糕给您带过来。"

"风瑾啊，哈哈，"老人干笑了两声，"她可真是个好孩子啊。这巷子里的人都说我得了病，嫌弃我；唯有那小风瑾，肯给我这老东西送些东西啊，哈哈哈。"

老人继续在那自顾自地说道："可惜他那执着的父亲啊，非要去找那什么玉璧证明给始皇看。谁说始皇的位置能一直坐下去呢？真是好笑啊,哈哈哈。"

"您说什么？"秦闻朝皱眉问道。

　　"天行有常，天行有常啊！始皇帝的位置也保不住几年了！"老人说完又哈哈大笑起来。

　　老人笑了笑，突然干咳了两声，继而越咳嗽越厉害，一边咳嗽一边虚弱地说："水、水……"

　　"水？这里哪有水啊？"

　　秦闻朝环顾了一下屋内的四周，见这屋内的摆设也甚是混乱——断头像下斜搁着一个十分精致的檀木箱，檀木箱上却尽是些脏乱的衣物。窗檐下的坛子上搁着吃剩的果皮菜根，锈迹斑斑的铜盘和几条断掉的书简乱七八糟地堆在地上，让人难以落脚。可这凌乱的屋内并没有水。

　　"我记得村口有口水井，我帮老爷爷打一碗水吧。"楚天暮说着，从墙角捡起一个脏兮兮的破碗，说了句"老人家您先等一下啊"，便推门先出去了。

　　秦闻朝紧跟其后，他见到楚天暮俯下身子在村口水井打水的认真样子，心中有什么东西好像忽然被触动了。他把破碗递上去，楚天暮舀了些水装了进去。

　　这小姑娘虽然有些任性，心地还很善良嘛，秦闻朝心想。

　　不一会儿，两个人便将水取了回去。老人接过水碗，连连道谢，一边喝水，一边含糊不清地说："这水还很温热呢，谢谢你们了。"

　　很温热？这水不是从冰冷的水井中打上来的吗？秦闻朝心存疑窦，不过他想到这水碗是楚天暮一直端着回来的，又联想到在阳城的那间废弃宅子中楚天暮一挥手就烧断了一枚秦半两，就觉得没有那么奇怪了。

　　楚天暮一边看着老人俯下头喝水，一边仰头看了看老人背后的断头雕像，问老人："这个雕像……是谁啊？"

　　"鬼谷子，"老人放下水碗，止住笑答道，"这里本来是鬼谷庙，可惜后来荒废了，雕像的头也不知去向。"

鬼谷子？秦闻朝隐约记得那是一位东周时期的人，似乎是纵横家的鼻祖。

老人说到这里连连叹息，眼眸中有着忧愁和失落。楚天暮看了老人一会儿，刚想叫秦闻朝离开，不料那老人突然叹了口气，平视着楚天暮说道："孩子，我知道你的身上肩负使命，而且是很重的担子。只要做好自己就行了，不要有那么大的压力。功过是非，都不是你一个人承担得了的。"

秦闻朝看了楚天暮一眼，他注意到楚天暮的目光在躲闪，脸色有些发白，步子向后挪了挪。

老人又眯着眼看了看秦闻朝，不明所以地摇摇头，又笑了笑，说："天下哪有不散的筵席？若是有幸和你觉得重要的人共赴一场盛宴，便也不足为惜了。"

秦闻朝一头雾水："您在说什么啊？"

"乱世将临，枭雄横行，天行有常，死亦当生。"老人没有回答秦闻朝，只是低着头，颤颤巍巍地吐出这十六个字。他的声音宛若咒语，低沉而嘶哑。

秦闻朝和楚天暮面面相觑，不明白老人说的是什么。

"那我们先告辞了。"楚天暮站起来，对身边的秦闻朝示意了一下。

"走吧走吧，唉。"老人叹息了一声，当秦闻朝和楚天暮推开庙门即将出去的时候，他突然又开口道："小姑娘，你最好把身份告诉给你身边的这个男孩。与别人分享你的压力，也许会好受点儿。"

老人的这句话显然是对楚天暮说的，秦闻朝不解地看着楚天暮，问她："什么身份？什么意思啊？"

"我们快走吧。"楚天暮拉住秦闻朝，头也不回地走出了破庙。

楚天暮拉着秦闻朝出庙门快走了好几十步才停下来，她回头看了一眼随时可能会倒塌的破庙，喃喃道："那个老人……他怎么会知道……"

秦闻朝还是一头雾水："他到底在说什么，怎么神神道道的？"

"跟我来。"楚天暮又向前走了两步，停在一棵不高的柳树下。她看了看柳树的枝杈，随即翻身爬了上去。楚天暮似乎很喜欢坐在树上，她一手扶着树枝，同时深吸了一口夜晚清新的空气。

"坐上来。"楚天暮拍了拍自己旁边的树杈，对秦闻朝说道。

秦闻朝犹豫了一下，楚天暮向他伸出手；秦闻朝伸手拉住楚天暮，爬上树坐在了树杈上。

这个高度的视野很好，可以看得见晚风之下蒙着白雪的屋舍庭院，可以看到盘根错节的村口古树，还可以看到远处的崇山峻岭和清冷的幽幽天边。

"唔……"秦闻朝若有所思，问楚天暮，"那个老人说的话是什么意思？他说的什么'不散的筵席'是什么意思？"

楚天暮垂下头，说："你的事我不知道。不过关于我的事他说的一点儿都没错。我肩上的担子的确太重了，我总是觉得自己根本就胜任不了。"

"到底怎么了？"秦闻朝一头雾水。

楚天暮没有回答，看上去像是在思索些什么。空气有些发凉，天白了起来，有些细雪在这个深夜飘落下来。

不知沉默了多久，楚天暮对秦闻朝说："我看你那天在看《山海经》。你很喜欢先秦神话，是吗？"

"啊？是啊。"秦闻朝一愣，不知道楚天暮为什么突然谈及这个话题。

楚天暮扬唇一笑："既然你这么喜欢，那我给你讲一讲先秦的那些传说吧，关于黄帝，关于天神的那些。"

"真的吗？"秦闻朝的眸子中映着些许的兴奋。这个时代除了那些术士以外，真的没有人对这些真假难辨的传说有兴趣了。

"嗯。"楚天暮又笑了一下。在月色下，秦闻朝觉得她的笑容很好看。

楚天暮清了清嗓子，开始讲述道："太古之初，天地之间一片混沌，不分黑白，无着轻重；世间没有希望，没有改变，没有任何意义存在。在这一片虚无中，第一个生命孕育而出，他的名字叫盘古。盘古在这片虚无之中逐渐长大，它对这个虚无的世界产生了疑惑，产生了惊讶，对其有了自己的追问与思考。"

秦闻朝点点头，他小时候听陈胜讲起过这故事。

"盘古对这片黑暗和沉闷感到不解和恼怒，他凭空一抓，一把巨斧便出现在盘古手中。盘古向四周的黑暗挥舞着大斧，黑暗与虚无的包裹被盘古劈得粉碎，轻而清的东西化作了天，沉而浊的东西化为了地。盘古将天地撑起，有了色彩和物质的世界继而逐一展现出来。"

"然后呢？"

"世界产生之后，人们开始了无序的最初生活。在这些最初的人类之中产生了一些领袖，维持着大地上人们的秩序。从自然界中也产生了一些神灵，他们掌控着自然规律，控制天地平衡。"

楚天暮继续讲道："但水火难以相融，水神共工与火神祝融大打出手，失败的共工咽不下这口气，用头撞向充当天柱的不周山。不周山的倒塌导致天的破裂塌陷，天火从空中分落，人间原本安分守己的异兽因为天的塌落纷纷蠢蠢欲动，在人们生活的地方横行破坏，对人类造成了很大的威胁。在这个时候，先祖女娲挺身而出，斩杀了在大地上作恶的黑龙，同时熬炼五色石以弥补苍穹，并砍下神龟的巨足代替不周山重新支起天幕。先祖女娲受到了人们的赞誉，世间又恢复了此前的和睦。也许是因为这一灾难使人们增强了危机意识，人们纷纷结成氏族部落，过起了团结有序的日子。

而天界也规定了纲纪：五位天帝位于五个方位，掌管着足下的中原大地。他们分别是：东方天帝太暤，辅臣句芒；西方天帝少昊，辅臣蓐收；南方天帝炎帝，辅臣祝融；北方天帝颛顼，辅臣玄冥；中央天帝黄帝，辅臣后土。那时候水草肥美，人有所居，这段安宁祥和的日子后来被称为'五帝盛世'。"

一边说着，楚天暮仰头看着飘零的小雪，憧憬地看着有些发白的夜空。看她的神情，秦闻朝觉得她就像是在回忆着"五帝盛世"的那段黄金时光。

"之后就结束了吗？"秦闻朝见楚天暮望得入神，一时没有开口，便问道。

"当然没有，神也是有欲望的。"楚天暮的思绪从天上被拉了回来，她摇了摇头，继续讲道："在一段安稳的日子之后，炎帝不满足于自己只能掌管南方的权力，他对黄帝中央天帝的位置发出了挑战。黄帝与炎帝在人间的阪泉这个地方展开了一次交战，战争中死伤惨重，有很多无辜的人类受到了波及。炎帝不忍心在人间继续制造祸乱，便退回南方天帝的位置，与黄帝重归于好。"

"但好景不长，炎帝的部下蚩尤吞不下这口气，执意要炎帝再次与黄帝交战，炎帝为了人间黎民百姓的安危拒绝了他。蚩尤便自己悄悄部署计划，与自己的八十一个兄弟浩浩荡荡地前往黄帝的宫殿，欲与之决一死战，决定谁能拿下中央天帝的位置。黄帝心怀仁慈，本想以德感化蚩尤，无奈蚩尤不肯，决意要战。黄帝只好与蚩尤在人间的涿鹿交战，哦，也就是始皇帝兼并天下后现在的上谷郡那里。这场旷古的战争被后人称为'涿鹿之战'。"

"这场战争比此前黄帝与炎帝在阪泉的战争激烈得多。人间成了天神的战场，整天昏天暗地，不见云日。蚩尤变幻多方，能够吞云吐雾，常在旷野上弥漫大雾，令黄帝和他的战士不知所措，无法抵敌。这时候，黄帝的臣子制造了指南车，靠着指南车的指引，黄帝终于冲破了这片烟雾。蚩尤的魑魅魍魉用怪叫声迷惑黄帝的军心，黄帝便派遣带翅的金色应龙迎战。

应龙龙吟三声，击退了兴妖作怪的魑魅魍魉。蚩尤见如此，便派出风伯雨师兴风作浪，黄帝让小女儿天女魃唤来干旱，抵挡蚩尤的风雨。为了振奋军心，黄帝还以夔皮做战鼓，用雷兽的骨头做鼓槌，通过鼓声振奋军心。战争交战得如火如荼之时，蚩尤请来夸父族人帮忙。为了与蚩尤决一死战，黄帝炼铸了一把剑，并最终用神剑斩下了蚩尤的头颅。蚩尤死后化为饕餮，躲在阴暗之处；涿鹿之战就此结束，天地之间的动荡终于平息。"

秦闻朝听着楚天暮的讲述，回忆起自己看过的《山海经》绢帛上"有人衣青衣，名曰黄帝女魃。蚩尤作兵伐黄帝，黄帝乃令应龙攻之冀州之野。应龙畜水。蚩尤请风伯雨师，纵大风雨。黄帝乃下天女曰魃，雨止，遂杀蚩尤"的描述。在那张绢帛上，大篆字的上方绘着一幅简略的图画：天女魃在山野中怒吼，应龙在半空中盘旋，山野之中一片洪水。旷古的记忆穿过几千年的时间流转，在这个飘雪的夜晚悄无声息地降临了。

"真是够惨烈的。"秦闻朝喃喃道。

"是啊，那场战争的确够惨烈的，"楚天暮点点头，"人类的世界受到了很大的波及。当时阴暗的记忆虽然已经成为了过去，但那时候的确对上古时候的人类造成了不可泯灭的创伤。这之后，为了不再让人类成为天神争权的牺牲品，北方天帝颛顼提出必须要斩断天界与人间的天梯，扩增天与地的距离，令天界远离了人世，进而阻绝神与人的交流。神与人不再有什么交流，人类也不再依靠神灵，开始自己发展，禹建夏朝，人们从此进入了一个属于人类的时代。"

雪仍然在飘落，秦闻朝沉默了好一阵子，才意识到楚天暮的故事已经讲完了。他问道："结束了吗？"

楚天暮犹豫了一下，继而点点头："结束了。这之后发生了什么，以及神对人的看法是怎样的，我们都不得而知了。"

楚天暮又调皮地笑了笑："不过呢，这传说中的神，此时此刻可能就在看着你呢。"

"虽然这是很久以前的传说，可人们对神还是抱有憧憬，"秦闻朝皱皱眉道，"比如始皇帝，他就一心想要长生不死，还派遣方士徐福寻找神山和不死药。"

"始皇帝能否找到神山和不死药，以及世上究竟是否有天界和神灵，这些事情，都不是我们所能波及的了。不过我相信，对于这些事情，如果真的有神灵，他们一定会做出最公正的答复，对人类给予最公正的裁决。"

楚天暮和秦闻朝坐在有些发凉的树干上安静了好一阵子，楚天暮又问了秦闻朝一个奇怪的问题："你觉得，人类很弱小吗？"

秦闻朝先是有些惊讶楚天暮为什么会问出这样的问题，继而看到楚天暮严肃的面容后仔细思考了一下，摇摇头，说："不。"

"为什么？"

"父亲从小就告诉我，正因为人类的劳动，可以五谷丰登、六畜兴旺，可以修筑出盛世的工程，可以留下足以铭记的历史。也许在自然面前，人渺小得不足一提，但人类为此也做出了自己的抗争和努力，比如夏禹治水，比如郑国渠和都江堰。"

"那神呢？如果世界上真的有神，你觉得神是一种怎样的存在和意义？"

秦闻朝略微思考了一下，开口说："我觉得，神与人可以平等共存。神守护着山川水泽，是大自然的象征。人利用自然的力量，也在改造自然的力量。神守护着自然万物，那种力量可以利人，也可以害人。"

楚天暮有些严肃地看着秦闻朝："你真的是这样认为的吗？"

"对呀。"

楚天暮若有所思地点了点头："你是第一个。"

"什么第一个？"

"第一个这样回答的人。之前我也问过一些人类这个问题。但他们的回答不约而同，都说神是权力的象征。"

秦闻朝愣了愣，的确如此，这世上认为神代表权力的人太多了。始皇帝就是其中之一，不然他就不会费尽心思来寻找神山和不老药了。

"你为什么要问我这个问题？"秦闻朝不解地问道。

"阿朝，"楚天暮低声道，这个称呼令秦闻朝有些惊讶，只有身边那些亲近他的人才会这样称呼他，"我想和你做朋友。"

"可以啊。"秦闻朝毫不犹豫地说。

"我是认真的。"

"我也是认真的。"

"那就好。"楚天暮长舒一口气，"既然我们是朋友，那我应该告诉你我的身份。"

"你的身份？"秦闻朝疑惑道。

"其实，我就是那些神话中的一员。"楚天暮将几缕被风吹起的头发捋到耳后，对着秦闻朝笑了一下。

秦闻朝瞪大眼睛，问道："你说什么？"

楚天暮淡然一笑："如果你不相信，我可以演示给你看。"

楚天暮深呼吸了两下，随即双手合拢口中念念有词。随着她双手张开，几道犹如蚕丝的纤细光晕在她手中交织，那些光晕错杂地飞舞着，随着楚天暮抬手变成了一团火。楚天暮又挥了挥手，那团凭空召唤来的火从中间撕裂而开，萦绕在秦闻朝身边化成了一道细碎的晚霞。

秦闻朝震惊不已，差点从树上跌下来。他用了好久才平静下来，突然觉得有些不解地问道："既然你是神，那你为什么要来人间？"

楚天暮轻轻地叹了口气："来完成一个任务，一个艰巨的任务。"

半年前，在天界。

浅紫色的云烟萦绕在一级一级的玉阶之上，浩渺的远处天际传来空灵的鸟鸣声。楚天暮踏着石台一步一步地走向先祖女娲的露天宫殿，她的伙伴重明小鸟在她身旁边低鸣边低飞盘旋。

突然一两句话语飘入楚天暮耳中，是女娲先祖的声音："……那尘云你的看法呢？"

被女娲唤作尘云的少年很坚定地说："我觉得暮儿不适合这样一个艰巨的任务。"

"为什么不适合呢？"女娲平静地问道。

"不、也不是，"尘云有些吞吞吐吐，"我只是觉得，暮儿还太小，怕是承担不了这么重的担子。"

"那你觉得，你已经足够成熟，可以独当一面，完成这份重要的使命了吗？"女娲依然平静道。

尘云迟疑了一下，终低下了头："没、没有。"

女娲这才微笑了下，揽过尘云的头，说道："是啊，暮儿的确还太小，让她去人间也许不是最好的选择。但正因如此，我们才要给她一个成长的机会啊。"

尘云似懂非懂地点点头，丝毫没有注意到在一角默默听着他和女娲谈话的楚天暮……

那之后又过了三天，在承天台之上，众神将楚天暮和尘云围在中央，为这两位女娲特选的神使送行。

黄帝开始宣读天诏："今日吾姬轩辕奉先祖女娲旨意：特封女娲殿司云使尘云、司暮令楚天暮为神界特使，与随行山海异兽青丘狐、重明鸟依此前决策之令下到人世，接触人类，了解人间。其时限以人间的六年为期，届时由咸阳骊山再开通天阵，由此返回天界。下界期间，不得过分干扰人间大事，不到万不得已不得伤害人类，切忌肆意杀害人类，并尽可能向绝大多数人隐瞒神的身份。同时，希望你们尽可能找到十四年前被人类盗走的华夏契约。时值返天之日，望是你们带回对天下最公正客观评价之时。"

"诺。"尘云与楚天暮一齐应道。

黄帝对一旁待命的雷神挥了挥手："启阵吧。"

人面龙身的雷泽雷神接到指令，立刻在云雾之中腾飞而起，绕着承天台上方环绕了三圈，像是布告天下般大吼了一声："奉天召：承天雷阵，启——"

紧接着雷泽雷神悬停在承天台的上空，用他那宽大的手掌敲击着自己的腹部，随着手掌与肚皮的撞击，滚滚雷鸣穿梭在云层之间，将天地映得昏黑。不时有几道惨白的闪电在众神面前划过，楚天暮紧张地咽了咽口水，尘云则目不转睛地看着面前的承天台。

"开阵——"黄帝又是一扬手。

"通天阵，开——"雷泽雷神的面容隐没于万丈雷光之中，随着他施展力量，那原本满是陈迹的承天台遍布着雷光。闪电如爬虫般在承天台上游走着，风伯雨师配合雷神召唤起风雨，此时下界的咸阳城定将面临着经久不见的大风雨。

黄帝微鞠一躬："二位使者，请踏上通天阵吧。"

尘云率先走上雷光密布的承天台，楚天暮赶紧跟上。白狐青丘跟在尘云身旁走上台阶，小鸟重明则站在楚天暮肩上，紧抓着楚天暮的肩膀。

他们身后承天台下的神祇们都纷纷欠身鞠躬祝福，向这两位将前往人世面临重重考验和历险的神使给予神灵所能给予的最高敬意。

雷神继续施法，重重雷光裹住了楚天暮和尘云。小鸟重明不敢直视刺目的雷光，将双眼紧闭，同时将楚天暮的肩膀抓得更紧了。白狐青丘也有些紧张，瑟缩到尘云的袍下。

随着雷神向下猛一挥掌，裹着楚天暮与尘云的雷光柱纵贯天幕，直直地落向了咸阳骊山的半山腰……

秦闻朝听楚天暮讲完之后，仍然觉得十分不可思议，他想了想，问道："这么说，你和另一位叫尘云的一起来到人间，作为神使了解人类？"

"对。"楚天暮轻轻点点头，"在天界的时候，尘云处处照顾着我。但对于让我代表天界来到人世这件事情，是极力反对的。他觉得我肯定不能胜任这个职责……"

"不试试怎么知道呢？把神界交给你的任务做好，证明给那个叫尘云的家伙看。"秦闻朝安慰道。

"是啊，不过做起来就没那么容易了。"楚天暮勉强地笑了笑。

"对了，那个尘云，现在在哪儿呢？"

"哦，当初我和他约定好，当降临到人间后，他向西，我向东，各自看一看这个世界。现在他应该在陇西一带，和白狐青丘在一起。"

"啾啾。"小鸟重明在一旁拍拍翅膀，表示赞同。

"这么说，你是……《山海经》中的山海异兽？"秦闻朝近距离地看着血红色的小鸟重明，仍然感觉不可思议。

"啾啾。"小鸟重明骄傲地叫了两声，盘旋了好一阵才停歇下来。

"还有，你刚才提到的那个华夏契约是什么？"

楚天暮解释道："当年先祖女娲补天后，天地安和的五帝盛世时，天神与人类共同立定盟约之象征，有着平衡天地的作用。可惜由于它足以平衡天地，故而其中蕴藏的力量几乎可以实现人类的一切愿望。虽然它流传至今即便在天界也只是传说，但仍有了解这些传说的人类蠢蠢欲动，企图以这种无穷浩渺的力量来实现一己私欲。在十四年前，华夏契约就被突然闯入天界的人类盗走了。"

"十四年前？"秦闻朝想了想，十四年前正是荆轲刺秦的那一年，也就是自己出生的那一年。

"那是很久之前的事情了，"楚天暮低下头，像是在回忆，"当时五位天帝下到人间历览三天，一个身披黑袍的人类借此机会趁虚而入天界，盗走了华夏契约。虽然他带着华夏契约要回到人间的时候被先祖女娲发现，但由于他手中拿着华夏契约，先祖女娲怕贸然争斗会损坏到华夏契约，只得眼睁睁地由那个人类离去了。那人还真是身手不凡，已经过去十四年了，但天界还是不知华夏契约流落何处。"

"那个盗取华夏契约的人类……你们也没有查出他的身份吗？"

"没有，"楚天暮摇头道，"所以女娲先祖希望我们通过这次深入人间的机会，尽可能地发现华夏契约的线索，也好把它带回天界。"

以无穷无尽，平衡天地之物……来实现一己私欲吗？秦闻朝不禁打了个寒战，这真是太可怕了。

楚天暮说得没错，果真是任重道远。

"这么说来，你来到人间，已经半年多了。现在对人间有什么看法了吗？"

"没有，"楚天暮轻叹一声，"完全没有头绪，人间比天界复杂得多，很难论定是非正误。关于华夏契约的事情，也毫无线索。"

"那这半年来，尘云帮助过你吗？"秦闻朝问道。

"没有，他应该一直都在陇西那边，自从下界以来，我们还没见过面。要说这半年来帮助我最多的，应该是徐福先生了。"

"徐福先生？"秦闻朝惊讶地问道，"你说的是为始皇帝寻找神山和不死药的那个术士徐福吗？他不是几年前就出海了吗？"

"对，在天界他也是'鼎鼎大名'，从某种角度说，正是因为他为你们的始皇帝寻找神山和不死药，破坏天地平衡，才使得天界最终决定派神使降临人间。我和尘云刚降临到咸阳骊山时，却发现那里站着一个男人，像是等候多时了。男人自称姓徐名福字君房，正是替始皇帝寻找神山和不死药的那位……"楚天暮对秦闻朝讲起了她和尘云下到凡间后见到徐福先生的事情。

纵贯天地的雷光柱坠在了咸阳骊山的半山腰，这里是始皇帝为自己修建的地下陵墓的中央宫殿的正上方，可谓天地相通之处。那卷着两位神使的雷光降临人世，引得大地一阵撼动。随着通天阵的关闭，雷光散去，尘云、楚天暮、白狐青丘和小鸟重明有些眩晕地站住脚——他们第一次降临人间，结结实实地踏在了大秦的土地上。

令楚天暮颇感意外的是，当她在那刺目的雷光消失后渐渐恢复视觉后，见到自己面前不远的地方正站着一个人类。这是一个高个子的男人，面色平和，平静的眼眸中有着些莫名的深邃。他对尘云和楚天暮笑了笑，并没有因他们从天而降而感到惊恐，反而像是在此等候多时了。

"你是谁？为什么会出现在这里？"尘云跨上前一步，对着面前的男人怒目而视。他知道，面前这人竟然会知道天界会在今天派遣神使降临人间，那么他绝非等闲之辈。

"鄙人徐福，字君房。大秦术士，奉始皇帝之命远赴海外寻找神山和不死药，想必二位也曾听过。"

尘云这下顿悟了。如果面前这人是徐福，那么他早就料到天界会派遣神使降临人间也就不足为奇了。人间术士徐福先生的莫测与神通在天界也是出了名的，从某种角度上，就是因为担心这徐福为始皇帝找到神山和不死药后引得一系列事情导致天地失衡，天界才集体通过洛水女神的提议而派遣神使降临人世的。

可令尘云和楚天暮都没想到的是，这传说中的徐福竟早已料到天界的决策，而且竟然已经在这里等待他们了。

"你为什么会在这里？"尘云站在楚天暮前面，面对着徐福问道。

徐福回答道："六天前我回到咸阳，并以星象紊乱，需要在骊山布设星阵以逢凶化吉为由骗过始皇帝进到骊山。在此等待你们，是想要了解神和天界的一些事情。"

"了解神和天界？呵，"尘云冷笑一声，"先是寻找神山和不死药，现在又想找我们了解神和天界。徐福先生做事，还真是越来越直接了呢。"

徐福微微笑道："只是单纯地想要了解而已，和始皇帝无关。二位神使尽管放心，我不会对任何人说出天界派遣神使莅临人间一事，包括始皇帝在内。"

"那还真是谢谢你了，不过我们并不相信人类。"尘云又是冷冷地笑了两声，随即拉着楚天暮疾步下了山。

"这个尘云，是对人类有偏见吗？"听完楚天暮的讲述，秦闻朝皱皱眉，问道。

"偏见很大，"楚天暮点头，"他认为人类都是贪婪自私的，根本无法被救赎。"

秦闻朝不以为然地摇摇头："这样的看法，实在太片面了。"

"是啊，"楚天暮叹息一声，"尘云总觉得自己很了不起，总是要极力挑战自己。他看不起弱小的生命，希望这次人间之行会改变他的一些看法吧。"

楚天暮顿了顿，继续说："而且我觉得徐福先生他人挺好的。在人间这半年来，他有时会来帮助我。虽然他这个人很神秘，但我觉得他是个好人。还有，现在我只是见习的司暮之神，等此次人间之行完成后，我就可以正式掌司暮色与黄昏了。"

"那就继续努力吧。如果你今后有困难，可以和我说。我可以告诉你一些有关人类的事情。"

"嗯。"楚天暮点点头，觉得心头一暖。

第二天一早，雪已经停了。黎明过后的朝阳在漫天的白云间探出一半，将慵懒的阳光洒在一地白雪之上；雪地上满是破碎的日光，晶莹剔透，宛若碎琼乱玉。

秦闻朝与楚天暮和风瑾告了别，两个人在村口分道扬镳。楚天暮目送着秦闻朝坐着的马车愈行愈远，对身边的小鸟重明说："重明，我突然觉得，人间还是很温暖的。"

"啾啾。"重明拍打着翅膀表示认同。

在她们头上，一缕暖阳从雪云之上倾泻下来。

既已，齐人徐市等上书，

言海中有三神山，名曰蓬莱、方丈、瀛洲，仙人居之。

请得斋戒，与童男女求之。

于是遣徐市发童男女数千人，入海求仙人。

——

《史记·秦始皇本纪》

朝闻榭

第三章
徐福先生

始皇三十五年，阳城。

"徐福先生，徐福先生——"楚天暮从雨中一路跑了过来，气喘吁吁地叫住前面的人。

术士徐福身披一件灰绿色的长袍，任凭雨丝划过长袍的边缘，在行过的地上留下一条条水迹。他听见有人叫自己，连忙回过头，看到来者后有些诧异道："楚天暮，怎么是你？"

"徐、徐福先生，"楚天暮俯下身子喘着气，"您可不可以，教我一些东西？"

"教你一些东西？你想知道什么，人间的处事习惯还是大秦的律册？"徐福有些奇怪地问道。

"不是那些，"楚天暮摇摇头，雨水顺着乌黑的短发甩开，"我是说，诸子百家。"

徐福眨了眨眼，不免有些惊讶。

这半年来，徐福倒是与楚天暮见过几次面。但由于尘云不让楚天暮透露过多天界的信息给这位鼎鼎大名的天界死敌，所以每次二人的谈话也只是草草了去。此时楚天暮突然要徐福教她百家之言，倒使得徐福一时感觉唐突无比。

"可以倒是可以，但是为什么突然……"

楚天暮像是已经考虑良久，未等徐福先生说完，她便解释道："天界给神使为期六年的时间来充分了解人间。我觉得，除了了解人类的生活之外，还要了解他们的思想。我之前听过，几十年前的东周时期，时值乱世，百家争鸣。诸子百家都想让自己的一言之词有一席之地，我想，那些思想，一定是人类最宝贵的财富。"

徐福沉思片刻，点点头，继而又面有难色，说："我居无定所，你也没有固定的住处。若要教你诸子百家，我们需要一处定处。可始皇帝焚书后勒令'学在官府'，民间不得私设学馆，恐怕一般的客舍也不愿意租借给我们。"

楚天暮想了想，拂去脸上的雨水后笑着说："我知道一个地方。"

窗外淅淅沥沥的雨下着，陈胜忍着腰痛半躺在床上，对着半边发阴的天空发呆。

不过他倒是很庆幸自己还能躺在床上——今年年初，始皇帝欲修阿房宫，故而在天下广集民夫，来满足他好大喜功的愿望。颍川郡已经有好几个县的人陆续被县尉带走，和家人离散，以赴徭役。

国政面前，人如蝼蚁。陈胜叹了口气，真担心哪天这样的厄运也会落在自己身上。

风将窗子卷开一角，雨点顺着屋内的墙壁滑落下来。陈胜本能地想去关窗，不料突然的移动使他腰间猛地疼痛了一下，使他不禁"哎呦"地大叫一声，只得揉着剧痛的腰部再一次躺回了床上。

陈胜的腰痛是老毛病了，每年春寒时都会犯。以往这个时候，他都会拜托秦闻朝去市集上那个贩药术士那里买两贴膏药，贴上后疼痛也会减轻些。但今年不知怎的，秦闻朝接连好几天去集市，都没有见到那贩药术士。贩铁的廖师傅告诉秦闻朝说，那个贩药术士一个月前就不来了，也没人知道究竟去了哪儿。

不单单是那贩药术士，陈胜注意到近些天来阳城县的许多术士和儒生都没了踪影。虽说这事情颇有些奇怪，但坊间却鲜有人过问。因为人们都心知肚明，术士和儒生的突然减少，想必与朝中之事息息相关。

突然一阵急促的敲门声传来，正在屋中休息的陈胜听到门外的声音，知道来人是找自己的。他便只好小心翼翼地挪动身子，忍着腰痛，一步一步地走到门外。

陈胜看了看两位门外的来客，发现并非是他认识的人，便问："你们是……"

"我是阿朝的朋友，请问阿朝在家吗？"楚天暮率先开口道。

"啊？不在家啊。下午的时候去后山采野菜了。"陈胜说着，又抬头看了看徐福。

徐福先生自我介绍道："我是一位术士。请问您就是陈胜先生吗？"

"对，是我。"听到叫自己"先生"，陈胜多少有些不自在。

徐福继续问道："请问院子中的谷仓是您自己的吗？"

"啊……是的，"陈胜点点头，"但我现在帮别人犁地，那谷仓已经不用来积谷子了。"

"今天我们来到这里，其实有一个请求，"徐福面有难色地启齿道，"我身边的这个姑娘想和我学习百家之言，可当下'学在官府'，实在没有我们的一席之地。故而我想问问您，能否将谷仓借予我们一用？"

"啊？这……"陈胜有些犹豫。始皇帝下令"学在官府"，民间不得私设学馆。若是给这面前的两位提供私学之处，被官府查到，可是要依秦律处以连坐的。

"没关系，"徐福微微鞠躬，"如今的状况，我们彼此也都能理解。更何况现在有儒生和术士以古非今，官府对这些儒生和术士查得更严些。陈胜先生请先斟酌考虑三天，三天后再给我答复即可。无论可否，我们都十分感谢。那这样的话，我们就先告辞了。"

这两位不速之客让陈胜有些头脑发蒙，他忍着腰痛点了点头，说了句告辞后侧过身关了门，心想着等秦闻朝回来一定要找他问清楚这两个人是何方神圣。

"那我们走吧。"徐福对楚天暮微笑道。

"徐福先生，你说阿朝的父亲真的有可能将谷仓借给我们吗？"

"我不知道，"徐福摇摇头，"但如今世道如此，我们也应该理解黎民百姓。"

"刚才阿朝的父亲说阿朝下午进山，但现在去了那么久，怎么还没回来？"楚天暮隐隐有些担心，"我想去山里找找他。"

"那你小心一点儿。"徐福先生点点头，"需要我一起去吗？"

"不麻烦徐福先生了，我带着重明去就可以了。"一边说着，楚天暮唤重明蹲坐在她的肩上，便借着月色快步向林中走去。

陈胜在屋内看着这一幕，沉思片刻，捂着酸痛的腰走出屋子，走到徐福身边。

徐福有些惊讶："陈胜先生？您还没睡吗？"

树林里，繁茂的枝叶遮住了圆月，偶尔有几丝凉风透过叶隙，发出令人背脊发凉、毛骨悚然的嘘声。雨后的天空像是泼洒一空的墨汁，漫天的墨色充斥着厚重感。天幕一片漆黑，看不见点点繁星，渗着微光的银月是空中唯一的光源。

"阿朝？阿朝？"楚天暮小心翼翼地在林间的泥地里走着，高喊声不时引起了一些小动物的窸窸窣窣。小鸟重明本想飞到高空探路，不料树林荫翳，根本看不清下面的景物。

奇怪！自己什么时候开始这么担心这个傻小子了？楚天暮这样想着，突然听见小鸟重明"啾啾"叫了两声。

"怎么了，重明？"

小鸟重明盘旋了两圈，用尾羽指了一个方向。

楚天暮侧耳倾听，忽然听见一些厮杀的怪叫声从那边传来。

"重明，我们快走！"

秦闻朝在这片自己熟悉的山林里走了许久，却还是回到原地。他不明白为什么自己会迷路，毕竟这片林子从小就来过，在这里砍柴早已经是轻车熟路了。

突然间，秦闻朝感觉到了前面有骚动。他躲在草丛里，暗中观察着。

林地中间有一处水洼，水边有一只色彩艳丽的大鸟，正用喙梳理着自己翅膀上的羽毛，还不时地低下头去衔些水喝。突然间，草丛中有"沙沙"的响声，随着响声逐渐变小，一条通体黑色的大蛇从草丛中匍匐而出，爬向水边那只正在饮水毫不知情的大鸟。

那黑色的大蛇悄无声息，不时吐出鲜红的信子。大鸟这时从水面上抬起头来，将头侧过去继续啄着翅膀上的羽毛。就在这一刹那，大鸟与黑蛇四目相对了。

在看到大蛇的那一刻，大鸟下意识地向后退去，同时张开翅膀。大鸟的爪子在水面上划过一道水痕，它振翅而起，借风而行，可就在大鸟腾飞的一刹那，大蛇吐着信子大叫一声，继而猛地上前咬住了大鸟的爪趾。一大滴黏稠的血从大鸟的爪子上落下来，伴随着"滴答"一声，把那一小片水洼染成了猩红色。大鸟拼命地拍打着翅膀，企图飞入高空，但这时大蛇向上甩尾，攀住了大鸟的脖子，大鸟惊恐地飞离山崖，想把大蛇扔下万丈深渊，大蛇显然没有被下面的万丈深渊所吓到，它将身子紧紧地缠住大鸟，张开血盆大口开始了更猛烈的进攻，大鸟漂亮的羽毛与皮肉一起被大蛇锋利的牙齿撕烂，大滴大滴的血与脱落的羽毛一起被冷风带下深渊，大鸟显然有些支撑不住大蛇的重量，它拍打翅膀的动作变得缓慢而艰难，凄惨的鸣叫回荡在山谷中。

"阿朝。"身后突然有人拍了拍自己的肩膀。

秦闻朝回过头，见到楚天暮，悄声问道："那两只……不是普通的动物吧？"

"巴蛇和蛊雕，是山海异兽。你在山中迷路，就是受蛊雕叫声的影响。趁它们打斗，我们快走。"

"可是，那只巴蛇快要把蛊雕吃掉了，我们不去救一下吗？"

楚天暮迟疑了一下，然后摇摇头："这是自然的规则。如果我们去救那只蛊雕，巴蛇就会被饿死。"

相较这个，楚天暮更在意的是蛊雕和巴蛇为什么会出现在人间。异兽横行，怕是天地更加失序。

当秦闻朝和楚天暮回来时，见陈胜正打着灯，和徐福先生已经等在院子门口。

待二人走近，徐福微笑着对楚天暮说："暮儿，陈胜先生同意将谷仓借给我们了。"

"真的吗？"楚天暮欣喜地感谢道，"谢谢陈胜叔！"

"方才和陈胜先生交流了一番，陈生先生觉得暮儿和阿朝是这么要好的朋友，便同意了。不过陈胜先生真是海量，知道我徐福的身份，还能同意我留在这里。"

"哈哈，"陈胜笑了笑，"既然是我儿子这么好的朋友，我也不必多说什么了。阿朝是谋刺始皇帝那个秦武阳的亲生子嗣，我都敢抚养长大。徐福先生鼎鼎大名，肯来我这里，也是我陈胜的荣幸啊。"

第二天一早，一辆马车停靠在秦闻朝的家门口。徐福先生从马车的车厢里抱下一个大木箧，放进了秦闻朝家院子里的谷仓内。

"这是什么？"楚天暮好奇地问道。

"诸子百家的著书，"徐福先生说着打开大木箧，其中盛满了各式的书简，"教你百家之言，没有书怎么能行呢？"

"可这些……"

徐福先生接过话茬儿："都在焚书时被毁了？早在我出海之时，就已经留下一批珍本了。"

"今天我们就从这卷开始讲起。《春秋》为儒家之言，我虽为道家人，倒也略知一二……"

一日过去，雨后黄昏的空气格外清新，有些发灰的晚霞遍布长空，将破碎的几点云影落在院中。随着太阳在一片晦明变化的云影之中蓦然消逝，楚天暮站在秦闻朝家的院子里，和徐福先生道了"明天见"后目送他的背影离开，开心地对秦闻朝说："今天真是学到了好多的东西。对了，我听徐福先生讲到了帝王泰山封禅的事情。阿朝，以后有机会，我们一起去爬泰山吧。"

"好啊。"秦闻朝点点头，感觉有微凉的清风拂过面颊。

"对了，阿朝，你的父亲身体还好吧？"楚天暮想起今天陈胜在床上躺了一天，关切地问道。

"腰疼，都是老毛病了。"说到这里，秦闻朝突然想起那个集市中许久没来的贩药术士，便问楚天暮，"最近阳城的术士和儒生突然少了很多，听说与朝中之事有关，你知道具体的事情吗？"

楚天暮的神色严肃了些，她点点头答道："徐福先生昨天对我说，咸阳宫内卢生等术士对始皇帝苛政徭役繁重以及一心痴迷长生不死感到厌倦，不愿意再为其炼丹而纷纷逃走。坊间的儒生和术士借此混乱之时以古非今，批判秦制，引得始皇帝勃然大怒，并下令彻查此事，不肯放过任何一人。"

秦闻朝恍然大悟："这么说，那些儒生和术士事先察觉到朝中风声，害怕受到牵连而纷纷躲避，少有露面。"

楚天暮点点头。她明白，在人间的考验，才刚刚开始。

土地平旷，屋舍俨然，

有良田美池桑竹之属。

阡陌交通，鸡犬相闻。

其中往来种作，男女衣着，悉如外人。

黄发垂髫，并怡然自乐。

——

《桃花源记》

朝宋楚

第四章

桃花源之一

始皇三十五年，阳城。

到了暮春时分，颍川郡阳城县的家家户户又开始了年复一年的播种移苗。谷雨刚过，天渐渐暖和起来，却不乏黏稠的阵阵春雨。

这天下了很大的雨，已经很久没有降过这么大的春雨了。雨水从发阴的天边流泻下来，冲刷着里巷中的桑柳枝条，将水花溅在家家户户的窗户上，留下一道道各异的水迹。

一阵急促的敲门声传来，正打盹儿小憩的秦闻朝揉了揉惺忪的眼睛，走过去开门。

楚天暮站在门外，被雨水浇湿的头发软软地贴在脖子上。她一见到秦闻朝就问："陈胜叔呢？"

秦闻朝解释道："父亲佣耕的田主昨天在鄢陵县也开了一块地。那边春种的豆苗不够，今天一早父亲就和邻家的李默叔他们一起运过去了一批。"

"鄢陵县？"楚天暮回忆了一下徐福先生为她讲过的郡县分治，记得鄢陵县也在颍川郡，离这里应该不远，便问道："阿朝，那陈胜叔什么时候回来啊？"

"怎么也得走上一天，大概明天晚上吧。怎么了？"秦闻朝有些疑惑。

楚天暮的眼中闪过一丝狡黠的目光，她一边嘻嘻笑着，一边拉着秦闻朝向里巷的巷口跑去。

"雨下得这么大，你去哪儿啊？"秦闻朝的声音淹没在大雨中，冒着白烟的雨雾让他很难看清巷子里的青石路。

"快跟我来。"楚天暮拉紧秦闻朝，急匆匆地跑向巷口。

"你要去哪里啊？今天不用和徐福先生学习吗？"

“我已经和徐福先生说好了。我们现在快点儿走，晚上就能回来了。”

在迷蒙的雨雾中，秦闻朝依稀见到巷口停靠着一辆马车。马儿在狂风暴雨中不满地哼哼着，时不时地抬起蹄子，踢开脚下淤积的泥水。而楚天暮的山海异兽小鸟重明，已经停在马车的车厢内，见到主人来了，欢快地叫了两声。

“快坐上来。”楚天暮拉着秦闻朝上了马车，抱起小鸟重明，然后对车夫说：“去县口的那条小河。”

车夫一声不响地点点头，驱使着马儿穿行在雨水中。秦闻朝就被这么突然拉上马车，一路跑过来气喘吁吁。

“到底是怎么回事？我们要去哪儿？”

“有人要请我帮忙。”楚天暮颇有些骄傲地说道，从怀中取出一个东西，秦闻朝定睛一看，见那东西是一小块树皮，半黑半棕，应该是桃树的树皮。楚天暮挥了挥手中的树皮，继而递给秦闻朝。

秦闻朝接过楚天暮手中这一小块树皮，见上面用篆体刻着几行字：

近日桃花源有一巴蛇出没，昼伏夜行，桃花源人因而不敢轻易外出，家家户户院门紧闭。老朽听闻天界遣神使莅临人间，特函请天女楚天暮为桃源除害，斩杀巴蛇，安乐民生。

始皇三十五年

桃源长老

“你看，我就说有人要求我帮忙吧。”

秦闻朝皱着眉头又看了看这块桃树皮，然后一连串地问道：“巴蛇是什么？这桃花源又是什么地方？这个桃源长老又怎么知道你是神使，从天界而来？”

面对秦闻朝抛来的这么多问题，楚天暮没有立刻回答，而是反问道："阿朝，你听说过夸父逐日的传说吗？"

秦闻朝点点头，他当然听说过，就在他常读的《山海经》绢帛上就有所记载——《山海经·海外北经》有言："夸父与日逐走，入日；渴，欲得饮，饮于河、渭；河、渭不足，北饮大泽。未至，道渴而死。弃其杖，化为邓林。"

"夸父死后，丢出的手杖化为了一片桃林。这片神话中的桃林就是信函中所说的桃花源。而桃源长老，就是夸父族的后人，与天界也有一定的血脉渊源。"

"巴蛇是产于蜀地的一种山海异兽，黑身青首，有剧毒。看来有一条巴蛇不知从哪里进到了桃花源，并且迟迟不走，打破了桃花源安乐的生活。桃花源人虽为夸父后人，但千百年来已经失去神力，无法直面山海异兽。所以呢，也就必须要靠我了。"

"那你为什么叫我来？"秦闻朝问道

楚天暮有点儿骄傲地说："在天界做司暮令那会儿，时常会有对付山海异兽的训练。现在倒是好久没进行，有些生疏了。不过呢，今天就让你好好看看我大显身手吧。"

"哦？那他们怎么不找尘云呢？"

"怎么？"楚天暮噘着嘴，"你不相信我有能力斩除一只山海异兽吗？"

"没有啊，"秦闻朝不禁笑出来，"毕竟你们都是神使嘛！"

"呵，就算尘云收到这样的信函，他也不会去帮忙的。在他看来，但凡不是天界下达的命令都是在多管闲事。我太了解他了。"楚天暮嗤之以鼻的同时不禁有些低落：如果她日后把这件事告诉尘云，尘云会不会责怪她多管闲事呢？

楚天暮很不喜欢尘云的冷漠，也自知永远做不到他那样冷静。

"喂，阿朝，"楚天暮推了推秦闻朝，"你觉不觉得我是在多管闲事啊？"

"不会啊，"阿朝嗔怪地看了她一眼，"帮助别人怎么会是多管闲事呢？"

对嘛，又不是所有人都认为这是在多管闲事，至少阿朝就不会。

楚天暮这样想着，嘴角挂着一丝笑意。

马车很快行到了阳城县口，环绕着阳城县的那条小河依稀可见。楚天暮付了些秦半两，与秦闻朝一同下了车。小河因为暴雨而涨了水，河面上飘着一只小船，看上去是用陈年桃木做的。

"我们坐这船去，很快就可以到桃花源了。"楚天暮指了指河面上飘着的小船。

"这么说，桃花源就在颍川郡？"秦闻朝有些惊讶。他长这么大，还没在颍川郡见过那样一大片传说中的桃林。

楚天暮摇摇头："桃花源是夸父的手杖化成的，有着神的庇护，所以它不在任何人间的地方。当然，也可以说它在任何地方。"

秦闻朝一头雾水："什么意思？"

"关键是这只桃木小船，"楚天暮一边解释，一边拉着秦闻朝踏上船，"这只小船是用桃花源中千年古桃树的枝干做成的。只要有这只小船和一条河，河的尽头就是桃花源。"

　　秦闻朝将信将疑，不可思议地看着小船在雨水中梭行着。小鸟重明飞在小船前面，不时啾啾叫着，提醒秦闻朝和楚天暮稍慢一些。雨水落进河中扬起浪花，几次险些将小船倾覆。过了一会儿后，秦闻朝竟然看到面前出现了一座高山。在他的印象里，颍川郡是没有这么高的山的。小船顺着山水之间的一道小口慢悠悠地漂了进去。狭窄的洞口内有些潮湿，河水流进去明显缓和了些。

　　"从这里出去，就是桃花源了。"楚天暮有些兴奋地看着前面。过了一小会儿，眼前的洞口明亮可见，当小船驶出狭窄的山洞时，秦闻朝惊呆了。

　　和煦的惠风扑面而来，桃花与青草的芬芳融在风中。艳阳高悬，白云流淌，没有一丝一毫的狂风骤雨，与外面俨然是两个世界。

　　桃木小船漂向岸边，秦闻朝与楚天暮上了岸。目所能及，是成片成片的、漫山遍野的桃树桃林。在粉嫩的桃林之间，有着平坦广袤的土地，整齐排列的屋舍，良田美池，桑竹错落。田间小路四通八达，鸡鸣狗叫不绝于耳。老人乘凉，小童玩乐，男人耕田，女人织衣，好一派怡然自得之景。

　　一些桃花源人向这边走了过来，为首的是一位老者。老人个子不高，笑眯眯地开口道："恭候天女多时了。这里就是桃花源，我是这儿的长老。"

　　"这就是我的朋友，秦闻朝，"楚天暮介绍道，"之前说过的。"

　　"是天女的朋友啊，你好你好。"桃源长老笑眯眯地看着秦闻朝，使得秦闻朝一时间有些不知所措。

　　桃源长老继而对两边走来的小童点点头，那两个小童就把身边的大坛子起了封，一阵酒香腾然而出，还掺着些花蜜的甜香和桃花的芬芳。

　　楚天暮将鼻子凑过去闻了闻，惊喜地叫了一声："杜康酿！"

　　"是酒吗？"秦闻朝凑上前问道。

"嗯，"楚天暮高兴地点点头，"听先祖女娲说是上古时期杜康为黄帝酿的酒。我以前在天界喝过。"

"啾啾。"小鸟重明也啄了啄楚天暮碗中的酒，醉醺醺地叫了两声。

"正是这样。"桃源长老微笑着点了点头，"这杜康酿的秘方是夸父族代代相传下来的。现在又倚仗着桃花源的桃林，每年酿酒时还要加些桃花，甘香而醇正，味道非常好。"

两旁的小童又取来两个桃木碗，各自斟上一碗酒递给楚天暮和秦闻朝，恭敬地说道："二位贵客，快尝尝吧。"

楚天暮接过桃木碗，嗅了嗅酒香后凑到嘴边尝了一口。她注意到秦闻朝迟迟没喝，便问道："你怎么不喝啊？"

秦闻朝迟疑道："我还没喝过酒呢。"

秦闻朝确实未曾喝过酒，倒不是因为农人无钱买酒，而是在商鞅变法时颁布了禁酒令，一来节约粮食，二来防止秦人奢靡之气成风，三来可增加国家收入。故而秦朝的黎民百姓平日里几乎很难能喝到酒。

"这里是桃花源，不同于外面的大秦帝国，"桃源长老笑着劝道，"我们这里与世无争，民风淳朴，家家自给自足。况且这酒只是我们的一点儿心意，这位天女的朋友就尝尝吧。"

秦闻朝听长老这么说，不再迟疑，将碗中的杜康酿凑到嘴边。一股如泉水般的清凉滑进秦闻朝的嘴里，继而有一丝丝辛辣缠在他的舌尖，那丝辣意在喉咙里变得甘甜，最后化为绵绵无尽的醇香与回味。

"怎么样？"长老笑吟吟地问。

一阵舒缓醉意泛了上来，秦闻朝感觉全身通透，疲乏减轻。随后桃源长老与桃花源人带着秦闻朝和楚天暮绕着山泽和桃林走了走，纷飞的桃花像是迷离而细碎的梦。秦闻朝与楚天暮坐在一棵千年桃树下，听着阵阵轻飔拂过花枝，听着小鸟重明欢快地叫着，看着湛蓝的天空，天空之上有云白色的河流淌过。

又过了一会儿，那两个小童为楚天暮和秦闻朝端来桃花茶和蜜桃解酒气。桃源长老又是笑眯眯地说道："如果二位休息好了，我们去见那条巴蛇吧。"

楚天暮差点忘了任务，赶紧起身，跟在桃源长老和桃花源人的身后。这一群人穿过一片片桃林，站定在一道飞瀑对面的洞口处。

桃源长老解释道："那巴蛇就在这里面。白天的时候，它常一动不动地盘在洞穴最深处的石柱上。到了晚上，它就会爬出洞穴，让桃源人不敢轻易出门。"

楚天暮点点头，抱起小鸟重明与秦闻朝跟着桃花源人走进了山洞。洞穴内迂回曲折，十分潮湿。走了一小会儿后，就已经完全看不见日光了。

秦闻朝跟着桃花源人摸黑走了一会儿，奇怪地问一旁的桃源长老："我们为什么不点火把？"

"不能点火，"长老悄声说道，"不能惊动它们。"

"谁？"秦闻朝疑惑地问道。

长老刚要回答，楚天暮就不明所以地召唤出一团火。那团火焰明晃晃的，在楚天暮的手心中静静燃着。

秦闻朝看了一眼长老，见长老的面孔映在火光中十分惊恐。在秦闻朝还不明白发生了什么时，长老突然喊了一声"快跑"，桃源的人们就向洞穴深处惶恐地跑去。

一阵阵拍击翅膀的声音和窸窸窣窣的叫声在四周响了起来。借着楚天暮那微弱的火光，秦闻朝这才发现，原来洞穴上面悬满了蝙蝠样的东西。这些东西密密麻麻的，成群结队地堆在洞顶，让人看了头皮发麻。这些蝙蝠样的东西见到火光，一齐向桃花源人的队伍扑了过来。秦闻朝一下子想起来了这是什么。《山海经·西山经》写过："其鸟多当扈，其状如雉，以其髯飞，食之不眴目。"

"快把火熄灭了！那些当扈讨厌火光，会袭击带着火的人！"桃源长老喊道。楚天暮赶紧熄灭了手中燃起的火焰，一边慌不择路地跑着，企图甩掉后面紧跟的异兽当扈。

那些当扈最终没有跟过来，但当一群人误打误撞地跑进洞穴最深处的时候，秦闻朝看到了比成群的当扈更可怕的东西——

洞穴的深处十分宽广，岩壁上满是破碎的石头。在开阔的视野中，一道瀑布顺着岩壁流泻而下，在断崖之下汇成一条洞穴中的河水。在那湍流之中，有几根石柱伫立在水中，石柱顶端连接着洞顶。而盘在最粗的那根石柱上的，赫然是一条黑身青首的大蛇，足有一栋屋舍之大。

所有人都沉默地看着那巴蛇，蛇眼中露出的凶光让人们有些不寒而栗。

秦闻朝看得出来，面对这样一只山海异兽，楚天暮难免有些紧张了。但她没有多说什么，而是深呼吸了几下，顺着瀑布的水流一跃而下，小鸟重明也盘旋着飞到了断崖的下面。楚天暮选了块高出水面的岩石站住脚，眼见这巴蛇的血色的眼中露出饥饿的凶光，气势汹汹地从石柱上爬下来，在水中渐渐逼近楚天暮。

楚天暮不给巴蛇任何靠近的机会，她将左手挥到空中，一团炙热的火焰立刻悬在楚天暮手中。在那巴蛇想要出其不意地猛攻而上时，楚天暮瞄准巴蛇的嘴巴丢出了手中的那团火焰，火焰落入巴蛇的血盆大口，惹得它痛苦地哀叫连连。

楚天暮这一下子显然激怒了巴蛇，它以迅雷不及掩耳之势迅速在水中盘走，连连避开楚天暮的火焰袭击，伺机给予致命一击。这让楚天暮有些招架不住，在天界的时候，她还没应付过游走起来这么快的异兽。

巴蛇渐渐占了上风。千钧一发之时，重明扑打着翅膀飞下断崖，在巴蛇面前扰乱它的视线并不断避开巴蛇蛇尾的扫击。楚天暮见缝插针，召唤出团团烈火围攻黑身青首的大蛇，巴蛇不时被冲天的火光围困，连连发出厉叫。

"嘶嘶——"那巴蛇趁楚天暮不注意，对她喷出一口墨色的毒液。楚天暮连忙躲闪，险些被那剧毒沾上。

"啾啾！"重明对主人叫了一声，为楚天暮感到担心。

"重明，小心啊！"楚天暮转过头喊道。

楚天暮话音刚落，巴蛇的尾巴就扫向了重明。这血红色的小鸟躲闪不及，被有力的蛇尾横扫入水中。重明重重地摔进了湍流之中，发出了"咚"的一声闷响，久久没有出来。

秦闻朝和桃源的人们吓了一跳，纷纷为小鸟重明的命途感到担忧。可楚天暮却是一脸自信，盯着重明落水的地方露出了微笑。

"嘶嘶——"正当巴蛇为自己的战果感到一阵兴奋时，原本湍急的清流忽而变得火红，火光从水流中迸射而出，着实让巴蛇吓了一跳。

秦闻朝见水流中突然燃起了火光，忙问长老发生了什么。长老紧张地看着水面，不明所以地摇了摇头。

"重明，是时候给他们露一手了！"楚天暮自信满满地向水面一挥手。她话音刚落，一团烈焰从水中腾跃而上，直击岩洞的洞顶。当人们还没明白这火焰是什么时，那团烈火忽而又折返回来，直击巴蛇的颈部，使得巴蛇凄厉地叫了一声。

秦闻朝定睛一看，终于看清了楚天暮从水中召唤出的那团火焰是什么：一只与巴蛇等大的巨鸟正在洞穴中央扑打着翅膀，它的身躯通体赤红，翅膀和尾巴处缠着燃烧的火焰。那巨鸟的目光很是犀利，每只眼睛的瞳孔中都有着两个墨色中透着血红的瞳仁。

"那是……重明吗？"秦闻朝惊讶地看着这只腾空的巨鸟，很难想象它就是那小鸟重明作为山海异兽的真正样子。

巴蛇粗略地判断了一下战况，意识到拉锯战对自己不利后立刻猛扎到水里。重明巨鸟不甘示弱，在楚天暮的指挥下也俯冲扎进了水里，那水面立刻燃起熊熊烈火。

黑色的巴蛇与红色的重明在洞穴的冷水中交错打斗着。重明在水中难以施展烈火，几次想引巴蛇上岸；但那巴蛇聪明得很，伏在水中一动不动。重明只好在水中进攻，可它的鸟喙还未来得及挑向巴蛇，一道黑影便扫了上来。巴蛇重击了重明后，连连甩尾猛击，不给重明一丝一毫的喘息机会。随着那巴蛇用引以为傲的速度甩起尾巴，重明被高高抛起，重重地砸在一旁的石头上。

"重明！"楚天暮心疼地高喊道。重明一时失去了力气，再度蜷缩回一只小鸟的样子。

那巴蛇趁楚天暮分心，先是甩开尾巴扬起水花，继而张开血盆大口，咬向楚天暮。楚天暮被水眯了眼睛，没能避开巴蛇这一下子。秦闻朝眼见着一颗锐利的尖牙划过楚天暮的衣袖，她的右臂立刻被划出一条血迹，血迹中渗出黑色的星星点点。

"糟了！是巴蜀之毒！"长老不禁喊道。

"什么？"秦闻朝不明白什么是"巴蜀之毒"，忙问长老。

长老简略地解释道："巴蛇体内的剧毒，普通人一旦中毒，九死一生。"

秦闻朝暗暗为楚天暮担心起来，却又无法插手相助。他焦急地看着中了毒的楚天暮费力地支起身子，却无能为力。

楚天暮垂下右手，勉强又打出几团火焰。但那巴蛇正兴致高涨，几团火焰都连连避开，在水中不停地翻腾。

楚天暮气喘吁吁，意识到自己低估了面前这个对手的实力。她决定孤注一掷，转过头对断崖之上喊了一句："阿朝，帮我个忙！"

"什么？"秦闻朝连忙问道。

"把岩壁上的碎石扔下来！我出去吸收力量，尽可能帮我争取一些时间。"

楚天暮说罢抱起一旁奄奄一息的小鸟重明，借着最后一丝力气冲进瀑布，逆流而上，在那巴蛇的又一轮攻击前爬上了岩壁断崖。

"没事吧，暮儿？"秦闻朝连忙上前扶住楚天暮。

楚天暮抓着流血的右臂，故作坚强地笑笑："没事，很快就好了。"

秦闻朝与楚天暮互相鼓励地拥抱了一下，然后楚天暮抱着小鸟重明加快脚步跑出了岩洞。

"我们一起来吧。"秦闻朝对桃源长老说道，后者点了点头。

"我的同胞们，开始帮忙吧！"长老挥动着桃木手杖，激动地推下了一大块碎石。

正在兴头上的巴蛇见攻击目标逃跑了，立刻准备跃上断崖，不料它刚一探头，桃源人和秦闻朝便开始奋力将崖顶的石块向下砸去。一块石头砸中了巴蛇的眼睛，它又是叫了一声，直直地落入了湍流之中。

"就是这个势头，把它拦下来！"长老高呼道，人们继续将碎石一块块地用力推下去。

"嘶嘶——"那巴蛇晃了晃青色的脑袋，又一次冲了上去。

"扔！"长老一声令下，人们开始了又一次阻击。

"嘶嘶——嗷——"巴蛇三番五次地想爬上来却被石头不断打落，它怒火中烧，连连避开人们投下的石头，竟迂回爬上了断崖的岩壁！

"它上来了！"人们乱作一团，恐慌地喊道。可巴蛇对这些桃源人压根儿不感兴趣，它迅速地爬向洞口，准备与楚天暮一决高下。

秦闻朝见巴蛇爬了出去，紧随其后向外跑去。那些盘在洞顶的当扈早已不见，想必是被楚天暮与巴蛇战时的肃杀之气所吓躲藏了起来。桃源人意识到大事不妙，也纷纷向洞外蜂拥而去。

在那巴蛇迂回出洞后，秦闻朝最先跑出洞穴。他定睛一看，见楚天暮正抱着重明悬在桃花源的空中，万丈霞光从满是火烧云的黄昏天幕翻滚而下，缠在楚天暮的身边，迸射出刺目的金光。

秦闻朝惊呆了。此刻裹在金色光芒中的楚天暮，俨然是一位神明。

不，她本来就是神，秦闻朝暗暗提醒自己。

巴蛇看了楚天暮几眼，却丝毫没有被这股架势吓到。它又是腾跃而上，张开大嘴咬向楚天暮。正在吸收霞光的楚天暮猛一抬手，她身上裹着的晚霞光芒便一齐涌向了巴蛇。巴蛇被那霞光缠住，痛苦地哀鸣着，一动也不能动。

小鸟重明见缝插针，裹着一团火焰盘旋着撞向巴蛇。巴蛇宛如被火炭炙烤，身体被重明撞击过的地方都留下了赤红色的灼热红斑。

秦闻朝和桃源人屏住呼吸紧张地看着空中的战斗，他们见楚天暮口中念念有词，晚霞与暮色渐渐浓缩成一柄剑的形状。楚天暮用左手握住剑柄，奋力一跃，在巴蛇的额头上狠狠地劈了下去。巴蛇的头顶被斩裂，惨叫声在桃花源内久久回荡不绝。

霞光散去，那巴蛇直挺挺地倒在地上，黑色的血浆从头中淌出，将身下草地染得血黑。

楚天暮也用尽了气力，她从半空缓缓降落，见巴蛇已经死了，欣慰地笑了一下。突然她感觉眼前一片模糊，楚天暮眩晕地跌倒在了草地上。

"暮儿！"秦闻朝见楚天暮晕倒在地，忙将她扶起；但楚天暮已经昏了过去，脸色惨白，唇角有些青紫。

"是巴蜀之毒。"桃源长老走过来，担忧地看着楚天暮，"这是巴蛇体内的剧毒，对于一般人来说很难根除，四十九天内就会死亡。"

"神……也会死吗？"秦闻朝低下头，看着脸色青紫的楚天暮，万分担心地问长老。

"那倒不会，"桃源长老答道，"但会丧失元气和修为。天女自暮色霞光中诞生，最坏的结果是元神俱散，重归于暮色霞光。如果那样的话，至少还要千年才能重修神身。"

秦闻朝心急地问："那要怎么办啊？"

"天女的朋友不必担心，"桃源长老道，"我这里有些从先祖夸父那里传下来的巴蜀之毒的解药，可以解一时之急。但还需要些人间的药草来根除毒素，不然会落下毒根。而且要尽快。"

"需要什么药草？我去找！"秦闻朝急切道。

桃源长老迟疑了一下，继而向一旁的桃花源人索来一小块树皮。他拾起一小块石片刷刷地刻着字，很快便写好了，递到秦闻朝手中。

"就是这些药草，要尽快。"桃源长老嘱咐道，"运气好的话，在你们从外面进来的那处山坡上就都能找得到。"

"我知道了！"秦闻朝点点头，拿着写有药草名称和形态的树皮跑向了山口的桃木小船。

外面的世界仍然大雨瓢泼，而且比来时更大了些。细密的雨水让秦闻朝睁不开眼睛，他把桃木小船停靠在岸边，焦急地在山坡上找起桃源长老所写下的草药来。但无奈他根本不认得这些草药长什么样子，桃源长老所写的草木形态又模糊不清。秦闻朝趴在泥泞的地上扒开一丛丛杂草，却什么都找不到。

秦闻朝心急如焚，有些后悔为什么没带一个识草药的桃花源人一起出来。寒冷的雨水灌湿了秦闻朝的衣襟，正当他准备折返回去找人时，他突然听到不远处有人在说话。

"喂——那边的小伙子，快来避避雨吧——"

秦闻朝猛然回头，见雨雾中竟然隐约有一幢屋舍的形状。他赶快跑过去，看到这山坡上竟然真的有一座房子。这座孤零零的屋舍与周围的荒野和杂草难以相融，像是突然被某个大力神扛过来的样子。

站在屋舍前的是一位十几岁的少女，她身穿一袭白衣，左侧的衣袖上绣着一只白狐。她领着秦闻朝走进门，顺着一条不长的连廊走向内间。连廊内没有点灯，显得有些昏暗，让秦闻朝有些捉摸不清这户人家的主人是什么身份。连廊与内间之间还隔着一道竹帘，借着内间从竹帘缝隙间渗出的灯光，秦闻朝隐约能看见其中端坐着一名男子。

少女对内间中坐着的男子说道："公子，我见他一个人在大雨中站着，便叫他进来避避雨。"

"我知道了，那就请进吧。"男子温文尔雅道，同时将头微微侧向竹帘这边。

少女为秦闻朝撩开竹帘，秦闻朝缓步走了进去，他最先注意到的不是这位坐着的男子的面容，而是一屋四壁不凡的摆设——内间西侧这一面墙有几排木架，架子上整齐地堆着书简，书简一侧还摆着各式各样的青铜酒器。其余三面墙各有几处金色的悬壁铜灯，坐落在上面的火光微微动着。几枚镶嵌在屋顶的贝类饰品被打磨得十分光滑，在灯火的映衬下微微泛红。这时候一缕沁人心脾的香气掀动着秦闻朝的鼻翼，他才意识到，内间的四角竟还搁置着几个做工精致的小香炉。

看来，这室主人的身份不一般啊，秦闻朝暗暗想到。

当他将环顾四壁的目光转到屋中男子时，秦闻朝的这种想法更加得到了确定。

室主人是位青年，他的眉眼很亮，皮肤白皙，看上去比秦闻朝大不了几岁。令秦闻朝一时错愕的是，这青年竟披了一件玄黑色的裘袄——秦朝以水德为始，尚黑为上色，故而天下只有始皇帝一人能着黑衣。秦闻朝长这么大，还是头一次见到有人敢穿黑色衣服的。

知道了面前这人的来头定不简单，秦闻朝没有率先开口，而是谨慎地点点头。

青年倒是客气地一笑，说道："既然肯赏脸进了我这陋居，就算是贵客了。青丘，你去为客人端些热茶吧。"

被青年唤作青丘的少女答应了一声，然后撩开竹帘走了出去。

秦闻朝一心想快些找到草药，并不想在这奇怪的屋舍中停留太久。无奈他准备感谢这黑衣青年的好意离开,青年却是和气地笑笑,开口问道:"敢问客人如何称呼?"

秦闻朝愣了一下,随即答道:"哦,叫我阿朝吧,周围的人都这么叫。"

"阿朝,"青年重复了一遍,微笑着点点头,"现在这么晚了,雨还下得这么大,阿朝这是要连夜去哪儿呢?"

他不喜欢面前这人装腔作势的样子,简单地说道:"我的一个朋友中了蛇毒,我来帮她找药草。"

"是吗?"青年点点头,"现在雨下得这么大,的确难以找到什么药草。"

秦闻朝将头凑过去,见青年正在看一卷题为《战国策》的竹简。这卷书秦闻朝连听都没听过,他见青年正在看的部分写着:"夫秦卒与山东之卒也,犹孟贲与怯夫也;以重力相压,犹乌获之与婴儿也;夫战孟贲乌获之士,以攻不服之弱国,无以异于堕千军之重,集于鸟卵之上,必无幸矣。"

青年把《战国策》向秦闻朝面前推了推:"阿朝知道这段文字记载中的孟贲和乌获为什么能所向披靡,使敌人闻风丧胆吗?"

秦闻朝根本就看不大懂那《战国策》竹简上写的是什么意思,他猜测道:"大概是因为……他们比较骁勇善战?"

青年摇摇头:"孝公时期商鞅变法,废除世卿世禄,转而军功授爵。封爵赐田,还可以免除罪过和徭役,故而使得秦军实力大增。"

"哦……"秦闻朝似懂非懂地点点头,这时候他才意识到,面前这人的涵养不是装出来的,这个青年的确有很多百姓所没有的知识。

青年继续摆弄起那些书简,津津有味地看起来。秦闻朝看不懂,也不在一边装模作样,只是静静地看着窗外的狂风骤雨,越发担心起楚天暮的情况。

　　这样想着，秦闻朝起身对黑衣青年说道："对不起，我必须走了，暮儿还在等着我呢。"

　　"你说什么？你的朋友叫什么？"青年突然抬起头高声问道，与天边同时响起的雷声吓得秦闻朝一激灵。

　　秦闻朝有些疑惑这素不相识的青年为什么会问这个，他又重复了一下刚才的话："暮儿。她叫楚天暮。"

　　"她……是不是一个十几岁的女孩？"青年的神色突然有些着急。

　　"你怎么知道？"秦闻朝有些警觉地问道。

　　"哦，不是，"青年极力掩饰自己的慌张，"我听到这个名字，觉得你的朋友应该是一个女孩。她怎么了，你刚才说她中毒了是吗？"

　　秦闻朝想了想，觉得不便把暮儿的身份透露给面前这个陌生的青年，便含糊不清地说："嗯。她去帮助一个村子里的人除掉村中徘徊的毒蛇，把毒蛇杀死后自己却也中了蛇毒。"

　　"她现在没事吧？"青年焦急地问。

　　"没有大碍，村子里的长老已经帮她解毒了，"秦闻朝摇摇头，"但还需要药草来清掉体内残留的毒素。"

　　"什么样的药草？"青年急切道。

　　秦闻朝把那一小块写着药草种类和数目的树皮递给青年看。可能是因为树皮上的字迹潦草，青年皱着眉头看了好一会儿，问秦闻朝："这些药草，附近都能采到吗？"

　　秦闻朝肯定地点点头，答道："那村子里的长老告诉我，在这山坡就能采到这些药草。可是雨下得太大了，而且我也分辨不清这些药草到底都长什么样子……"

"青丘！"还未等秦闻朝说完，黑衣青年就对着外面高喊了一声，刚才来送茶的少女疾步走进内间，问青年怎么了。青年急忙起身对着少女耳语了几句，随即将那块写着所需药草的树皮递给了她。少女看了看树皮上的内容，点点头很快撩开竹帘走了出去。

青年擦了擦额头上的汗，对秦闻朝报以抱歉的一笑："对不起，刚才和你说闲话浪费时间了。我已经让青丘去找药草了，很快就会回来的。"

秦闻朝看了看窗外的风雨，实在难以想象刚才那个被唤作青丘的少女能在这种恶劣天气下找到那几种稀有的药草。他有些担忧地问青年："现在雨下得这么大，她自己一个人出去太危险了吧？"

"没关系，"青年又是不明所以地笑了笑，"青丘她自有办法，阿朝不必担心。"

窗外的暴雨仍然丝毫没有减弱的痕迹，就在秦闻朝越发不安，想要自己去找的时候，屋舍的门突而打开了。少女青丘从外面走进来，怀中已是好些药草。这些药草都带着泥土和雨水，新鲜得很。

"谢谢你们。"秦闻朝赶快接过药草，"那我先走了。"

"阿朝。"青年突然叫住秦闻朝。

"怎么了？"

青年低下头勾起嘴角，轻声说："她能有你这样的朋友，真是幸运。"

秦闻朝不好意思地笑了笑，和黑衣青年与少女青丘道了别。他紧紧地抱着来之不易的药草，重新跌撞进雨幕之中。

见秦闻朝逐渐走远了，那被唤作青丘的少女身子突然一软，随着一道柔和的白光化成了一只白狐。白狐亲昵地蹭了蹭青年，青年一边将着白狐身上柔顺的毛发，一边看着秦闻朝留下的写着药草名的桃木片若有所思。

良久，青年才微微扬起嘴角，对白狐青丘说道："你看，青丘，这些药草都是用以祛除巴蜀之毒的。这么说，暮儿斩除的，可不是一般的蛇，而是蜀地凶险的异兽——巴蛇。"

看来自天界下达人世以来，暮儿也在一直努力，不断成长呢。尘云这样想到。

"呜——"白狐青丘低吼了一声，周围的四壁像是融化了一般，那些青铜灯、香炉和书简一并消失不见。屋舍原本存在的地方只剩下一片雨中的荒地。

尘云与青丘立在雨幕之中，他一边夸耀着青丘幻化的能力日臻完善，一边抚摸着青丘柔顺的皮毛，同时凝望起隐天蔽日的暴雨来。

在人间多年难遇的狂风骤雨频频降下，怕是天界动荡，众神对于人间裁决的问题更加龃龉不和。

秦闻朝抱着药草匆匆返回小溪边，那可怜的桃木小船在狂风暴雨中猛烈地摇动着，几欲倾翻。秦闻朝赶紧驾起船来，在一阵阵的风雨飘摇中将小船划向了通往桃花源的洞口。

当狭窄的洞口再一次出现在秦闻朝眼前时，他不由得松了一口气。狭窄的洞穴分开了桃花源与外面的世界。当秦闻朝将小船划出洞时，桃花源已经天黑了，桃花源所特有的桃花芬香与嫩草的味道扑鼻而来。

洞口早已有三两个桃花源人在此等候。他们见秦闻朝带着药草来了，匆忙带着他穿过桃林，走到山坡上方的一座小屋前。这座小屋是用粗壮的藤条盘绕建成的，通体墨绿。小屋前拥满了伸长脖子向里面看的桃花源人，秦闻朝抱着药草挤开这些人，踏进了藤屋。

　　"你回来了啊？找到药草了吗？"屋内，桃源长老正在熬着一服汤剂，楚天暮躺在树藤小床上，面色较刚才缓和了些。

　　秦闻朝赶紧将药草递上前，老人在小屋内的石炉上点了一盆火，将秦闻朝拿来的药草简单清洗后全部放了进去。各异的药草在炙烤下冒出缕缕青烟，留下了块状的精华。

　　桃源长老夹起石炉中的药草精华，悉数放进手中端着的这一服汤剂中。那汤剂很快就变了颜色。桃源长老小心地舀出一些汤剂，轻轻送到楚天暮嘴边。楚天暮喝下汤剂后，剧烈地咳嗽了一阵，但面容显然更加缓和了些，唇角也不再发紫。

　　楚天暮蛇毒刚解，还是有些眩晕。她看着浑身被雨淋湿的秦闻朝，不由得心头一暖。楚天暮对秦闻朝勉强笑了笑，说了句："谢谢你，阿朝。"

　　楚天暮闭上眼睛，平稳地呼吸起来。桃源长老见楚天暮熟睡了，拍了拍秦闻朝的肩头，低声说道："让天女好好休息吧。我们先出去，我想和你说几句话。"

　　秦闻朝抬起头，跟着桃源长老走出藤屋，走到离那些围在藤屋外面驻足围观的桃花源人远了些的地方，叫秦闻朝坐下来。

　　秦闻朝与桃源长老一同坐在松软的草地上，看着含着桃花芬香的风儿卷过一地绿油油的蔓草，与那些新生桃树的枝干轻轻摇曳着。夜空中明月高悬，星芒之下的瀑布飞驰而下，隆隆的水声与激荡的浪花汇在桃源中那条汩汩流淌的小溪中，月光洒落在溪水中，渐渐行远。

　　"她的身体应该没有大碍了，我之后为你开一服汤剂的药方，请明白的人照着做就行，一天喝两次。"桃源长老说道。

　　"谢谢您了。"

"此外，我最担心的事情……"桃源长老凝重地看着秦闻朝，他一贯的笑容不见了，眉头几欲拧成了一团。

"是什么？"秦闻朝有些忐忑地问道。

"巴蛇出没桃源，异兽蠢蠢欲动，天下愈渐不再安宁，我怕天女将会遇到的，不仅是来自复杂人间本身的重重阻碍，还有，来自天界的分歧和质疑。"

"来自天界的分歧和质疑？！"秦闻朝瞠目结舌，有些不敢相信桃源长老的话。

"是啊，唉，希望是我多虑了。"桃源长老将头低下去，微微地晃着头，像是想要忘掉这个想法，"天女毕竟修为和学识尚浅，还被天界派遣这么重要的任务。我怕天界中有着不信任天女的存在，他们一定会给天女造成更大的阻碍和困难……唉，希望是我想多了……"

秦闻朝感觉心头有些发沉。如果真的像桃源长老说的那样，天界中真的有天神不信任暮儿的话，那楚天暮将会内外交困、进退两难。

"起来吧，孩子。刚才我们说的话，不要对天女说起。"桃源长老从草地上站起身来，远眺天边。在那里，飞湍的瀑布扬起了一道虹桥。

半月后，阳城。

这半个月来，徐福先生按照桃源长老留给秦闻朝的药方每天调配汤剂，以彻底清掉楚天暮体内淤积的巴蜀之毒，并逐渐调养神气。十几天来，楚天暮已经恢复得差不多了。她依然过着之前的生活，白天和徐福先生学习人间的道理，晚上有时候会和秦闻朝偷偷跑到市集里去看那些走东串西的异域商贾，或是在晚风吹拂下和秦闻朝坐在阳城坡的树下，一起静静地看着阴晴圆缺的明月。

从桃花源回来后，秦闻朝还对楚天暮讲起过当时帮助秦闻朝寻找到药草的黑衣青年和少女青丘。每当秦闻朝说起这件事，楚天暮总是笑而不语，一阵阵长吁短叹的，惹得秦闻朝摸不着头脑。

"过几天，我要去一趟咸阳。"楚天暮对秦闻朝说。

"咸阳？为什么？"

楚天暮回答："尘云昨天早上派潜藏在人间的山海异兽来通知我，要我几天之后去咸阳与他会合。他说要我和他交流一下这一年来的收获。"

真的很久没有见到尘云了，希望他能改变对人类的偏见，楚天暮这样想着。

日子是那样平常，但秦闻朝能明显感觉到，徐福先生较楚天暮去桃花源之前更憔悴了些，陪着楚天暮在一起的时间也比以前多了许多。

秦闻朝以为徐福先生是在担心楚天暮又会像去桃花源这次这样擅作主张，担心她受伤，所以才日夜关注楚天暮的行踪，怕她再次乱跑。

在了解到这次桃花源之行的惊险经历后，有一句桃源长老对秦闻朝说的话深深地烙在徐福先生的心头。

"我怕天女将会遇到的，不仅是来自复杂人间本身的重重阻碍，还有，来自天界的分歧和质疑。"在桃花源，桃源长老如是说道。

如果天界意见不一，莫衷一是，势必会成为楚天暮此次人间之行的一大阻碍……

也希望是我多虑了。徐福先生站在秦闻朝家的谷仓前，远眺着澄澈无云的天边，仿佛能看穿天的尽头，看到那渺远的世界。

天的旨意，比想象中的更加任重道远。

有宛渠之民，乘螺旋舟而至。

舟形似螺，沉行海底，

而水不浸入，一名"论波舟"

——

《拾遗记》

朝南開枝

第五章
百里见天

咸池者，西王母日浴处也。咸池日没之所九万里，有天域名宛渠。其以万岁为一日，宛渠之民，怡然自乐。

天界，宛渠。

宛渠上师与百里见天面对面地坐在宛渠宫内，默然不语。这对师徒阴沉着脸，引得宛渠宫的上空很不平静——凛风与浅流在宫苑内游走着，乌云穿梭在宫墙之间，久久没有平息。

在这样的一番沉寂后，宛渠上师用那苍老的声音率先开口："我们再去看一看树吧，百里。"

听到宛渠上师这么说，百里见天终于明白过来：看来师父心意已决。他站起身，甩了甩一头黑色的长发，随着宛渠上师的步子走了出去。

宛渠上师口中所说的"树"是指宛渠之木，与宛渠宫正好相距一百里，位于宛渠天国的正中央。那是棵繁盛蔚然的古树，树干之粗需要一百位宛渠之民才得以环抱，树的根系错综地扎在天界的息壤中，以这里为中心，向宛渠天国的各个方向四通八达地延伸着，支撑起宛渠天国，也为每一位宛渠之民提供生活的物产和养料。可以说，没有宛渠之木，就没有宛渠天国。

可如今宛渠之木却没有了昔日的苍翠与茂盛。当百里见天与宛渠上师走近时，便清晰地看见了那枯黄渐瘦的枝丫。树的枝干变得蜡黄，昔日盘旋的鸟儿消失不见。几只灾兽在枯黄的枝叶间奔走着，发出不吉利的悲鸣。

宛渠上师走到树的一侧，轻轻摸了摸干枯的树干。一团团黑色的树皮卷曲着滚落下来，像是陈年的蛇皮。他不禁低叹一声："树要死了。"

是啊，宛渠之木要死了。这样的情景，每一千年就会出现一次。

在宛渠天国，每过一千年，宛渠之木就要枯萎一次。树干变得干瘦，枝叶枯槁腐烂，宛渠天国仿佛失去了生机。而每每这时候，宛渠之木上都会结一颗黑色的硕大果实。这果实成熟后便落地，摊成一团似的东西，发出久久不散的酸腐味。

而唯一使宛渠之木复生的办法，也在于这颗熟透腐烂的果实。果实腐烂后会露出银色的坚硬果核儿。宛渠的匠人会将这果核加工磨制打造成一柄剑，再交给宛渠最勇敢的勇士。勇士持剑斩杀一个生命，并将这把剑插回宛渠之木的根部。其中蕴藏的生命之火会使这棵树再次欣欣向荣，重新枝繁叶茂，惠及宛渠。

宛渠上师与百里见天又无声地看了看枯萎的宛渠之木。良久，宛渠上师一挥蓝色长袖，示意百里见天离开。

宛渠宫大门紧锁，宫外依旧浅流游走，乌云梭行。

宫内，宛渠上师的面容变得严肃起来："百里，我们此前的计划，你考虑得怎样了？"

百里见天有些吞吞吐吐："师父，我还是觉得……恐怕有些不妥吧。"

"不妥？怕是你舍不得。"

"不是这样的，师父，"百里见天连连摇头，"我只是觉得，杀戮神使对宛渠没有好处。"

宛渠上师慈爱地看向百里见天："没有好处？傻孩子，怎么会呢？也不知那些天帝怎么想的，竟然由着那先祖女娲命两位那样年轻的神使下凡。那男孩子多少还有些能力，那女孩子可就真的什么都不会了。天地失衡乃天界要事，那样年轻的神没有阅历和能力，怎么可能在这么短的时间内对人间做出最客观公正的评价？"

百里见天叹了口气："师父，我觉得在了解人间这件事情上，不需要

多少阅历和能力。我们任意一位神都不了解现在的人间，所以派谁下去都
是一样的。"

宛渠上师叹了口气，说："百里，我知道你觉得这样做太冒险。可我
们此前不是周密地计划过了吗？等宛渠之木的黑色果实脱落，我们便用那
果核儿铸剑。你提着这柄剑去人间，杀了那叫楚天暮的神使。哦，你不必
担心，用这柄剑杀人，会萃取其生命之火，尸骨无剩，就连天界也查不出来。
之后你便可回来，用神使的生命之火唤起宛渠之木的千年寿命。到时我再
汇报天帝，说神使失踪，同时举荐你顶替她做神使到人间。你若做好了，
天帝也会重视起宛渠天国。这样做，一举两得，不好吗？"

百里见天还想反驳，宛渠上师笑了笑说："百里，若是你下不去手，
那换我去。"

百里见天打了个寒战，他摇摇头："还是我去吧，师父。"

"这才对嘛，孩子。去吧，为了宛渠。"

三天后。

守门小童前来汇报道："上师，宛渠之木的黑色果实熟透了。"

"很好，"宛渠上师意味深长地一笑，"百里，我们去看看。"

百里见天直起身来，一头长发披散下来。宛渠上师走在前面，他随其
后走出了宛渠宫。

"哇，你看，百里见天走出来了。你快看啊！"

"切，每天看一次，你不嫌腻吗？"

百里见天听见宛渠宫的两个守门小童的低语，勾唇一笑。

宛渠上师与百里见天走到宛渠之木前，那颗黑色的果实果然已经成熟

了。饱满的黑色果实仿佛随时能滴下汁液，挂在枯枝之上似鬼魅一般。

"吧嗒"一声，那黑色果实突然落下，在地上化为了一摊黑色的黏稠汁液，露出了其中闪闪发亮的银色果核儿。

"我会叫宛渠最优秀的铸剑师，为你铸这柄剑的。"宛渠上师拍了拍百里见天的肩膀，慈爱地说。

又过了三天。

在宛渠天国的边缘，一道深不见底的天穹之渊直直地劈开云天，连通下界。有强劲的烈风从深渊中呼啸而上，弄得百里见天发丝凌乱。

宛渠上师盯着那道深渊说道："这里是天的裂隙，你从这里下到人间。我们不能走承天台，走那里会被天界发现的。但你不必担心迷路，这里和承天台的终点一样，都是人间的咸阳骊山。"

百里见天面无表情地点点头，握紧了手中的长剑。那剑上逼出寒光，划过之人都会立刻命丧其中，尸骨无存。

"这个给你，"宛渠上师张开手掌，露出其中的一个小海螺，"这是宛渠天国的信物，名为'螺旋舟'，小可吹奏，大可化为舟，往通三界。"

百里见天接过小海螺，郑重地点了点头。

天穹之渊有烈风袭过，摇动着崖边一棵九叶的植株。百里见天看了看，装作随意地拔下那棵植株。

宛渠上师向百里见天道别。百里见天将那小海螺抛向深渊中的乱流，同时念念有词，一大团蓝光从那天的裂缝处迸射而出。那小海螺卷在蓝光之中逐渐变大，化为了一条可载两人的船舟。百里见天踏于其上，随着那道蓝光，向人间落去……

作宫阿房，故天下谓之阿房宫。

隐宫徒刑者七十余万人，

乃分作阿房宫，或作骊山。

发北山石椁，乃写蜀、荆地材皆至。

——

《史记·秦始皇本纪》

第六章
阿房宫

始皇三十五年，咸阳。

尘云站在低矮的山麓上，在一片残阳如血下俯视着远方林间开辟出的空地。一驾驾马车停靠在上林苑口，服役的秦人卸下马车上从蜀山运来的石料木料，成山地堆在空地上。一口口青铜热锅架在空地之上，正烧着凿下的土石，以烧死夹杂在土石中的草籽和虫卵，防止建造时破坏建筑。更卒们将一人多高的土石倒进热锅，土石在青铜表面上发出嘶嘶声，在夕阳的笼罩下一片血色。

时过一年，当尘云从陇西一带回到这里时，就发现了这样宏大的工程。在他的一番打探下才知道，原来始皇帝认为先王留下的咸阳宫过于狭小，故而准备在渭水之南的上林苑修筑一座崭新的世代朝宫，被当地秦人称作阿房宫。七十多万的刑徒和更卒被召集于此，不知有多少家庭被拆散，又有多少人会累死于此。

"哼，不过劳民伤财。"山麓之上，尘云冷冷地哼了一声。

"嗷。"他身边的小白狐青丘轻叫了一声，同时用力蹭了蹭主人的小腿。

"怎么了？"尘云奇怪地低头看了看青丘，见青丘顺着一个方向晃了晃尾巴。他顺着青丘指向的方向看去，并没有发现什么异样。

青丘所指的地方是骊山的方向，那里是始皇帝预先为自己修建的秦始皇陵所在之处。此刻的骊山蒙在淡淡的夕阳余晖之下，在清凉的风间摇曳起一山的松柏。那里一如既往，不时能听见开山凿石的几声闷响。

"怎么了？"尘云奇怪地看了看青丘。

"嗷。"青丘示意尘云往天上看。

尘云看向骊山的上空，神色有些惊讶。在骊山北麓正上方的天空中，有着一团异样的颜色。在橙红色的暮色之中，那团浅淡的蓝色在尘云眼中十分刺眼。那团幽幽的蓝光在云层之间闪烁着，仿佛随时能滴下来。

"是天界。"尘云皱着眉头自言自语。他不明白那个地方为什么会发出光，难道天界出了什么事情吗？

接下来更令尘云惊愕的事情发生了：那团蓝光之中突然出现了一条蓝色的细线，那条蓝色的细线直直地落下来，落得很慢，在骊山北麓缓缓落下。那团天上的蓝光和细细的蓝线都消失了，仿佛从来没出现过。

在咸阳城中，尘云可能是唯一观察到这个细节的人。他明白那条蓝蓝的细线是什么，那是一道光柱，随之而下的，应该是裹在光柱之中的一位天神。

这是一种类似通天阵法的法术。一年前，尘云和楚天暮就通过雷泽雷神的通天阵来到了人间。

这么说，又有神到人间了吗？

尘云感到有些许的不安，但他说不出来为什么。他本想到骊山北麓看一看是哪位天神降临人间，来到人间的目的是什么，但他意识到离约定的时间只有一刻了，便决定驻足等待。

一刻钟后，尘云看见了从远处风尘仆仆跑来的身影。

楚天暮气喘吁吁地停下脚步，和尘云寒暄了一会儿。两个人交换了彼此在人间的收获和对人类的看法，直到尘云眉头渐渐紧锁起来："我听说你在阳城县的一户人家里找徐福学习人间的学问？我不是告诉过你了吗，不要接触那个徐福。他一介人类，为求不死药而前往海外神山，破坏天地平衡。这是为整个天界所愤恨的，我劝你多少次了你都不听，你怎么能接触这种人？"

楚天暮噘着嘴："徐福先生他是个很好的人。寻找神山和不死药是始皇帝的想法，徐福先生只是在遵照皇命而已。"

"哼，"尘云冷笑一声，"且不说他，你一直待的那户人家的那个小子，看起来你也很熟悉啊。"

楚天暮不喜欢尘云说话的语气，撇撇嘴说："你说阿朝？他是我的朋友啊。"

"朋友？"尘云有些嗤之以鼻地提高了音量，"随随便便就能和人类交朋友吗？你知道他们是什么居心吗？依我这段时间对人的了解，他们倘若接触神，想要的不是长生就是力量，恐怕不是简单地想和你做朋友吧？"

"你怎么能这么说话？阿朝是一个很好很好的人，我在桃花源中了巴蛇蛇毒的时候，他还冒着雨帮我去找草药。"

"呦，你真的以为那个傻头傻脑的小伙子帮你找到的草药？"

"我知道是你帮忙的。但是先祖女娲要我们了解人类的生活，我这么做有什么不对吗？"

"深入人类的生活？你还真是冠冕堂皇。暮儿，你是神，他是人，做不成朋友的。"

"你！你叫我来就是说这些的吗？我不想和你说话了！"

楚天暮被气得无话可说，瞪了尘云一眼后头也不回地跑进了林子。

"暮儿！等一下！"尘云愣了愣神儿，反应过来时已经不见楚天暮的踪影了。

太阳西沉，天黑了起来。楚天暮走在有些寒冷的林子里，发觉自己一气之下已经迷路了。正当她想唤出一团火取暖时，眼前出现了一个高大的身影。

那是个面容俊俏的男子，有着白皙的皮肤和一头黑色的长发。他的手中还持着一把渗着寒光的黑色长剑。楚天暮不禁倒吸一口凉气。

正当楚天暮想要开口询问时,突然身后一阵旋风刮来,拦在楚天暮和这个男子的中间。

楚天暮回过头,见尘云正从后面匆匆赶来,怒目而视。她恍然明白过来,尘云见这个男子手中持剑,误以为要伤害自己,才发动了法术。

楚天暮正要解释,可尘云已经上前一步,把楚天暮拦在身后。他挥手打出风刃,可令楚天暮惊奇的是,那男子竟然招架得住,抬手打断了风刃。

尘云见遇上对手,口中作词,云烟四起。这让男子难以辨清周围的事物。他突然感觉腰间一阵刺痛,才发现是尘云的风刃割开了长袍的一角。男子怒从中来,竟然唤出一道水龙阵破开云烟。在云烟消散之时,数百道风刃从背后砍来。男子连忙抬起手中黑色的长剑,闪身劈下所有的风刃。尘云本打算以风刃护身,没想到却露出破绽。他本以为男子会一剑劈来,却奇怪地发现男子并没有打算用这把剑攻击。尘云见此时机,抬手打出一道强劲的旋风。旋风所及之处,草木截断,沙石飞起。男子躲闪不及,下意识地用剑格挡,不料黑色长剑却落入旋风,在一阵摇摆后竟飞出了树林,不知所踪。

尘云见男子的长剑被自己打飞,意识到自己行为的冒失,连忙停手。在楚天暮的责备下,他不情愿地对男子道了歉,冷哼一声,跌跌撞撞地向远处走去。

见尘云离开,楚天暮道歉道:"对不起,尘云他总是冒冒失失的。"

"没关系,"男子摇摇头,"刚才没有误伤你吧?"

"没有没有。对了大哥哥,看你刚才的表现,你也是神吧?"

"宛渠宫卫百里见天。"百里见天愣了一下后说,他的眼中掠过一丝不经意的失落，以致让楚天暮觉得那是一种错觉。

"百里见天。"楚天暮重复了一遍，好奇地问道："那你为什么要来人间呢？你也是天界派来的神使吗？"

"我不是神使，"百里见天摇摇头，"我来人间，有一件事要做，有一个人要见。"

"是什么事？什么人啊？"

"我要做的事情不能和你说，但我可以告诉你，它与我所守护的宛渠天国息息相关。至于我要见的人，她可能已经不记得我了。"

楚天暮偏过头，见百里见天那双眼睛正看着自己，清冷的目光落在那双澄澈的眼睛里，显得很好看。

楚天暮没有多问，他觉得百里见天想见的人多半是个人类。虽说天界派遣神使来到人间，但毕竟人与神的关系十分紧张，再多问下去也不好。至于宛渠天国，楚天暮记得在她小时候，先祖女娲带着她和尘云游历天界时曾去过，不过她只有一个模糊的印象而已。在那次游历中，具体遇到了哪些人，遇到了哪些事，楚天暮已经记不得了。

百里见天和楚天暮在荫翳的林间并行着，天上不时传来鸦鸟的怪叫。有些寒意的凉风从山口刮了进来，穿过咸阳的林地，使得楚天暮不由打了个喷嚏。

"山里晚上冷，别着凉了。"百里见天说着，将自己的白绒披肩摘下，披在楚天暮肩上。楚天暮有种受宠若惊的感觉，却也感到了突如其来的暖和。

"是用昆仑山上的烷鼠的绒毛做的，我自己织的。"百里见天补充道。

百里见天将披肩摘下时，楚天暮看见了他挂在胸前的小海螺。

"这是什么？"楚天暮问道。

百里见天笑笑，吹奏起海螺来。那声音很好听，像是大海一般宁静悠远。在螺声中，他们一同走下了山。

"看那边！"楚天暮突然指向一个方向。百里见天顺着他手指的方向看去，见自己的黑色长剑正斜插在不远处的泥土中，泛着点点寒光。百里见天皱皱眉，看见他的剑边站着一个干瘦、灰头土脸的男子。那男子见四周无人，正欲拔出那柄剑。

"看上去是青铜，能卖个好价钱。"那干瘦男子嘿嘿笑着。

人类小贼！百里见天怒从中来，闪到干瘦男子身边，一手将他提到半空。那男子毫无防备，面色惊恐，手中的剑落到地上。

"你敢窃我的剑？"

"不敢不敢，实属不知啊！"干瘦男子带着哭腔叫道。楚天暮赶紧跑过来，见到干瘦男子后愣了一下，见这人竟是庄贾。初到人间时，庄贾窃铁而嫁祸给楚天暮，也正是因为那一次，楚天暮借以结识了秦闻朝。

百里见天见楚天暮复杂的神情，不禁问道："你认识他？"

"不，不认识，"楚天暮摇摇头，"你放了他吧，他应该是阿房宫的筑工，秦律严苛，徭役繁重，大家都不容易。"

百里见天愣了愣，手一松，那庄贾仓皇逃走。

楚天暮正欲拾起地上的黑色长剑，百里见天突然喊道："别碰它！"

楚天暮吓了一跳，赶快将手缩了回来。

"不、我不是那个意思，"百里见天意识到自己太过激动，"我、我怕那剑锋太过锋利，划伤你。"

"没关系，"楚天暮笑笑，"没什么事情的话，我先走了。"

百里见天点点头，目送楚天暮的背影远去，思绪不禁回到许多年前。

很久很久以前，在天界。

"今天会有客人来。你要好好把守在宛渠宫门前，让客人看一看我们宛渠天国的风姿。"云天之上，宛渠上师语重心长地对百里见天讲道。

"嗯。"百里见天认真地点点头，一丝不苟地守在宛渠宫门前。

片刻之后，先祖女娲款款走上云梯，身后跟着好奇的司暮令楚天暮和一言不发的司云使尘云。

"恭候先祖女娲莅临宛渠。"宛渠上师行礼致意道，继而向先祖女娲、楚天暮和尘云介绍起高耸云端的宛渠之木来。

百里见天远远地看着这一幕，这样的场景不知已有过多少回了。先祖或是天帝游览四方，视察天界各都。这样看来，天界与人间没有什么两样：高高在上的帝王与森严的等级，典章严明的礼制与尊上治下的传统。唯一不同的是，在天界，即便是等级最低的神也不会表现出卑微的一面。他们总会将冷峻的面容展示给别人，以严苛的标准来要求自己，以此来维护神的所谓尊严。

正当这样想着，百里见天突然看到了先祖女娲身后的楚天暮。那个小女孩一举一动，好似一抹久违的亮色，不禁让百里见天心中多了一丝未曾有过的感觉。可那只是稍纵即逝，宛渠上师很快就带着他们向宛渠天都更深更远的地方参观了。

傍晚，云端之下的夕阳映照在云端之上似燃烧的火海。在这片火红色的滚滚云团之间，百里见天见到了他心心念念了一整天的那个姑娘。

楚天暮站在宛渠宫门前，好奇地打量着站得笔直的百里见天。百里见天本有些疲惫的神志猛然醒了过来。他看清了楚天暮眼中的那份本真。她只是一个小小的司暮令，内心却并没有被自负或自卑所占据。她很真实，简直不像是一个高高在上的神。

"大哥哥，你叫什么名字啊？"楚天暮抬着头，好奇地问，"你为什么一直站在这里啊？"

"我叫百里见天。我在看守宛渠天宫。"百里见天面无表情，却有些欢心地答道。

"那……我是不是打扰到你了？"楚天暮垂下眉毛，怯生生地问道。

"没有没有。"百里见天赶紧摇头，"你有什么事情吗？"

"你看这个，是我刚从路边采的。这是什么叶子啊？"楚天暮举起手中的叶子。那叶子翠绿剔透，有九片叶瓣，在斜阳下微微闪动着。

百里见天接过叶片，仔细端详了一番后说："这应该是忘心草的叶子。忘心草每千年长一片叶子，每万年开一次花。人间称其为海外仙草，用来熬制一味叫重生泉的药剂。"

"啊？一千年才长一片叶子？那……我是不是不该折下它？"

"没关系，"百里见天笑着摇头，"忘心草在天界的许多地方都有生长。你要是喜欢，就拿去吧。"

"真的可以吗？"楚天暮满目欢欣。

"百里见天，"正当此时，一个威严的声音从背后传来，宛渠上师从宫中走出，厉声道，"看守宫门时不应随意讲话，我早先已经教过你了。"

"啊，对、对不起。"楚天暮怯怯地退了两步，她手中的忘心草不小心落在云雾之上，随着流动的云波飘走了。尘云在远处招呼了一声，楚天暮赶紧跑过去，和先祖女娲还有尘云一起离开了宛渠天国。

宛渠上师的训斥并没有像往日一样让百里见天感到垂头丧气。他眼见着楚天暮的背影在天的那端逐渐消失，感觉自己烦躁的内心忽而多了丝光亮。

那过往的岁月与凝在火红云海之上的背影，使得百里见天始终难以忘怀。他从回忆回到现实，感受着鼻尖微微的寒意。冷月高悬，远处的骊山融成一片巍峨浓厚的墨色，在山风中不时传来聒噪的蝉鸣。

虽然我们只有一面之缘，你已忘了我，但我还记得你。

不过没有关系，一切都可以重新开始。

百里见天深吸了一口人间的空气，望着远处的夜空勾起了嘴角。

阿房宫的驻地前，尘云正站在楚天暮下山的必经之路上。

"对不起，刚才是我太过鲁莽了。"见楚天暮和重明走来，尘云道歉道。

"没有关系，"楚天暮白了他一眼，"我宽宏大量，已经原谅你了。"

"刚才有一件事还没有来得及和你说，"尘云的面容有些凝重，"那些坊间的传闻，你听闻过吗？"

"什么传闻？"楚天暮不解道。

尘云轻声道："我最近时常听说，百越之地象郡一带似乎有十四年前流失的华夏契约的线索。"

"什么？华夏契约？"楚天暮惊呼。

"你小声些，"尘云做了个噤声的姿势，"不过也只是个传闻而已，我不太相信，准备过些时日再去看看。反正华夏契约流落人间已有十四年，倒不差这些时日了。当然，我也只是告知你。你要小心点儿，不要贸然行动。

神使降临人间，消失多年的华夏契约就露出风声，我担心是圈套。"

楚天暮想了想，对尘云点了点头："我知道了。"

"你接下来要去哪儿？"尘云问道。

"我要回阳城县了。都这么晚了，阿朝他会担心我的，你呢？"楚天暮装作不经意地说道。

尘云的嘴角颤了颤，他摇摇头："不知道，有情况多联系。"

"嗯。"楚天暮答应道。不等她说再见，尘云就匆匆离去，在她身边只留了一阵风声。望见尘云匆匆走开的身影和白狐青丘费力紧跟的样子，楚天暮不禁露出一抹坏笑。

"走啦，重明。"楚天暮迈开步子，在清凉的晚风之中蹦跳着下了山。

不远处，阿房宫驻地上仍有兵卒叮叮当当的敲击声。油灯发出了点点微亮，似天上的星火。

三十三年，

发诸尝逋亡人、赘婿、贾人略取陆梁地，

为桂林、象郡、南海，以適遣戍。

——

《史记·秦始皇本纪》

第七章

百越之地

"今天的课就讲到这里，"徐福先生收起书卷，站起身来，"暮儿，后天我同你一起去百越吧。"

"好。"楚天暮点点头，送徐福先生离开后遇见了刚回家的秦闻朝。

"阿朝，这几天我要去一趟百越之地。"

"我也要去象郡。"秦闻朝略有些惊讶。

"啊？你为什么要去啊？"

"父亲腰痛的老毛病需要根治了。他之前在象郡有个故友，擅长百越医术。父亲打算去那友人家中住些日子，好调养身体。暮儿，你呢？"

"尘云和我说，百越之地有华夏契约的线索。我想去看一看，但我担心一个人去不安全，所以这次徐福先生和我一起去。"

"那到了那边，我把父亲安顿好之后，就去找你。"

"好。"

两天之后，两驾马车从颖川郡匆匆驶向了南越。

到达象郡后，秦闻朝送陈胜去了那友人家。那精通百越医术的友人本想留秦闻朝吃饭，但秦闻朝谢绝了，因为他着急去找楚天暮。当秦闻朝到达楚天暮休憩的客舍时，天已经黑了。徐福先生和楚天暮正待在客舍一楼，在说着些什么。

"阿朝，快进来！"见秦闻朝过来，楚天暮招呼道。

秦闻朝走过去，才了解到楚天暮今天一早刚到百越之地，就动身寻找华夏契约的线索。她在百越的市集上见到一个很神秘的男人，那男人说自己有华夏契约的线索，还给了楚天暮一张绢帛，要楚天暮到绢帛上指定的地点来。

秦闻朝接过绢帛，见上面画着好多标志，像是林子里的树丛和岩石。

徐福先生叮嘱道："暮儿、阿朝，我先回房一下，你们不要贸然前去。等明天一早，我和你们一起去。"

可楚天暮已经迫不及待，她见徐福先生上楼，便对秦闻朝说："我有点儿等不及了，咱们先过去看看吧。"

秦闻朝点点头，随楚天暮来到了距离客舍不远的丛林中。

穿过如画一般的百越丛林，楚天暮与秦闻朝来到了绢帛上指定的地点。这里并不难找寻，因为绢帛上已经清晰地注明了四周有标志性的树和岩石。秦闻朝和楚天暮站在一片湿润的草地上，面前出现了一座倒塌的木屋，焦黑的痕迹和碎木片上长出的蘑菇昭示着这里早已是一片残骸。

秦闻朝走近，捡起了几块残木板看了看，又摸了摸木屋残骸下的泥土，转过头对楚天暮说："不是最近被烧焦的，像是已经过去很多年了。"

"那个人为什么会选择在这里和我见面？"楚天暮有些担心地看了看四周，却没有发现任何人影。

秦闻朝正绕着小木屋的残骸走着，想要发现更多线索，突然他发现自己脚下有什么东西绊了一下，秦闻朝"哎呀"一声被绊倒在地。

"怎么了，阿朝？"楚天暮赶紧跑过来，确认了一下秦闻朝没有受伤后，俯下身看了一眼刚才绊倒秦闻朝的石头，那是一截斜插在地上的规则石块，由于周围草地的遮挡，加之林中幽暗的环境，很难被发现。

楚天暮看着看着，突然发现有些不对劲儿："阿朝，你看，这石头上有字。"

秦闻朝蹲下来，仔细辨认，也看出了石头上确实刻着些字，只是由于被长年累月的雨水冲刷，只能看清"阿娅"两个字。

他们两个对视了一眼，同时叫道："是块石碑！"

"不仅仅是块石碑，更有可能是块墓碑。"秦闻朝推测道。

"这么说……"楚天暮正在思考，却被身后的脚步声打断了。

"是谁？"秦闻朝和楚天暮同时回过头，见他们身后站着一个男人。那男人目光如炬，身披玄衣，头戴高冕。虽然秦闻朝和楚天暮都没见过这样的形象，但他们都猜到了这个人是谁。

莫非拥有华夏契约线索的，是大秦之主始皇帝？

正当两个人猜度之时，那男人说话了："我找你们来，是想得到华夏契约的线索，而不是告诉你们华夏契约的线索。"

"你不是始皇帝。"秦闻朝突然说道。

"为什么？"楚天暮问道。

"始皇帝自称'朕'，而不会称呼自己为'我'。"

男人哈哈大笑："我当然不是，我是无形的，始皇帝不过是我选择的一个形象而已。"

"无形的？什么意思？"秦闻朝看向楚天暮。

楚天暮恍然大悟："你是混沌！"

"不错。"

"混沌？"

楚天暮解释道："盘古开天之初，轻而清者为之天，重而浊者为之地。混沌是孕生于轻重未辨、清浊难分的上古混沌之中的山海异兽，与饕餮、梼杌和穷奇并称为四大凶兽。"

"算你识相，小姑娘，"混沌咧开嘴角冷笑了两声，"你们果然被我骗来了。告诉我华夏契约如今在哪儿，然后你们才能离开。"

"我们怎么可能知道华夏契约在哪儿？"楚天暮觉得混沌的问题很可笑，"我们要是知道，还需要四处找线索吗？"

"呵，这么不坦诚，可别怪我不客气了。"混沌说着，一步步地紧逼过来。

"对于凶兽，不需要客气。"楚天暮让自己镇定，佯装笑笑，同时让一团烈火燃在手中。

"呵。"混沌开始屏气凝神。林中起了大雾，雾气之中有一种令人压抑的气场。混沌将力场会合于一点，借力打了出去。楚天暮连防备都来不及，就被这股力量击飞了好远，然后重重地摔在地上。秦闻朝也受到波及，摔得七荤八素。

"阿朝。"楚天暮感觉一阵眩晕，血从嘴角流出来。她困难地喘息着，颤巍巍地抬起伤痕累累的手。

"暮儿，"秦闻朝爬起来，紧紧地抓住楚天暮发凉的手，"你没事儿吧？"

"阿朝，它有万年修为，我打不过它，"楚天暮试图坐起来，却又一次倒在地上，剧烈地咳出几口血，"你快逃吧。"

"那你怎么办？"

"你快去找徐福先生……"楚天暮捂住刚才受了重创的胸口，"他是鬼谷子的徒弟，精通道术……有办法……封住混沌……"

"我们一起走，快。"秦闻朝扶起楚天暮，起身将她背起来。

"不行……"楚天暮费力地摇摇头，"阿朝，你把我放下吧……这样……太浪费时间了……混沌迟早会……"

"不行，"秦闻朝摇摇晃晃地背着楚天暮，一步步地向前走着，"把你一个人放在这儿，它会杀了你的。你再坚持一下，很快就会走出去了。"

"真是感人呢。"混沌突然现身在他们面前，又抬起了手。

楚天暮忍住疼痛，口中作词，一道火的屏障腾空而起，勉强拦住了混沌的攻击。

"雕虫小技。"混沌轻蔑道。它拔出身后负着的长剑，凭空一挥，便有一条黑色的巨龙凝练而出，嘶吼着盘在半空。那黑龙在混沌的命令下绕着这片林子上空盘旋了一周，以上古混沌之力布下结界。楚天暮惊惶地看见眼前的世界发生了变化——倒塌的小木屋和一片片滴雨的丛林消失不见，取而代之的是视线之内白茫茫的一片。

"这是我的结界，你们出不去了。"混沌冷笑，挥剑逼来。楚天暮勉强防了一下，却被空中回旋的黑龙击中了肩头。在混沌的结界下，秦闻朝连连躲避，好几次险些被那黑龙的血盆大口咬中。

"我们不能再耗下去了，"几番打斗下来，楚天暮一边防守着混沌的攻势，一边对秦闻朝说道，"等一下我将力量集中在一点，击碎这里上古混沌的力量，可能会打开一个通向外面的缺口。你赶快从缺口出去，然后找徐福先生来帮忙！"

"那你怎么办？"秦闻朝一边避开白色雾霭中腾跃的黑龙，一边问道。

"你不用管我了，我还能再坚持一会儿。"楚天暮一边说着，一边挥手打出一团火焰。飞舞的黑龙躲闪不及，被那火焰死死缠住，在周遭一片白色迷雾中发出一声声恼怒的龙吟声。

"我不能先走，我和你一起走。"秦闻朝气喘吁吁地说道，面前的混沌对他投来轻蔑的笑容。

"不行！"楚天暮决绝道，"我的力量打开的缺口只能让一个人离开。你不过凡人之躯，待在这儿太危险了！"

白色雾霭中的黑龙被翻滚的火焰缠身，正痛苦地哀嚎着。楚天暮见时机正好，口中作词，双手叉于胸前。万丈霞光从她身前爆发而出，继而会拢一线，似一把利刃般在周遭的白色世界砍开了一道口子。秦闻朝见一抹浅灰和油绿出现在口子中——那是百越之地的树林，外面的世界。

"没有用的！"混沌厉叫一声，继而似一道疾影般移到楚天暮面前。速度之快让楚天暮还没来得及看清混沌的移动，它手中那锋利的青铜剑就被高高抬起，向楚天暮喉间直刺而去。

楚天暮惊恐地看着剑影落下，她由于正在施法而难以拦下。就在那一瞬间，楚天暮的余光见秦闻朝侧身挡了上去，那柄青铜剑顺势插进了秦闻朝的胸口，随即化为破碎的白烟消失了。秦闻朝张了张嘴，说不出话，继而整个身子倒了下去。

"阿朝！"楚天暮不敢相信眼前的一切，跪下来摇着他的身子。但秦闻朝已经没有了气息，他一动不动，躺在混沌的白雾之中。

凶兽混沌惊愕至极，它没有料到区区人类竟然敢挡下上古凶兽的力量。正当他惊愕之时，周围所建立起的混沌世界突然间破碎了。白雾消散开来，有雨落下，四周一片浅灰油绿。

一切又恢复了百越之地的现实。混沌一时没有明白过来自己的结界为什么破碎了，直到看到面前怒目而视的徐福先生。

徐福站在不远处的一团紫色烟雾中，怒目而视凶兽混沌。混沌正欲施展攻击，却发现自己的力量被钳制住，一丝也使不出来。

这边，楚天暮伏在地上，哭着摇动着秦闻朝的身体。但秦闻朝仍然一动不动，没有一丝呼吸。

楚天暮哽咽地跪倒在地，泣不成声："阿朝，我不该带你来这儿，都是我害的。我不应该瞒着徐福先生悄悄带你来。尘云明明提醒了我这可能是个圈套，可是我却……我怎么这么傻……阿朝，阿朝！你醒醒啊，你倒是说句话啊！阿朝，你怎么这么傻，你又不是尘云和百里见天，为什么要这样……"

另一边，混沌发现自己不能攻击，力量被封住，顿时意识过来这是什么法术："你居然领会了'本经阴符七术'的力量。我还以为懂得'本经阴符七术'真谛的，只有那个人。"

徐福明白混沌话中的含义："你是说，我的师父，鬼谷先生？"

"不错，"混沌点点头，"正是鬼谷子，老聃的传人，诸子百家中纵横家的鼻祖。我还以为他是春秋时期的人，没想到竟活了这么久。"

"这么说，你见过我的师父了？"徐福试探道。

"呵，"混沌冷笑一声，"你会'本经阴符七术'，我也没有反抗的必要了。既然如此，不如把我的事情告诉你：华夏契约与我的身体同出于盘古开天后清浊未辨、轻重难分的上古混沌之力，故而我与这制衡天地的神器有着些微妙的感应和联系。一年前，我来到了百越之地，竟然于此感受到了华夏契约的力量，我发现华夏契约藏在这块墓碑下，便将它挖了出来，正当我欲离开这里时，一个自称鬼谷子的老人不知从哪里走到我面前，要我将华夏契约还给他。我自然不肯，这可是制衡天地的神器，谁不想据为己有？那鬼谷子竟然使出了'本经阴符七术'，我的力量被封死，只能抛下华夏契约，用脱身之术仓皇逃走。"

"鬼谷先生吗？"徐福的表情有些复杂，"那现在华夏契约在哪儿？"

"我怎么知道？"混沌干笑一声："他是你师父，而与我素不相识。"

"可我已十多年没再见过他了。"徐福摇摇头。

混沌继续说："我也不知华夏契约去了哪儿，还以为它被鬼谷子送还了天界。所以我才放出消息，骗来两个小神使了解一下情况，哦，是一个神使和一个凡人。"

混沌说着，走到秦闻朝面前。它看见面无血色的秦闻朝，轻轻说了句："他没有死。"

"什么？"楚天暮心头一颤，带着泪痕仰起头来。

"凡人被上古混沌击中，元魂附于混沌之中，而上古混沌在体内停留越久，对凡人之躯的影响也就越大。刚才那一剑插入胸口，使他中了上古混沌的力量。上古混沌将他的元魄封存，脱离身体。"

"那要怎么办？"楚天暮不失希望地问道。

混沌摇了摇头："唯一让他苏醒过来的方法，就只有利用与我同源和不同样的上古混沌的力量了。"

徐福先生脸色沉了沉，走过来看秦闻朝的状况。因为徐福先生的放松，"本经阴符七术"减弱，那混沌凝为一团雾气，逃之夭夭。

但楚天暮和徐福都无心再去管那混沌。楚天暮绞尽脑汁地思考着，上古混沌的力量，除了凶兽混沌之外，就只剩下华夏契约了。可华夏契约不知所踪，一时间也找不到。

"不，还有一个地方有上古混沌的力量。"徐福突然说道。

"在哪里？"楚天暮焦急地问。

徐福眉头紧锁，轻轻吐出三个字："长生庙。"

治于神者，众人不知其功；

争于明者，众人知之。

——

《墨子·公输》

第八章
长生庙

几天之后，琅琊。

徐福先生没有用往日出海时所乘的大帆船，而是特地租借了一条小木舟。小木舟飘荡在黄昏时的宽广海面上，像一片苇叶。

就在这几天，天下发生了一件骇人的大事：始皇帝在全国各地搜捕来以古非今、讽刺朝政的术士与儒生，将其尽坑杀于咸阳。这一次，天下再也没有人敢发出非议之声了。

这等人间大事，楚天暮作为神使，理应去好好彻查一番的，但她现在实在没有这番心情。

凡人被上古混沌击中，元魂附于混沌之中，而上古混沌在体内停留越久，对凡人之躯的影响也就越大。在百越之地，凶兽混沌如是道。

现在的秦闻朝躺在小木舟的船头，无声无息，像是睡了一般。陈胜还在百越之地疗养，尚不知道阿朝的事情。了解到长生庙可以让秦闻朝苏醒后，楚天暮和徐福便带他先悄悄离开了百越。楚天暮担忧地望着他，良久才问坐在另一侧的徐福先生："那个长生庙，真有这么神奇吗？"

徐福先生有些憔悴地说道："长生庙为我师父鬼谷子为了修行所建之处，位于北海之上的一处孤岛。师父以上古混沌为材，筑起了这长生庙；同样因为上古混沌的缘故，长生庙中时间静止，故而被称长生庙。到了那里，阿朝体内上古混沌的力量与之相生相克，他便可脱离混沌，再次复苏了。"

"真是太好了！"楚天暮舒了一口气，继而又皱起眉来，"可是徐福先生，为什么鬼谷子会有盘古开天时遗留下的上古混沌之力呢？"

"这个我也不清楚，"徐福摇了摇头，"鬼谷先生神秘莫测，我不过是他最末的徒弟，不可能知道师父的全部事情。"

"还有还有，徐福先生，你说你的师父是纵横家的鼻祖鬼谷。可鬼谷子生于春秋，又怎么可能活到秦代呢？就算他有延年益寿之法，也不可能活上这么久啊。"

"这我更不清楚了，"徐福先生无奈道，"师父只会对我讲一讲道家的经义，至于其余的事，谈之甚少。况且，自从大秦一统天下后，我已经很久很久没有见过他了。

"那……我用将这件事和尘云说吗？"

"还是不必了，现在华夏契约连影子还没见到，只凭混沌的说辞也不足为信。那个和你同来的神使是个谨慎的人，估计他也不会听凭没有依据的言辞。"

楚天暮觉得徐福说得有道理，便点了点头。她不再发问，觉得徐福先生并不愿意谈及关于鬼谷子的话题，像是在有意回避。

小木舟停靠在海中的一处孤岛。徐福先生背着秦闻朝走上岸，楚天暮抱着重明跟在后面。徐福先生向岛上的林子深处走了一段时间，停步在一处外观破败的建筑处。借着日落时的薄晖，三个人可以依稀看到那破庙门上挂着张牌匾。牌匾已经很旧了，破损的一角耷拉下来，层层浮灰和蛛网下勉强能看到三个字：长生庙。

楚天暮突然觉得，这座庙和东郡村庄中那座鬼谷庙有些相似。

"长生庙？"徐福看着牌匾，说，"我也是第一次来这里，果然是师父的风格，不可貌相。"

"我们进去吧。"徐福背着秦闻朝，走进这长生庙，楚天暮也有些忐忑地走了进去。当他们跨过门槛进入庙宇时，突然一股白色的雾气在漆黑的庙内散开，楚天暮感觉到了一股强大的力量，正是盘古开天时清浊未辨、轻重难分的上古混沌的力量。

庙门自动关合，在那团白雾之下竟然消失了。

"徐福先生！"楚天暮叫道，"庙门消失了。"

徐福见怪不怪地扫了一眼："这里是上古混沌，进来后哪能这么容易出去？"

就在这时，徐福背上的秦闻朝突然咳嗽起来。

"阿朝！"楚天暮欣喜地看着这般奇迹。秦闻朝在上古混沌的影响下，渐渐睁开眼睛，他摇摇晃晃地站起来，意识逐渐清晰。

"阿朝。"楚天暮流出眼泪，猛地抱住秦闻朝，让秦闻朝有些不知所措。楚天暮哭着看向秦闻朝，她原以为阿朝醒后自己有好多话想说，却一句也说不出来。

"对、对不起。"楚天暮泣不成声，"我不应该……"

"没事了。"秦闻朝笑着挠挠头，安慰楚天暮。

徐福对阿朝讲明了这长生庙后说："那我们现在要做的，就是想办法离开这里了。"

楚天暮唤出一团火，照亮了长生庙的大堂。这里不算宽阔，庙堂中央立着一座鬼谷雕像。鬼谷子的眉眼很是深邃，衣冠楚楚，道貌岸然。

秦闻朝突然觉得，这鬼谷雕像极像曾经见过的某个人。可他刚刚苏醒过来，还不是很清醒，一时想不起来。

"我们往里面走一走，看看有没有其他的门吧。"徐福先生建议道。

三人向里面走了走，发现庙堂之后有几处斗室。秦闻朝、楚天暮和徐福先生分别进入了不同的斗室。

进入斗室的时候，楚天暮突然闻到些燃香的气息。

是返魂香！

她一下子反应过来。早在天界的时候，女娲先祖就提起过这返魂香。据说这返魂香是人间的术士为了保住亡者魂灵而备的，可若是生者闻到这香，定会被香火迷惑心智，看到幻象，以致被幻象引诱而身亡。

楚天暮不是人类，返魂香对其不起作用；可对于人类来讲，这种迷惑人心的香火却是致命的。

那徐福先生和阿朝可就危险了！

楚天暮刚想转过身提醒徐福和秦闻朝捂住鼻子，却不料回头后发现自己身后早已空空如也。秦闻朝和徐福已经进入了其他斗室了。

楚天暮暗叫一声糟糕，赶紧推门走了出去。

秦闻朝干咳了两声，感觉有点儿口干舌燥。这时候突然一阵燃香的气味飘了过来。秦闻朝吸了吸鼻子，感觉脑子晕乎乎的，那香火的味道在他鼻子边上萦绕着，经久不去。

一个人走进这斗室，他不免有点儿紧张。秦闻朝正欲拉开门走出去，突然间一阵沉重的脚步声由远及近地在秦闻朝耳畔响起，直到那脚步声停止，斗室的门被拉开。

秦闻朝见一个高大男人的身影站在自己面前。秦闻朝下意识想跑，却不料闻到那香火后身子很沉，让他几乎难以移步。

高大男子停到了秦闻朝面前约二十秦尺的地方。借着斗室顶部的微光，秦闻朝看清了面前这个男人的面孔，他不由得吓得打了个寒战。

那是张十分恐怖的面孔：惨白的面容上有着夸张粗犷的五官，尤其是那双透着杀气与凶狠的眼睛，简直令人不敢正眼相对。

"阿朝。"面前的男子突然吐出一句，他的嗓音无比嘶哑沉重。

"你怎么知道我的名字？"秦闻朝怕极了，他下意识地向后退了一步。

"你是我的孩子啊，"那面前的男人嘶哑地笑了笑，"十几年不见，阿朝已经长这么大了。"

秦闻朝惊得心头一震："你是……"

"秦武阳。"面前的男人简略地自我介绍道，他那凶恶的眼中略略柔和了些，秦闻朝却仍然不敢盯着他的双眼。

秦闻朝不敢相信自己的耳朵，他问道："你不是已经……"

秦闻朝话音未落，面前自称秦武阳的男子就接过话茬儿："被秦王杀了？哦，不对，现在已经是大秦始皇帝了。呵呵，才十几年的光景，世上就变了这么多。真是沧海桑田，沧海桑田啊。"

"可是……"秦闻朝还是感到不可思议。他无法验证面前的男人是不是真的是秦武阳，因为在秦闻朝的印象中，秦武阳连个影子都不剩了。

秦武阳的面容又严肃起来，他对秦闻朝说道："嬴政的确没能把我杀死。当年我一路逃出咸阳，四下奔波逃命。时至今日，那些咸阳的官人还在追捕我。"

"这不可能，"秦闻朝不置可否地摇着头，"所有人都知道你已经死了，在咸阳宫当场毙命。"

"那是嬴政对外的说法，"秦武阳嗤之以鼻地笑了笑，"他找不到我，又怕天下民心惶惶，才对百姓宣称我已经死了。"

秦闻朝将信将疑地问道："那你一直都躲在这个岛上的长生庙中吗？"

秦武阳愣了一下，随即点了点头："有几年了吧。"

突然间，门外有更多的脚步声传来。几个穿着咸阳禁卫服饰的人撞进来。其中一人振振有词道："大秦始皇帝诏令：旧燕国太子姬丹门客秦武阳蓄意刺杀国君，后亡命天涯十余载。依秦律，就地处斩，无须禀奏。其余负隅抵抗阻拦者，皆斩之，杀无赦。"

另一个禁卫拔出了佩剑，那佩剑的丝丝寒光让秦闻朝的心跳不由得快了起来。

只要躲在后面就安全了，只要不妨碍他们，那些禁卫军就不会伤害自己。可这样一来，秦武阳定然会命丧黄泉了。

该怎样选择？

虽说秦武阳是他的生父，但在秦闻朝十几年来的生活中并没有这个人的出现，而取代这个位置的人始终是陈胜。而若不是秦武阳当年将尚是孩童的他交给陈胜，自己也很难活下来。

只有那么电光火石般一刹那的犹豫，秦闻朝决意跑向秦武阳那边。他知道自己肯定斗不过那些精良的大秦禁卫，却只是不想让一个人在自己面前死掉罢了。

那举剑的禁卫见秦闻朝跑了过来，立刻抬起了手中剑劈了下来。秦闻朝还没来得及看清秦武阳此刻惊愕的表情，就感觉冰冷的剑刃触在了自己的脖子上，他顿时失去了知觉。

……

"阿朝，阿朝，快醒醒！"

是暮儿的声音。

秦闻朝勉强睁开眼睛，见自己躺在斗室之中，暗道顶部发光的石头闪闪发光。楚天暮跪坐在他一旁，脸上满是焦急和担心。周围只有楚天暮一个人，没有禁卫，也没有秦武阳。

"你终于醒过来了。"见秦闻朝苏醒，楚天暮长舒了一口气。

秦闻朝费力地直起身子，脑袋还是迷迷糊糊的，他问楚天暮："……禁卫……还有秦武阳……去哪了？"

楚天暮一脸担心，她皱着眉头问道："你看到了禁卫军，还有你的生父秦武阳？"

"对啊，"秦闻朝四下望望，"他们人呢？"

楚天暮严肃地问道："你刚才是不是闻到了香火的气味？"

秦闻朝突然想起来遇见秦武阳之前闻到的那燃香的气息，连连点点头。

"那就对了。"楚天暮明白过来，"那些人不存在，都是幻觉。你刚才闻到了返魂香。"

"什么是返魂香？"

楚天暮解释道："一种能令人迷惑心智的东西，人们往往会产生幻觉，然后被引诱致死。幸好我找到你了，不然你可能会继续被那些幻觉欺骗。"

秦闻朝稍稍清醒了些："就是说，秦武阳和禁卫军都是我闻到返魂香而产生的幻觉？"

"对。"楚天暮肯定地点点头。

这下秦闻朝才彻底明白过来。

幻觉，全都是假的。

也就是说，在荆轲刺秦王的时候，秦武阳确确实实已经死了。

十几年来秦闻朝从没想念过秦武阳，可现在心头留着的这一点点遗憾和空虚又是怎么回事呢？

如果那返魂香再让自己被迷惑一次，自己是否还会去救秦武阳呢？

"别想了，"楚天暮看出了秦闻朝的迷茫，她拍了拍秦闻朝的肩膀，说道，"这就是返魂香更加可怕之处：它会让人纠结不已，怀疑自己以致郁郁而终。不要再想了，只要做自己觉得对的事情就行了。"

秦闻朝觉得楚天暮说得有道理。秦武阳随荆轲刺杀秦王，依秦律当斩；可秦武阳又是秦闻朝的生父，这是一种法度与情感的挣扎，换作任何人都难以做出抉择——而这正是返魂香的可怕之处。

"别想了，都是幻觉罢了。"楚天暮安慰道。

秦闻朝点点头，对楚天暮说道："那我们赶紧去找徐福先生吧。"

"嗯。"楚天暮点点头，两个人连忙走向另一间斗室。

徐福进入的这间斗室十分幽长，里面蜿蜒曲折，在面前还出现了一条岔路。他试图用道术感知方向，不料却一无所获。不愧是上古混沌的力量，虽然可以被"本经阴符七术"制住，却也能让他的探听道术在这地下暗道失灵。

这时候，徐福突然闻到一股香火的味道，像是有人在这暗道中点了一炷香。

"什么气味？"徐福警觉地捂住鼻子，突然看到自己面前站了个人。

这人仪表堂堂，目光如炬，黑色的玄衣裹在高大的身躯上。

"陛下！"徐福惊叫了一声，想不到竟在这长生庙遇到了始皇帝。

始皇帝笑了笑："朕听闻密探相报此岛上有长生不死之秘密，故来此处一探究竟。徐福先生也是因此而来的吗？"

"回陛下：这岛上并非有什么不死的秘密。这座庙造于上古混沌，时间停滞，故称为长生庙。"

"好，好！"始皇帝抚了抚他的胡须，"原来如此。那敢问先生此前派出寻找神山的航队有否消息了？"

"航队仍在继续航行，但已经得到了海图并找寻到一些踪迹。臣下还需三两年之时日，便可抵达海中神山，为陛下求得不死药与长生之术。臣斗胆，且问陛下本来日理万机，为何有时间亲自造访本岛？"

始皇帝听出了徐福的弦外之音："先生莫非是觉得朕是假冒的不成？"

"臣不敢。"

始皇帝哈哈大笑，从怀中取出一件物事，徐福见这东西竟是传国玉玺，由和氏璧刻成，上书"受命于天，既寿永昌"八个篆字。

看来这始皇帝定是真的皇帝了。

"徐福先生，朕有一事不懂。徐福先生觉得，朕寻找神山和不死药，是对是错？"

徐福一时无言，他从未考虑过这个问题。他去寻找神山，是对是错？仅仅是自己想要了解神的世界，还是渴求违逆自然规律长生不死？是一味遵从始皇帝的命令，还是有自己的情感掺杂其中？

徐福不知道。为始皇帝求仙的术士不过是他行于世间的一个身份，而鬼谷门徒也是自己的一个身份。他只是做好了自己该做的事，却从未想过对错。

幸运的是，徐福先生也不必回答了。

秦闻朝和楚天暮进了斗室，拼命摇醒了呓语着的徐福先生。楚天暮给徐福解释了返魂香的作用，徐福才明白这一切都是幻觉。但那个问题，却萦绕在心间久久不去。

楚天暮说道："无论徐福先生在这里遇到了什么，都不要再想了。刚才我观察过了，这几间斗室都不能通达外面，我们先返回庙堂吧。"

庙堂之中，鬼谷像下，赫然站着一个人。

这个人的脸上敷着头巾，身材高大，一只袖管空荡荡的，只有一只手臂。

这是一个实实在在的人，并非返魂香的幻象。

独臂人缓缓将敷在脸上的头巾摘下，出现在他们面前的赫然是一张饱经沧桑的中年男子的面孔。独臂人的眼窝很深，看上去十分疲倦，但他的一双眼睛却炯炯有神，其中不掺杂一丝杂质，看上去已经与世隔绝很久了。

"真没想到，能在这里遇到你，师兄。"独臂人的声音像是陈年树皮般沙哑。他晃了下身子，像是因为长久盘坐而导致双腿酸麻。

"师兄？"徐福先生一愣，随即立刻明白过来，"你也是鬼谷先生的弟子？"

"当然。"独臂人微微点了点头，"我从师父那里听说过很多徐福先生的事情。徐福先生能为始皇帝寻找神山和不死药，可真是鼎鼎大名。不过，徐福先生一定未曾听说过我，因为我是一介无名小卒，是鬼谷门下最边缘的弟子。"

"那这么说，是鬼谷先生让你一直守在这长生庙之下吗？"徐福颇感意外地问道。

"自然。"独臂人点点头，"刚才的返魂香，也只是想让你们体验一下鬼谷先生修行的内容。现在这庙中上古混沌的力量被这男孩子吸收，与他体内的混沌之力相生相克，已经彻底没有了。现在你们可以离开了。"

徐福转过身，见庙门重新出现在了黑暗中。几个人正欲离开，独臂人突然叫住了楚天暮。

"你是神使吧？"

楚天暮点点头。

"你之前去过帝都咸阳吗？"

"来的时候到过，之后也只是去逗留过几天。"

独臂人建议道："那就应该去看一看，去见一见始皇帝，去见一见咸阳宫。那里是天下的中心，四方的马儿都跑向那里，四海的商贾都经商于此。到了那里，你会更充分地了解人类。"

要去看一看……帝都咸阳吗？

从长生庙离开后，外面依然是一片黄昏海景。他们回到小木舟上，向琅琊驶回。头顶上有三三两两的鸥鸟鸣叫，落下金色的片羽。

长生庙中更多的东西他们还没有探寻。且说那返魂香，鬼谷子每天让自己深陷在幻境中，在其中修行，明白真伪，不是一件易事。

鬼谷子究竟是多么高深莫测的人啊？秦闻朝望着海面上泛起的黄昏日影，不禁想到，像鬼谷子这般皓首穷经之人，用尽毕生思索那些深奥的天地哲理，想必是相当孤单的。

想到这里，秦闻朝不禁问道："徐福先生，当您在鬼谷门下修行的时候，他除了授徒以外，一直是独来独往的吗？"

"不知道，"徐福先生摇摇头，"鬼谷先生只是有一次偶然和我提到过这件事而已。我记得师父说是一个匈奴女孩，好像她的父母双亡于匈奴与中原的战争中。鬼谷先生心生怜悯，就将她带回中原的修行之所，抚养长大。"

"那徐福先生见过这个小女孩吗？"楚天暮问道。

"没有，"徐福先生又是摇摇头，"我只是听闻师父提起，未曾见过这个匈奴女孩。而且师父在中原的修行之所相当之多，像是为后人所熟知的清溪鬼谷，以及这座长生庙。一切僻静、无人打扰之处都是师父理想的修行之所。所以师父在这天下的修行之处可谓成百上千，我也不知道师父究竟在哪里将那匈奴女孩抚养长大的。"

小术士对被晚霞映得红亮亮的海面长长地喊了一声，从大海的远处便缓缓游来一个影子。那个游动的影子离港口越来越近，渐渐呈现出一条巨大鲤鱼的身形。那巨大的鲤鱼甩着尾巴游到岸边，赤红色的身体与晚霞有一种浑然天成的美感。

"是横公鱼！"楚天暮率先认了出来。秦闻朝也突然想起来，这横公鱼的形象确实出现在他的《山海经》绢帛之上："生于石湖，此湖不冻。长七八尺，形如鲤而赤，昼在水中，夜化为人。刺之不入，煮之不死，以乌梅二枚煮之则死，食之可去邪病。"

横公鱼跃出海面，像是要奔赴火红的云天。大海上景色壮阔，海风习习，徐福、秦闻朝和楚天暮踏上了阳城的归路。

秦闻朝苏醒后，与徐福先生和楚天暮一同回了阳城。陈胜在三天之后也从百越之地治病回来。秦闻朝没有告诉陈胜他在百越之地的生死经历。楚天暮仍旧和徐福先生每天学习着诸子百家，秦闻朝与陈胜也日复一日地垦田农耕，等待秋收。在始皇三十五年的暮夏初秋，一切如故。

这天秦闻朝从田上回来，走进自家的谷仓。徐福先生正好刚给楚天暮讲完杂家"兼儒墨，合名法"的博彩之处。他见秦闻朝回来了，起身问道："阿朝明天有事情吗？"

"没有，"秦闻朝摇摇头，"明天轮到李默叔家里去田上，我和父亲都没有事儿。"

徐福先生道："阿朝从上古混沌中苏醒过来没多久,身子尚很虚弱。如果阿朝明天没有事情的话,我想让暮儿陪你去一趟鄢陵县。"

"鄢陵县?去那里做什么?"秦闻朝不解。

徐福先生解释道："在鄢陵县有一处山谷,山谷间有一处温泉。那里是鬼谷门派长期以来修身养性之处,我们称其为'鄢陵云海'。温泉的水有恢复身子的作用,阿朝可以去那休息一天。"

"我们一起去吧。"楚天暮欣喜地说。

鄢陵县与阳城县只有一山之隔,秦闻朝与楚天暮自早上出发,上午时分到了鄢陵县上,鄢陵云海隐匿在一片竹林中,是半露天的石质结构,袅袅烟气与水雾萦绕在石柱和石墙之间,其中不时传来人们欢快的笑声。

"我们是徐福先生介绍来的。"楚天暮从衣袋中取出些秦半两,送给石门前的小伙计。小伙计叫秦闻朝和楚天暮去各自挑选一套浴服,随即去招揽其他客人了。

楚天暮挑了一件白绸浴服,问秦闻朝好看吗。秦闻朝脸颊微微发红,引得楚天暮哈哈大笑。

鄢陵云海的温泉果然有恢复身子的作用。秦闻朝只泡了一会儿,就感觉神清气爽。他看向楚天暮,见楚天暮正看着岸边的某个人。

"那是谁啊?"秦闻朝问道。

"也是一位天神,叫百里见天。他不是神使,下到凡间应该另有事做。"楚天暮看着那不远处的身影,她不知道为什么百里见天今天也来到了这里。

"哦,"秦闻朝点点头,"你看,他怎么突然跑到那边去了?"

楚天暮顺着秦闻朝手指的方向看去,见到百里见天正站在另一处温泉中。

"咦？"楚天暮转过身，见刚才那个地方也站着百里见天。

"有两个百里见天？"秦闻朝一时也觉得奇怪。

突然间，秦闻朝和楚天暮都明白过来是怎么回事。他们对视一眼，压低声音："凶兽混沌。"

混沌是无形的，可以化为任何形态，只是它这次选择了百里见天。

"混沌为什么会在这儿？是找我们报仇的吗？"

"不知道，我们先藏起来。"

秦闻朝与楚天暮悄悄动身，移到其中一处石柱后。

百里见天也注意到了混沌的存在。他拽住走来的小伙计，凑到他耳边低声说："给你一刻钟时间，把温泉里的人都遣散了。不然一会儿误伤无辜，我可不负责。"

小伙计被百里见天拽住衣领，听了这一番话冒着冷汗赔笑道："客、客人您说笑些什么啊。再说了，我又不是店家，做不了主……"

百里见天甩手赏了小伙计一个耳光，低声痛斥道："那一会儿出了人命，你能做得了主吗？"

小伙计被打蒙了，好一会儿才缓过来，赶紧编造理由把温泉中的人一一遣散。

见多数人满是抱怨地走散，百里见天眉头一紧，从背后拔出宛渠之木果核铸成的黑色长剑，不由分说便向混沌心口刺去。混沌挑衅般地笑笑，腾飞到空中避开这一剑，同时左拳对着一面石墙黯然发力，那石墙瞬间化为了一片碎石。随着混沌手掌一挥，碎石如雨般纷落向百里见天。百里见天举剑飞旋，接连击下袭来的碎石，同时用空闲的左手唤出一条水龙，咆哮着咬向混沌的头颅。混沌躲闪不及，被冲天的水涡抬上云天，又重重地摔落在地，鄢陵云海一大半的石墙随着混沌的落地而倒塌，温泉的滚滚湿气被泼起，久久难以散去。

"两位客人，不要打了，不要再打了！"小伙计拽住混沌的衣角，苦苦哀求道。

然而百里见天和混沌根本没有停歇下来的意思，混沌一扬手，那小伙计就被甩飞得好远，脑袋重重地磕在一旁的石柱上，软软地倒了下去。

"果然是宛渠宫卫百里见天，不负盛名。"混沌又发出沸水般的声音，它眼中一红，放弃了百里见天的外表，一团白雾平地升起，在空中凝成一体，从这团白雾之中有细长的绒毛和嶙峋的双翼突出，物化的四肢与尾巴逐渐清晰起来，白色的身躯上渐渐显露出古老的暗红色图腾。

这没有脸的怪物就是凶兽混沌的真身。随着他的真身现身的那一刻，凛风折断了周边的树枝，成团的乌云凝在鄢陵云海的上空，遮住了云天之上的太阳。

楚天暮和秦闻朝躲在一处断壁后不敢出声。这是他们第一次见到凶兽混沌的真身，那种威慑力和由内而外发出的上古混沌的力量让他们难以挪动脚步。

百里见天站在混沌的巨大阴影之下，内心有些慌张，但外表仍十分冷静，他又一甩手，无数的水龙卷拔地而起，百里见天站在其中一处水涡之上，提起黑色宝剑向混沌砍了下去。但这次混沌并未躲避，而是任由百里见天这一剑砍了下去。百里见天手中之剑所到之处，混沌雾状的身体自然虚化，使得他一剑砍空。百里见天看准机会，又连砍向混沌的双翼，可那双翅膀也虚化成烟，任凭百里见天如何挥剑都不可能伤到混沌一丝一毫。

　　这时候，混沌和百里见天同时注意到了下方的秦闻朝和楚天暮。

　　混沌挑衅地笑了笑："呵呵，敢问宛渠宫卫，除了你那把根本伤不到我一丝一毫的剑，还有什么其他的办法能制止我吗？若是没有的话，那这藏在鄢陵云海之下的东西，我可要拿走了。"

　　藏在鄢陵云海之下的东西？那是什么？正当楚天暮疑惑之时，百里见天突然大喊道："暮儿，快离开这儿！"

　　楚天暮正想问为什么，突然那混沌怒吼一声，顿时鄢陵云海所在的地面陷了下去。温泉顺着破碎的地面流泻开来，嘶嘶作响的雾气遮住了视线。鄢陵云海周边一棵又一棵的高大树木接连倒下，山谷之间随着大地开裂不断发出闷响，余音不绝。

　　"阿朝，快走！"楚天暮见情势不妙，拉起秦闻朝的手便向山外跑去。跑了几步后，突然他们脚下的地面裂开，秦闻朝被开裂的力量震了出去。从裂缝中升起的温泉雾气遮住了楚天暮的视线，她努力让自己不摔倒，一边焦急地喊着秦闻朝的名字。可大地的轰鸣淹没了一切声音，让楚天暮感到一阵无力。

　　半空之中，混沌狂妄地大笑着。它从自己雾化的躯体内伸出了一只雾状的爪子，直刺鄢陵云海破碎的地面之下。百里见天竟不慌乱，而是从怀中缓缓取出一个手掌大的圆形石盘，淡定自若地对混沌说："凶兽混沌横行世间万年，想必见过这东西吧。"

　　混沌庞大的身躯猛地一震，那只雾化的爪子在半空中停了下来。它那沸水般的声音有些许慌张："你怎么……会有这东西？"

　　百里见天扬了扬手中所持的石盘："这个东西，正如你所想，为千百年前五方天帝共同铸造的太古石盘。太古石盘可凝练上古混沌之力，而你所觊觎的华夏契约也正是通过这太古石盘所凝铸而成。你的混沌之气与华夏契约出于同源，都是盘古开天时轻重未辨、清浊难分之物。所以我觉得，既然这太古石盘可以凝练华夏契约，自然也可以将你的混沌之力永远封死，让你元魂俱散，千年难以重修。我说得没有错吧？"

"怎么、怎么会？"混沌的声音有些发颤。它怪叫了一声，迸射出万丈白光。百里见天感觉双目被白光刺中，一时间难以看见事物。当他恢复视觉的时候，面前庞大的凶兽混沌已经不见了。

百里见天在半空俯视，四下看了看，也没有在这已经是一片废墟的山谷间找到混沌的庞大身影。他从空中下来，站在刚才混沌施法唤裂的鄢陵云海的废墟上。百里见天顺着那地面开裂的裂缝向下看了看，长舒了一口气，自语道："还好。"

楚天暮正呼喊着秦闻朝的名字，突然看到秦闻朝站在自己面前的不远处。

"阿朝——"楚天暮用力挥挥手，跑了过去。

"你没受伤吧？"楚天暮关心地问道。

秦闻朝摇摇头："我们快走吧。百里见天和混沌还在交战，混沌已经处于下风。"

"那个小伙计呢？"楚天暮问道。

"什么？"秦闻朝不解。

"就是鄢陵云海的那个小伙计啊，刚才我看他晕过去了。"

"你管他干吗？那不过是个和我们素不相识的人。"秦闻朝无所谓地说。

楚天暮退后一步："你不是秦闻朝。阿朝不会漠视生命的。"

秦闻朝模样的混沌笑了笑："这么快就被发现了？本来还打算和你一起离开的。"

百里见天这时候从不远处走来，看到楚天暮和混沌站在一起，百里见天还以为那是秦闻朝。他眼中划过一丝失落，止住脚步，嗓音沙哑地对楚天暮说："我还以为你在温泉里，你没事就好。还有，你看见混沌了吗？"

楚天暮正要开口，百里见天却摇摇头，兀自离开了。

"这么说，它还应该藏在温泉里。"百里见天自语道，回转过身，向鄢陵云海疾步走去。

看着百里见天走远的背影，楚天暮简直不敢相信自己的眼睛。堂堂天界的宛渠宫卫百里见天，竟然看不出来她身边站着的是一只不时涌泄出上古混沌力量的凶兽。

"我就知道，化成这个样子，那宛渠宫卫一定不会怀疑。"混沌眼见着百里见天在自己眼前离开，自负地笑笑，"这下子，我可以安全离开了。"

"阿朝呢？他现在在哪儿？"楚天暮冷冷地质问着混沌，语气中却有难掩的担心。

"他在哪儿？呵呵，他已经昏过去了。我把他藏在了鄢陵云海里面，那宛渠宫卫百里见天一旦找不到我，势必会用法力将整座鄢陵云海围困封死。到时候，你那个人类小伙伴可就要灰飞烟灭了。"

楚天暮的眼中露出愤恨和惊恐，她迅速转过身，向鄢陵云海疾奔而去。不料混沌只是轻轻一抬手，一股无形的力量就将楚天暮扬倒在地。那力量戮过之处，草木截断，沙石成灰。

"呵呵，不要做无谓的挣扎了。你现在不能走，必须和我一起离开鄢陵县，这样才不会让那个百里见天起疑。"混沌眼见着楚天暮一身灰土，勉强站起身子，残酷地笑着说道。

"混沌，你……"楚天暮咬了咬牙，用火气凝成一柄利刃，抬手向混沌的额头砍去。可那混沌只是化为虚影，又在不远处显现出来。

"呵。"混沌嘲弄地笑了一声，打出数道白光。楚天暮躲闪不及，被其中一道白光擦到，在头险些撞到地上时，被一个身影接住了。

"阿朝！"

是真正的秦闻朝。他扶楚天暮起来，悄悄对她耳语："百里见天正在鄢陵云海上用太古石盘作法阵，我们把混沌引过去。"

"我知道了。"

凶兽混沌化为原形，扑打着敦厚的双翼向楚天暮撞了过来。楚天暮勉强唤火护身，熊熊火墙在混沌的猛撞下化为四散纷飞的火星，烧着了一大片草地。秦闻朝险些被蹿起的火苗烧到，他挑了条石子路，向山谷间跑去。

楚天暮一边紧跟着秦闻朝的步伐，一边口中念念有词，数十个火球在楚天暮身畔旋转，继而一起倒向了混沌。可凶兽混沌只消一闪双翼，数十个火球便再次化为火星飘落开来，引燃了整片山林。

鄢陵县的这处山林顿时浓烟滚滚，混沌的身躯隐没在一片热浪之中，使得楚天暮难以找到它。突然间一只白色的爪子向她喉间探来，楚天暮来不及回避，将要被那混沌的爪子抓住时，一道霞光从半空截来。随着一声清脆的鸟鸣，混沌的白色巨爪燃起了腾腾烈火。

"碍事的小鸟！"混沌咆哮着，将它那巨爪一挥，白色巨爪化为一片雾化的热浪，落入山林大火之中。

"重明！"楚天暮惊喜地叫道，小鸟重明已经化为了巨鸟的样子，金红相间的羽毛闪烁着晚霞的光芒，有着两个瞳仁的眼睛射出锐利的锋芒。

混沌在大火和浓烟中不断闪身，迸射出一道又一道的刺目白光，重明收紧翅膀接连闪避，一边吐出烈火一边引诱混沌向鄢陵云海方向攻来。秦闻朝在烈火中剧烈地咳嗽着，紧紧地拉着楚天暮的手，向百里见天所说的法阵方向跑去。

混沌又是一爪袭来，秦闻朝下意识地想拦下来，可楚天暮唤出天火，将那只利爪燃烧殆尽。

"这次不会再让你受伤了。"楚天暮拉着秦闻朝，跑到了山上。

百里见天坐在法阵之上，口中念念有词，顿时大地震动，五色光芒从地缝中迸射而出。秦闻朝脚下不稳，又被这震动震出去好远。混沌难以逃脱，陷入太古石盘法阵中，发出一声声凄厉的吼叫："如今世道如此，始皇横征暴敛，贪欲无节，天下苍生，必当灭亡——"

鄢陵云海在混沌力量的收缩下发生爆炸，火光冲天，巨石被击上半空，又滚滚落下。空中一阵巨响，似雷鸣般。百里见天闪到一侧，俯身轻轻捂住楚天暮的双耳，直到平息。

混沌已死，神魄俱散。

虽然混沌已经被就地封死，但它刚才的话语，却如滚滚烟尘般在百里见天脑海中萦绕不绝。

始皇帝兼并六国，一统天下，自诩与天同齐。他是这天下的强者，非布衣黔首所能及也。

回想着混沌的话，百里见天的心中久久不能平静。他仿佛能感觉到背后那柄长剑的寒气所逼。他不想杀死楚天暮，也不想让宛渠之木永远枯萎；他需要另外一个强而有力的生命，这样就可以解决所有的问题。

这样想着，一个有些疯狂的想法在百里见天脑海中渐渐成型。

"暮儿——暮儿——你在哪儿啊？"远处传来了秦闻朝的呼声。

又是一丝失落划过眼角，百里见天低下头说了句："暮儿，我先走了。"

"等一下，百里，"楚天暮叫住百里见天，"你接下来要去哪儿？"

"咸阳宫。"没有一丝犹豫，百里见天就说出了答案。

"咸阳宫？为什么？"听到这个答案，楚天暮略有些吃惊。

"我要杀死始皇帝。当然，我不会立刻去的，还要准备些时日。"百里见天决绝地说着，同时拔出了背着的那柄长剑。光洁的剑身映着百里见天冷峻的面孔，那双眼睛尤为深邃。

楚天暮大吃一惊，连忙劝阻道："百里，你不要听刚才混沌乱说。杀戮不是解决任何问题的方法，这也是我和尘云来到人间的原因。你可以杀死始皇帝，但人类还会有更多的帝王；况且我们要了解的是天下的黎民百姓，始皇帝不能代表所有的人类。"

"别说了，暮儿。我只能这么做，"百里见天停顿了一下后，又轻轻说道，"为了你。"

"为了我？"

秦闻朝的呼叫声更近了些，百里见天没有再多说什么，只是道了声"保重"，将长剑收鞘背在背上，匆匆离开了。

楚天暮深吸了一口凉气。她虽然不明白百里见天究竟为什么要这样做，但她知道自己必须要阻止这一切的发生。

回去的路上，秦闻朝见楚天暮有些低落，便问："暮儿，你怎么了？是坐马车不舒服吗？"

　　楚天暮摇摇头，沉默良久才问道："阿朝，如果我想去咸阳，你会支持我的选择吗？"

　　"去咸阳？"秦闻朝一时惊讶，又忽而想起在长生庙下，独臂人曾对楚天暮提议，建议她去咸阳看一看。

　　咸阳为大秦帝都，乃天下之中心，经贸讲学为政传道者往来不绝。楚天暮身为神使，若是想了解人类，前往咸阳自然是最好的选择。在那里，她可以体会到这个时代的核心。

　　可是，倘若楚天暮去了咸阳，那秦闻朝势必有一段时间无法再见到她了。

　　一直以来，陈胜都教导秦闻朝一个简单而浅显的道理：万物皆有其规律和意义，正如农耕：春生、夏长、秋收、冬藏，不可违逆。

　　而神使的意义，在于更好地了解人类。

　　虽然舍不得，但秦闻朝还是点了点头。

三十六年

荧惑守心

——

《史记·秦始皇本纪》

第九章

帝都咸阳

　　三天之后，徐福先生为楚天暮备好车马，将其以琴女身份送入咸阳宫，以便她更好地了解朝政和始皇帝。秦闻朝与徐福先生站在阳城县的县口，送楚天暮离开。

　　马车即将驶离，楚天暮探出头来："阿朝，虽然有一段时间可能不会再见面了，但我一定会回来找你的。"

　　秦闻朝点点头，回想起此前的种种经历，突然感觉鼻子酸酸的。他从口袋中取出一个东西："这个给你。"

　　"这是……"楚天暮接过来，见秦闻朝递来的是半枚秦半两，用一根细绳拴着。

　　"暮儿，还记得吗？我们第一次见面的时候，你用火烧断了这枚秦半两，我一直都留着。现在这一半你拿着，另一半放在我这儿。"

　　"嗯。"楚天暮也感觉鼻子一酸，她仔细摩挲着圆形方孔钱的断裂处，将它戴在了脖子上。

　　"再见，阿朝。"

　　"再见，暮儿。"

　　"她走了。"看着车马远去，徐福先生长叹一声。

　　"是啊。"秦闻朝怅然若失。

　　徐福犹豫了一下，但还是说道："阿朝，你有没有想过，终有一天，楚天暮会回到天界。"

　　秦闻朝不语，这是他所不愿去想的。他在陈胜的抚养下长大，在大秦的体制下过着日复一日的农耕生活。而楚天暮的出现，让秦闻朝感觉麻木而平凡的生活多了些光彩。她的聪慧和善良，乐观和调皮，一切都和这里的人类不一样。秦闻朝一直把楚天暮当作自己最好的朋友，他不愿意面对分别的那天，虽然他知道那一天迟早会来。

"阿朝，你拿着这个吧。"徐福先生从袖中解下一个小葫芦，递到秦闻朝手中。

"这是什么？"

"这是用海外仙草的精华所炼制的药液，叫作'重生泉'。由于这种海外仙草每千年才长一片叶子，故而这种东西相当的珍贵。饮下'重生泉'之后，便可以忘记自己最珍视的事物所带来的痛苦。四年前那时候，我曾准备将它送给始皇帝。可无奈始皇帝不稀罕这东西，我便一直随身保留至今。如果有一天，当她离开后，你可以用这个回到正常而平凡的生活。"

秦闻朝默默地看着手中的小葫芦，心中一阵五味杂陈。

过了很长时间，他才抬起头，对徐福先生轻轻说了声："谢谢。"

始皇三十六年，咸阳。

十五辆两马并驾的宫室马车在大秦的驰道上飞奔，这些马车由颍川、会稽、琅琊、辽东四郡汇集于此，一同向西驶向帝都咸阳。坐在马车之中的是咸阳的专职人员到这四个国郡视察选拔而出的最优秀的琴女。她们将一同进入咸阳城，为始皇帝的大殿共同奏献琴乐之美。

楚天暮自然也坐在这十五辆马车中的一辆里，在颠簸的马车中忐忑不安。与她一同坐在同一辆马车之中的是另外三名从颍川郡选拔而出的琴女，她们正有说有笑，互相交谈切磋着琴艺技巧。笼罩在阳光之下的帝都咸阳对于车上的琴女来说是光明的，是她们一生成果的最好证明；而对于楚天暮来说，则是一场史无前例的冒险。

马蹄在驰道上一下一下的敲击声砸在楚天暮心头，她撩起一侧的帘子，辽阔的关中大地令她不免有些紧张。

不一会儿，马车很快停靠在咸阳宫门前。在内侍的接应下，新选拔而来的琴女去了各自的练场。由于徐福先生事先招呼过，故而楚天暮直接抱着重明，走向了徐福先生事先说过的宫苑前。

接下来的日子里，她要以琴女的身份和这座宫苑的主人学琴。

楚天暮深呼吸了几下，忐忑不安地敲了敲门。令楚天暮始料未及的是，她刚一抬手，那门就从里面被打开了，仿佛室主人已经等候她多时。

开门的是一个二十来岁的年轻女子，看上去平易近人。楚天暮不动声色地快速打量了一眼，见一根翠尾玉簪穿过那年轻女子秀丽的乌发，同时她身着一件浅黄的蓼罗衫，腰间还佩着锦织香囊和几件楚天暮叫不上来名字的配饰。

"你就是楚天暮吧？"年轻女子问道。

楚天暮点点头，有些忐忑地看着面前的这个年轻女子。

"这是小鸟重明？"

"啾啾。"

年轻女子和善地自我介绍道："我叫文馨。按宫里的规矩来说，我应该算作你的师父。但其实你也不必在我这儿学些什么，毕竟徐福先生和我说清了你的来历，告诉了我你要来这儿干什么。说真的，一开始我还以为他在说笑。"

楚天暮不好意思地笑了笑，紧张的感觉顿时消去了些。本来她正想着怎么和这位姐姐介绍自己的身份，却没料到徐福先生早就全盘托出，倒也不用她费口舌了。

文馨一边拉楚天暮进来，一边问道："暮儿，我可以问一个关于天界的问题吗？"

"当然可以了。"

　　文馨仿佛早已考虑过，很认真地问道："暮儿，天界的姻缘，一定要门当户对吗？"

　　楚天暮很惊讶，她以为文馨会问她关于神的能力那些，没想到竟然问了这样一个问题。

　　"姻缘……应该是吧，"楚天暮也不知道怎么回答好，"就像先祖女娲和天帝伏羲，河伯和洛神，小天吏和天都之神恐怕难以结下被人祝福的姻缘吧。"

　　"这样啊……"文馨有些失望。

　　"为什么要问这个呢？"楚天暮不解。

　　"没什么，"文馨笑着摇摇头，"只是问问。我带你先来看看这座琅轩吧。"

　　楚天暮点点头，随文馨在屋子中走动着。楼梯下一角摆着一架古琴。这古琴有几尺之长，共十三弦，二十六徽，造艺精致，有七种宝石装点其上。仔细看来，上面的装饰用的是金、银、珊瑚、琉璃、琥珀、玛瑙和砗磲。

　　"这琴是文馨姐姐的吗？"

　　"嗯，"文馨点点头，指着琴上的铭文说道，"这古琴叫'渥玙之乐'，是始皇帝在那件事后赐给我的。"

　　"始皇帝？'那件事'是指什么？"楚天暮不解地问道，同时对于始皇帝赐琴的事情感到惊讶。

　　"荆轲行刺啊，我以为你知道的。"文馨笑了笑，给楚天暮讲起那段往事。

　　当年荆轲与秦武阳携带着燕国地图与樊於期首级缓步走上大殿之时，琴女文馨的命运就开始悄然改变了。

　　荆轲献上燕国地图，实则图穷匕见。荆轲左手紧抓着秦王嬴政的衣袖，右手握着淬着剧毒的匕首逼向秦王的前胸，一边破口大骂道："你这东西贪暴海内，不知厌足！今天我奉燕国太子丹之命，了结了你嬴政的性命！"

嬴政一时发蒙，想不出什么对策，情急之下为了拖延时间，他便对荆轲说道：
"今天事已至此，只得从死。可惜本王自幼喜闻琴乐，望能乞听一琴声而死。"

荆轲想了想，自负地说那就满足你的遗愿。他仍死死抓着秦王的衣袖，
手中的匕首也没有移开。

秦王点了点头，叫此刻咸阳宫大殿中唯一的琴女奏乐，以便给他思考
如何逃脱的时间。

而此刻在咸阳宫大殿中唯一的琴女，就是文馨。

历史在那一瞬间凝固了，又在那一瞬间悄然流逝。

当时的文馨还是个孩子，见到这般场景，她已经吓傻了。可好在文馨
是个聪明的孩子，她深呼吸了几下，令自己镇定下来，弹唱出这般琴曲："罗
縠单衣，可掣而绝。八尺屏风，可超而越。鹿卢之剑，可负而拔。"

这琴曲的意思是：疏细的丝织单衣，一扯就断了；八尺的屏风，一跃
就过去了；帝王所佩戴的宝剑，可以负剑而出。

更聪明的是，文馨是用秦国特有的方言弹唱的——荆轲听不懂，却给
了嬴政莫大的提醒。

秦王一下子反应过来，他猛地扯断荆轲所拉拽的衣袖，奋力越过身后
的屏风，同时拔出了身后的长剑。荆轲孤注一掷，将匕首投向秦王。秦王
轻易避开飞来的匕首，匕首嵌入铜柱，迸射出火花。

荆轲破口大骂，与秦武阳当场被杀。

那一天，是尚在襁褓中的秦闻朝刚刚满月的日子，同时也是琴女文馨
命运的转折点。

劫后余生的秦王嬴政在加紧攻打燕国以及增加宫内护卫之余，厚赐了

给予自己莫大提醒的琴女文馨。荆轲刺秦失败后，文馨住进了御赐的琅轩，虽然在咸阳宫内是座不大的宅邸，却不必和其他琴女拥挤一趟了。秦王嬴政还特地赐给文馨这把"渥玛之乐"古琴，文馨的琴乐功巧也渐渐地越发出神入化，现在会定期到咸阳宫大殿为始皇帝奏乐一曲。

文馨给楚天暮讲完这段传奇的经历后，坐下身来，抚琴弹了一首曲子。琴声先是舒缓，继而明快，似行云流水。

"文馨姐姐，这是什么曲子？"

"《流水》，"文馨一曲终了，应道，"相传伯牙为子期所弹。人世茫茫，知音难觅，此生若能遇上一人，便足矣。如俞伯牙所说，'子之心，与吾同'。"

子之心，与吾同。

楚天暮看着文馨温文尔雅却有些淡淡愁怨的面容，她清冷的眸中有一丝难解的复杂。

"暮儿，既然来了这咸阳宫，不妨去看看朝会吧。"文馨起身，摇了摇头，像是要驱走心中的不快。

"朝会？"

"嗯，"文馨点头，"就是始皇帝召见文武百官。有兴趣去看一看吗？"

"那我们明天一早就去吧。"

第二天一早，重明还在熟睡，文馨就带着楚天暮走出了琅轩。

当她们走出琅轩，在不远处，走过来一个公子打扮的青年男子。这男子长相俊美，面色中却不失男子的气概，挑眉的样子有些像百里见天。

"这不是文馨小姐吗？这么快就收新的徒弟了？"男子似乎和文馨很熟，对她客套地招招手。

"四公子今日怎么这么清闲，有空来我这陋居？"文馨打趣地一笑。

"无事，便来看看你。文馨小姐可有事情？"

"暮儿方才来咸阳宫，带她去看看朝会。"

"无妨，"被叫作四公子的男子扬了扬眉毛，"择日再造访。"

看着那四公子款款离去，楚天暮皱着眉看了看这个人的背影，然后抬头问："文馨姐姐，这人是谁啊？"

楚天暮发问的时候，她竟见文馨脸颊有些绯红。文馨忽而恍过神，尴尬地笑笑。

"四公子将间。你别看他一副趾高气昂的样子，但其实他人很好。"文馨抿着嘴，"在这宫中，像四公子这样坦诚的人倒还真是不多。"

楚天暮注意到，文馨说这话时嘴角微微上扬，溢出一丝欣然的笑意。

"我们快走吧。"

文馨带着楚天暮穿过重重廊桥，路过座座宫苑，每路过一处，文馨就给楚天暮介绍起来。

在微亮的天色下，远处站着两个人。一人身着官服，另一人身着华丽的服饰，还是个孩子。

"夫子，还记得你上次教我的《韩非子》吗？那其中说……"那个孩子问道。

"你小声些。"身着官服的人训斥道。他随即看了看四周，注意到了不远处的文馨和楚天暮。

身着官服的人叫那孩子站在原地不要动，自己则走向她们。当那人走近时，楚天暮看见那双妖冶的眼睛，有些心惊。

"见过令事大人。"文馨赶快行礼。

被称为令事大人的官服男子扫了一眼楚天暮,然后看向文馨:"这不是琅轩的琴女文馨吗?天还不亮就出门,这是要去哪里啊?"

"随、随便走走。"文馨低着头。楚天暮不知道为什么,文馨似乎显得有些害怕。她不知道面前这个人是谁,但刚才文馨对待四公子将间都那么自然,这人莫非是比四公子还要高贵的人?

"哼,"官服男子冷哼一声,"一个姑娘家的,天还不亮最好不要到处乱走。女子当洁身自好,最好也不要多嘴多舌。"

楚天暮听那男子这么说,有些生气。她正欲和那男子争论,文馨突然在下面按住了她的手。

"呵。"官服男子笑了一声,继而走到那孩子旁边,带他匆匆离开了。

待两个人走远,文馨才松下一口气,给楚天暮介绍起这两个人来。

"那个孩子是胡亥,始皇帝最小的儿子。那个男人是中车府令赵高,那个赵高……"文馨停顿了一下,小声说道,"城府很深,最好不要轻易接近。"

楚天暮点点头。这一路她们没有再遇见其他人。天较刚才亮了些,借着星斗的微光和地平线上的一丝光明,文馨带着楚天暮到了一处宫苑高台的围栏前。

"从这里可以俯视朝会。你看那边!"顺着文馨手指的方向,楚天暮见到了在人间所见过的最盛大的情景——

三公九卿身着各异的长服与头冠,腰系盘带,手持笏板,位列大道两侧。随着旭日高升,云天被朝阳点亮,宏大的乐声奏起,朝会在第一缕阳光的照射下开始了。

咸阳宫前,旌旗猎猎。谒者长喊一声"趋——",禁卫穿过大道,典客胪传，恭候始皇帝的到来。始皇帝坐在车驾上，沿着辇道徐徐而来，禁卫举旗，三公九卿敬酒朝贺。始皇帝身披玄衣，头戴高冕，彰显着天下之主的威严。

楚天暮倚在围栏上，看着这盛大的朝会，竟有些痴醉。

原来天下的中心，就是这样啊。

朝会毕，文馨带着楚天暮离开宫苑，从偏门进入了上林苑。

林中猎场清风徐徐，阳光从蔽日的枝叶间穿过，在林地上留下各异的光斑。楚天暮随文馨走过溪水之上的木桥，听着小溪的潺潺流水和飞鸟振翅的声音。

"这里就是上林苑。每到秋季，宫中的人会到这儿来围猎。这里很清静，平时我喜欢一个人来这里走走。"文馨一边说着，一边捧起些溪水洗了洗脸。

"哎呀！"正当文馨起身时，她突然惊叫了一声，瘫倒在地。事情发生得突然，楚天暮连忙看去，见文馨的左肩肩头赫然插着一支箭。殷红的血迹染红了曲裾深衣的一侧，汩汩鲜血顺着箭矢流下来，滴落在林场的草地上。

"是谁？"楚天暮既震惊又愤怒地环视四周，很快找到了箭矢的来源——那是在层层林间之后，小公子胡亥脸色惨白，手中举着的长弓还没来得及放下。他身旁站着中车府令赵高，面色平静地看向这边。赵高见楚天暮看到自己，索性也不躲藏，反而带着小公子拨开枝叶和垂藤，走向了楚天暮和文馨这边。

"令、令事大人。"文馨颤抖着，强忍着痛扶住中箭的右臂站起来。

"这不是琅轩的文馨姑娘吗？"赵高走过来，一副皮笑肉不笑的样子，让楚天暮看了感到十分厌恶。

"你为什么要射箭伤人？"楚天暮怒视着赵高，大声质问道。

可赵高仍然面色平和，只是挑了挑眉说道："这位小姑娘说的是哪里的话，我与小公子到林场游玩，并不知二位的存在。刚才我在那边见有物事移动，还以为是林中的野鹿在饮水，便叫一时兴起的小公子射箭捕猎，没想到却射到了文馨姑娘。失手伤人的确是我所不该，但照姑娘的意思来说，我们是故意的不成？"

"你！"楚天暮更加生气，文馨却拉住楚天暮的手，示意她不要和赵高作对。楚天暮愈加愤怒，谁都能看得出那一箭是故意射出的，她恨不得把赵高的虚伪撕得粉碎。

正当这时候，他们背后的草地突然沙沙作响。楚天暮回头看去，竟见四公子将闾从林场之中走出来。他的身上穿着轻便的戎装，显然是刚做了一番锻炼。

将闾看了一眼中箭的文馨，立刻明白过来是怎么一回事。他向前一步，站到赵高面前，却只是俯首摸了摸胡亥的头发，说了声："亥儿也在啊。"胡亥因刚才射中文馨吓得脸色苍白，哆哆嗦嗦地一句话也说不出。

"见过四公子。"见将闾出现后，赵高的气焰顿时小了些，恭恭敬敬地行了一礼。

"令事大人。"四公子将闾客气地笑笑，大度地回了一礼，继而问道，"不知令事大人带着皇弟来此有何用意？现在是暮春之际，还不到围猎的时节吧。"

赵高低下头，故作惶恐地说道："小公子失手射中文馨姑娘。都是臣下失误，罪该万死。"

楚天暮见赵高和胡亥渐渐走远，不满地问将闾："你怎么就这么放他们走了？"

"那还能怎么样，不要把事情闹大。"将闾瞥了一眼楚天暮，随即检查了一下文馨的伤势，对楚天暮说道："幸好箭头是钝的，我们快送她到御医夏无且那里。还能再坚持一下吧？"

文馨勉强点点头，她已经几乎站不起身，剧痛致使汗水浸湿了额头。

"那快走吧。"楚天暮心想救人要紧，至于赵高和胡亥的事情，就先放一放吧。

"伤势不是很重，这样就可以了。"御医院里，御医夏无且给文馨完成了包扎，又给了楚天暮几服药，叫她每日三次调给文馨喝，好恢复元气。

楚天暮接过药囊，谢过夏无且后随四公子将闾与文馨一起回了琅轩。

"姑娘随我出来，免得打扰了文馨小姐休息。"安顿好文馨休息后，将闾将楚天暮叫出了琅轩。

"什么事？"楚天暮随将闾坐在屋外的石阶上，问道。

四公子将闾压下声音说："近来小心些，胡亥那一箭绝非无意为之，一定是赵高事先叫他做的。那人虽只是个小小的中车府令，城府之深却足以和三公九卿相比。"

"我当然看得出来，"楚天暮撇撇嘴，"还不是因为文馨姐姐无意中听到了那赵高和胡亥的谈话，恐怕令他们有所忌惮吧。"

将闾皱了皱眉："赵高和胡亥的交谈？他们说了什么？"

"赵高对胡亥说了些《韩非子》中的话，像是在教他为政之道。"

"这样啊，"将闾微微颔首，"父皇此前明确和赵高表示过，禁止他教胡亥为政之道。一来胡亥年纪尚小，过早接触政事恐怕不利于他的成长；二来赵高只是一介中车府令，哪里懂得什么为政之道，父皇怕他的那些邪门歪理将胡亥带偏了道路。不过，即便父皇明令禁止，这赵高还在暗地教胡亥为政之学，怕是别有所图啊。唉，刚才那一箭倒是吓坏亥儿了，他才那么大，竟然就被赵高教唆动手伤人……"

楚天暮有些后怕地叹了口气："没想到这赵高竟然这般可怕。幸好那一箭没有射到要害之处，不然文馨姐姐就没命了。"

　　"恐怕这也是那赵高事先设计好的吧，"将间嗤之以鼻，"那卑鄙小人只是想要警示文馨不要把听到的他给胡亥讲为政之道的事情说出去。毕竟有父皇在上，他还不敢轻易杀人，不然麻烦就大了。倒是你，刚才那么鲁莽，要不是我恰好在林场看到这一幕，恐怕赵高当时定然会恼羞成怒。这咸阳宫中险恶艰途，不比外面的徭役赋税容易。宫中的规矩是不会有人讲给你的；在这里，每走一步，每说一句话都要万分小心。"

　　楚天暮翻了翻眼皮："既然你说这宫中险恶，规矩无人会讲清，那为什么还要告诉我这些？"

　　"呵，当然不是因为你了。"说这话时，四公子将间看了一眼在屋内休息的文馨。

　　"我走了，照顾好她。"将间起身叮嘱道，"我会和父亲说让他多留意一下赵高，不能再让这小人猖獗下去了。这几天要格外小心些。"

　　楚天暮点点头，望着四公子一步步地离开琅轩。更远处，飞鸟在上林苑的上空低鸣着，抖落下几片羽毛。

　　在咸阳的第二天，楚天暮就真实地见识到了人性可怕的一面。

　　宫中涉水，步步凶险。

　　稍晚些的时候，日暮化为星斗。休息了一天的文馨醒了过来。她从床褥上下来，在琅轩内走了走。她走到楚天暮的房中，见楚天暮已经睡下。文馨帮她掖了掖被子，恍然发现床边的案上放着个东西。

　　那是半枚秦半两，用细绳拴着。

　　"阿朝……"楚天暮翻了个身，迷迷糊糊地说。

　　文馨不禁笑了一下，她挽起袖子，腕上的犀角手链在月色下映出银色的微光。

有坠星下东郡，至地为石，

黔首或刻其石曰"始皇帝死而地分"。

始皇闻之，遣御史逐问，

莫服，尽取石旁居人诛之，

因燔销其石。

——

《史记·秦始皇本纪》

第十章

东郡刻石

始皇三十六年，东郡。

百里见天推开风瑾的家门，从屋中走了出来。

他方才向风瑾问起了他父亲漓池先生的事情，并说自己是楚天暮的朋友。风瑾听闻后，便对百里见天讲起了他父亲被始皇帝斩下一只手臂，又对始皇帝发誓，十年之内若找到当年祭祀水神的玉璧，大秦帝国便会亡国的事情。

百里见天走在村子狭长的小路上，心里有些同情这个小女孩。不过，听闻这个故事后，一个计划在他心中渐渐成型了。

他并没有立刻离开东郡，而是借着微凉的月色，沿着弯弯曲曲的小路走向了村头那破败的鬼谷庙。

百里见天轻轻地在门上叩了三下，听见里面一声沉沉的"进来吧"。他推开陈年的木门，踏入了破败的鬼谷庙中。他有些惊讶地看着面前端坐的老人，那邋里邋遢的装束与背后断了头的鬼谷塑像那种威严形成了鲜明的对比。

老人紧闭着双眼，一动不动。百里见天有些怅然地扬了扬嘴角："我回来了。"

老人睁开惺忪的眼睛，抖了抖脏衣服上落满的灰尘。令百里见天更为惊讶的是，老人的眼眶中没有曾经那睿智而犀利的双眼，取而代之的，则是一片黯淡的灰色。

老人缓缓开口道："十六年前，你放我离开天界，让我用那东西实现了长久以来的执念。关于这件事，我不知道该不该谢谢你。"

百里见天有些不知所措了，这件事，他已经十六年没有和任何人提起过了。

十六年来，他一直试图告诉自己从未见过这个老人。但现在的相会，让十六年前那次对视变得无比真实。

我知道你心里也有一直想要守住的东西，不是吗？十六年前，老人如是说道。

"不惜一切代价想要守住最珍贵的东西，也许并非一件好事，"老人笑着摇摇头，"没有什么是永恒的，只有敢于面对失去，才能留下值得回味一生的回忆。你总是以为能守住一切，只要不想失去的，就觉得一定不会失去。唉，我那时候也一样，谁都一样，不能免俗啊。"

百里见天无言，只得继续听着老人自语。

老人又自嘲地笑了笑："可生老病死是自然的规律，我们都敌不过的。唉，我辜负了先祖女娲的期望。"

执念越深，就会在背道而驰的路上走得越来越远。

老人站起身："先祖女娲说得没错，华夏契约取自清浊难辨、轻重难分的上古混沌，造于五帝盛世，以无穷之力，制衡天地。那是世上最公平的东西，教会我们，想要得到，就要失去。至于得到什么，又失去什么，这就要交给我们自己来衡量了。还有，要记住，我们所努力做过的一切，对于这个世界和时间来讲，终究毫无意义；但对于我们自己来说，却足以回味终生。"

百里见天似懂非懂地点点头。

"东西带回来了吗？"老人问道。

百里见天将肩上挎着的牛皮袋放下，又递过来封印混沌的太古石盘。

老人接过石盘，打开牛皮袋看了看，说了一句"谢谢"。

不知道是不是错觉，百里见天觉得老人说出那声"谢谢"时，有些哽咽。

　　百里见天与老人道别，当他走到小村子的村口时，他突然发觉漆黑的夜幕突然亮了起来。百里见天抬首，见天边有一道闪电划过，那道亮光有些刺眼，向大地俯冲而来。它穿过层层星群后，百里见天才看清那是一块坠石。坠石燃烧着落在小村子边缘的空地上，引得大地一阵微颤。

　　百里见天的心沉了沉，他明白这意味着什么。

　　有石从天边坠下，怕是天界与人间的矛盾更加尖锐，引得天地失序，天石坠落。百里见天想起风瑾方才对他讲起的事情，关于她父亲滈池先生，关于他与始皇帝的赌约，关于大秦亡国，关于那块早已沉入江中的玉璧。

　　百里见天与江神熟络多年，想找到一块多年前人类祭祀的玉璧并非难事。

　　看来这件事，要抓紧着手了。他这样想着，匆匆离开了东郡的村庄。

　　始皇三十六年，咸阳宫。

　　"暮儿，你听说那件事了吗？"围栏之上，文馨问楚天暮。

　　"什么事啊？"

　　"四公子今早和我说，几天前有一块坠石落在东郡。那坠石上有人刻字：'始皇帝死而地分。'始皇帝听闻了这件事，生气得不得了，正要查处此事呢。"

　　"啊？这么严重？"

　　正当两人闲聊之时，甘泉宫那边缓缓走过来一个上了年纪的人。他两鬓有些苍白，穿着一件有些褪色的曲裾深衣，手中持着文书，正步履匆匆地向咸阳宫大殿的方向走去。

楚天暮回想了一下，想起这个人正是上次在朝会上看到的冯去疾。文馨当时告诉她，这是大秦一人之下、万人之上的右丞相。

"右丞相和御史大夫同出一家，冯家真是功德无量，人才辈出。"文馨不禁感慨。

"御史大夫冯劫……"楚天暮像是突然想起了什么，若有所思地问文馨，"文馨姐姐，你是不是说过，御史大夫有一项职务负责掌管大秦的律令和图籍？"

"对呀，"文馨有些不解，"你问这个干什么？"

楚天暮没有回答文馨的问题，而是继续问道："那是不是说，大秦的一些重要文籍和藏书，都是归属于这位冯劫管辖的范围？"

"也不尽然。"文馨摇摇头，"律令是指秦律和诏令，图籍是指地图户籍。御史大夫所管辖的范围，还是以这些东西为主。至于你说的文籍藏书，更多应该还是存放在金匮石室里。"

"金匮石室？那是什么？"

"就是咸阳的藏书之所。你问这个干吗呀？"

"没什么，我、我就是随便问问。"楚天暮摇摇头。

她其实想的是华夏契约。

华夏契约流失人间多年，此前找到的一些零星线索也断掉了。而始皇帝一心想长生不死，收集海内外的奇物，再加之他为天下之主，如果说华夏契约可能在人间某处，那最可能的就是咸阳藏书的金匮石室了。

楚天暮心想：近期宫中事务繁忙的缘故是御史大夫冯劫近些日子来咸阳宫的次数多了些。那些御史府的守卫自然会因为冯劫不在而放松警惕，这正是偷偷潜入的最好时机。

金匮石室就修在雍宫旁，雍宫那里曾经住着赵姬。

关于赵姬的事情，楚天暮此前在咸阳宫听说过一些闲话。她是秦太后，始皇帝的生母。

东周年间，吕不韦在邯郸选拔女子，将赵姬献给始皇帝的父亲秦庄襄王。在秦庄襄王去世后，吕不韦与赵姬日夜偷情，花天酒地。后来，嫪毐假腐进宫，也与太后偷情。始皇帝当时尚小，看在眼中，记在心中；待他掌权后，接连除掉嫪毐和吕不韦。赵姬一个人最后抑郁而终。

人心真是可怕。

驶向金匮石室运送书卷的马车在雾霭迷蒙的早晨缓缓行来。躲在草丛中的楚天暮见马车过来，略施小计，燃着了一侧车轮。车轮"呼"地一声腾起火焰，使得马儿惊叫了几声。御者走下车，几脚踢灭了火焰，见怪不怪地说了句"天干物燥"，然后重新上马。

而御者不知道的是，楚天暮此时已经偷偷躲在了马车下。

马车缓缓行到金匮石室的入口，停了下来。两侧的守卫一边盘查传令，一边和御者一起把书箧从马车上搬下来。而楚天暮则趁此机会，闪身躲进门轴后。待其中一个守卫半拉开门，她借着黑暗匍匐潜入了金匮石室。

楚天暮快速地走进里面。石室两侧的石壁闪闪发光，镌刻着鸟的图腾。那些金色的大鸟栩栩如生，目光炯炯有神，仿佛能飞出墙面一般。楚天暮此前从文馨那听说了，嬴氏先祖的图腾就是鸟。那些大鸟图腾下摆放着一个个镀金的石柜，像是正在被这些图腾鸟所守护。

而所谓金匮，就是指这些镀金的石柜，其中存放着尘封的往事与逝去的岁月。

到底在哪里呢……楚天暮一边仔细检查着每一个金匮上的铭文，一边提防着有没有被人发现。

楚天暮随便拉开一个金匮，翻开其中一卷竹简，一行字映入她的眼帘："呦呦鹿鸣，食野之苹。"楚天暮微微张着嘴，吃惊地翻阅起这卷竹简，见其竟然是《诗经·小雅》的一部分。

可这《诗经》，不是在两年前的焚百家之书中被一并焚毁了吗？

楚天暮又翻看了几卷竹简，见其竟然分别是《春秋》《左传》《荀子》和《楚辞》的一部分。这使得楚天暮不由得倒吸一口凉气——这些在焚书之时本已在人间绝迹的藏书，没想到竟然在这里留有珍本。

楚天暮此时不得不佩服起始皇帝焚书决策的英明之处了——当年天下初定，因为郡县制取代封邦建国而使得儒生愤懑不平。焚天下之书的目的是建立思想上的统一，阻绝那些危害大秦的先秦思想；但始皇帝定然知道这些先秦诸子百家之言中的哲思和道理绝非一朝一夕所及，其中的价值值得以小批藏书保存下来。

"是谁？！"一声怒斥传来，楚天暮知道自己被发现了。

金匮石室有如迷宫般错杂，好在楚天暮早有准备。石室的屋顶开了天窗，以防书简受潮或被虫蛀。楚天暮爬上两个金匮，借力一跃，从天窗翻了出去。

"从天窗翻出去了！快追，去备马！"其中一个守卫对另一个喊道。

这也是楚天暮事先准备好的——叫重明在自己进入金匮石室后在外面等候，一旦被发现立刻吐火烧断石室马厩中守卫缚马的缰绳。受惊的马儿四散奔逃，守卫们没有马，自然在短时间内追不上自己。

楚天暮上马一路奔逃，穿过层层密林，折返咸阳宫。那两个金匮石室的守卫很快从雍宫借来辆马车，顺着马蹄的痕迹穷追不舍。

当咸阳宫的一角宫墙出现在楚天暮的视野中时，她立刻弃马小跑，从咸阳宫南宫墙裂开的墙隙钻了进去。小鸟重明振翅高飞，从宫墙之上的云天飞进了咸阳宫。进了咸阳宫后，楚天暮特地挑了一条罕有人至的小路，与重明一同向琅轩的方向跑去。

那两个守卫很快一路跟到咸阳宫，给宫门前的卫尉看了传令，从南宫门直入，四下找起刚才闯进金匮石室的小贼。楚天暮这时候却早已经气喘吁吁，因为琅轩在咸阳宫的东北角，从南宫门进来，任凭体力再好的人，一刻钟也是跑不到的。

石室守卫盘问宫人的声音传来，听上去他们已经问过了不少仆役。楚天暮不知道自己这一路跑来，到底有多少人看见自己狼狈的样子。但她知道，守卫依次按图索骥，迟早会找到自己。

正当楚天暮走投无路、气喘吁吁时，他身边一座宅邸的丹青大门突然打开。楚天暮抬头一看，竟见到四公子将闾正站在自己面前。这时候她才意识到，自己在一番慌乱的逃窜下，竟然误打误撞来到了将闾的府前。

楚天暮见将闾看自己异样的眼光，不免尴尬地笑了笑。

"快进来。"将闾悄声说道，拉着楚天暮进了屋子，继而立即关上了门。而楚天暮刚刚进了门，后面石室守卫的脚步声便接踵而至，随即是重重的敲门声。

"我去开门，你不用紧张。"将闾说着，又走到门边将门打开。石室守卫站在门口，冷冷地看着将闾。

"二位不经通报就擅自前来我府上，是有何贵干啊？"将闾缓步走到门边，严肃地问道。

"啊？见过四公子。我们是金匮石室的守卫，刚才失礼了，还请四公子宽谅。"两个守卫赶紧行礼道歉。

"你们，有什么事吗？"将间装作一无所知。

"是这样的，四公子，"其中一个守卫粗声粗气地解释，"今天有个小贼潜入金匮石室，还逃走了。我们看那小贼向咸阳宫的方向来了，所以……"

将间眉头一紧："所以你们觉得是我在藏匿小贼？"

"没、没有。绝无冒犯之意，请、请公子宽谅。"两个守卫赶紧道歉。

将间拉开门，扫了一眼楚天暮，对守卫说道："你们也看到了，这里只有我和我的小侍女，别无他人。"

"那……打扰四公子了。"石室守卫吃了闭门羹，只好退下。

"喂，你不应该谢谢我吗？"将间关上门，回过头，对楚天暮笑了笑。

楚天暮翻了个白眼："喊！谁是你的小侍女？占了我的便宜还不说，我还得谢谢你？"

公子将间哈哈大笑后问道："你和宫中那些女孩子果然不一样。这几天我没有去琅轩，文馨姑娘怎么样了？"

"恢复得很好。四公子不如自己去看看。"

"自然会去的，"将间说着，给楚天暮斟来一杯水，"你先在这里歇一会儿，待那些守卫离开了再走。"

楚天暮一边喝水休息，一边不经意间注意到将间的案上放着一只精美的手镯，看上去并非玉制，而像是犀牛角所刻。

帝王皇子真是富有，楚天暮不禁心中慨叹。

　　过了一会儿，楚天暮准备离开了。她走到将闾面前，笑了笑："今天的事情，还是谢谢你了。"

　　"不必谢我，"将闾摆摆手，"都说了，不是因为你。对了，你要回琅轩吗？"

　　"对啊。"

　　"我同你一起去。"

　　"啊？"

　　楚天暮与将闾一同回了琅轩。文馨与将闾不知攀谈些什么，楚天暮在一旁擦拭着玉盘。

　　不经意间，三三两两的几句话飘进楚天暮的耳朵。

　　"对了，东郡坠石这件事，始皇帝最后是怎么决定的？"文馨问道。

　　将闾答道："因为那附近没有任何人承认是自己做的，所以父皇按照秦律中的连坐制将那村子中的所有人一并处刑了。三天过后，那块坠石还会被马车运进咸阳，在咸阳宫大殿前引火焚烧。"

　　"一并处刑？"文馨吃惊地问道，"是怎么样的刑罚？"

　　"火刑。"将闾答道，"那些咸阳去的禁卫将那个村子四面围住，一把火就全都燃烧殆尽了。听说那个村子被烧成一片废墟，那些村民也都被烧得辨别不出模样，听说没有一个人生还……"

　　"那个村子在哪儿？"楚天暮突然问道，吓了将闾一跳。

　　"就、就在东郡的西面。哦，听说村子里有一座鬼谷庙，但已经不供鬼谷了，里面住着个奇怪的老人。"

　　楚天暮听到这里，脑海中赫然浮现出了风瑾的面孔。她身子一颤，手中正在擦拭的玉碟滑落在地，发出一声清脆的碎裂声。

文馨问了好久，才明白楚天暮为什么这般失魂落魄。

"你等我一下。"文馨突然说道，匆匆跑出了琅轩，留下楚天暮一个人呆愣愣地坐着，思绪万千。

为什么？为什么始皇帝要这么做？

在不明真相的情况下处刑与之有牵连的所有人，看似整顿了民风，安纪天下百姓，可是这样夺取无辜者生命的行为真的公平吗？难道不是一种没有理由的肆意杀戮吗？

为什么人类会死？为什么生命这么脆弱？

楚天暮不明白，她想到了焚书坑儒，想到始皇帝一向凶狠残忍的解决方式，那雷厉风行的果断形象不禁让楚天暮打了个寒战。

可是……他同样是在关注着社稷民生，没有始皇帝，就不可能有和平统一的大秦帝国，百姓的生活也不可能会安乐祥和。

人类真是充满矛盾的存在。

楚天暮的思绪还是不由得回到了东郡。她念想着当那些咸阳的禁卫包围了那个小村子，村中的人们都在做什么呢？

风瑾一定还在等她的父亲回家，那座鬼谷庙中的老人一定还过着孤单的日子。还有那些无辜村民，想必是在绝望与冤屈中深陷火海……

一想到这些，楚天暮就感觉那在东郡点起的火仿佛烧到了自己。她感觉自己心中一阵阵痛，有些眩晕地扶了扶头。

这时文馨突然气喘吁吁地推开琅轩的门，她的手中多了一盏河灯。文馨摸了摸楚天暮的头，轻声对她说："我们去放河灯吧。"

楚天暮恍惚着，和文馨一同跌撞到夜色中。

木竹小船载着青烛灯缓缓漂离河岸，随着水波荡向远方，在浅浅流觞中愈漂愈远，与泻入水中的月光融为一体，像是一曲残歌般扑朔迷离于视野之外，渐渐不见。

直到那河灯微弱的烛火彻底不见了，楚天暮才有些惊讶地发现自己一直在双手合十地祈祷。神为什么要祈祷呢？自己在向谁祈祷？楚天暮不知道，她只知道自己在祈祷这个世上会少些死亡，少些苦痛，少些罹难。

楚天暮勉强从河岸边站起身来，光怪陆离的夜色让她有些眩晕。她回头望向一马平川的关中腹地，看着帝都咸阳的彻夜笙箫。那些车马喧嚣与华灯初上在楚天暮眼中都变了颜色，它们像是一只张开嘴的怪物，正等待着心甘情愿走向它的人们，再将这些半梦半醒的人吞噬殆尽……

三天后，载着东郡坠石的马车驶入了咸阳。“始皇帝死而地分”七个大字赫然刻在坠石的一侧，像是扭曲的毒蛇般盘曲于其上，狰狞而恐怖。咸阳城的人们下意识地连连回避，载着巨石的马车所行进过的道路上很快人马俱散。

巨大的坠石一路被送入咸阳宫中，禁卫们早已在大殿前支好了火池。成堆的木柴在烈火之下迅速殆尽，滚滚浓烟卷埋了倾入其中的巨石。巨石被烈火吞没，冲天的火光遮住了“始皇帝死而地分”七个字。坠石在火焰的炙烤下表面变得焦黑，像是一大滴从天界落下的黑色眼泪。

始皇帝面无表情地站在火池面前，无声地看着禁卫们抬升火势，焚烧坠石。三公九卿位列火池两侧，却没有人敢说一句话。咸阳宫大殿的前庭无比死寂，唯能听到火烧木柴的噼啪响声。

火光映得楚天暮触目惊心，她第一次感觉到了力不从心。

秋，使者从关东夜过华阴平舒道，

有人持璧遮使者曰："为吾遗滈池君。"

因言曰："今年祖龙死。"

使者问其故，因忽不见，置其璧去。

——

《史记·秦始皇本纪》

朝闻楚樂

第十一章
沉江玉璧

始皇三十六年，华阴县平舒道。

日沉西山，月朗星稀。秦国使者骑着瘦马，离开了华阴县府。今天一连送达了四份公文，那匹瘦弱的老马有些疲倦，它不满地哼了几声，在原地刨着蹄子。秦使没办法，只好从马上下来，牵着缰绳缓缓走在月下的大道上。

月下树影婆娑，秦使突然感觉有什么人在跟着自己。

他猛然回头，发觉自己身后只有簌簌落下的秋叶；当他转过头来时，却惊见自己面前站着一个高个子的人。这个人全身被黑衣罩住，面部用黑纱遮住，只能看出是个男人。

“你，你是谁？”秦使有些胆怯，他身后的瘦马弱弱地叫了两声。

黑衣男子没有回答，只是从衣襟处解下一个东西，递给秦使。

秦使迟疑了一会儿，才战战兢兢地伸出手来，一块圆润而冰凉的东西落到秦使手中。借着熹微的月光，他看清这是一块透明的玉璧，上面刻着他看不懂的秦文，侧面刻着一行小篆——始皇二十八年。

“今年祖龙将死，替我把这个交给滈池先生吧。”黑衣男子终于说出了一句话，他的声音很轻很淡，却字字清楚。

秦使一阵惶恐，他不明白这个黑衣男子所谈的是什么意思，就在他再次低头端详玉璧时，眼前的黑衣男子突然消失了。

秦使踉跄了几步，手中的玉璧险些坠地。老马受到惊吓，瞪着眼睛“咴咴”大叫了好一阵子。许久，秦使才冷静下来，他自然不认识什么滈池先生，也不明白“祖龙将死”是什么意思，但凭秦使多年往返咸阳的阅历，他自然知道了一些宫中的事情，比如说这样的玉璧，想必是始皇帝游历天下时祭祀神灵所献出的。

也就是说，此事与朝廷有关。

想到这里，秦使惊出一身冷汗。他不再顾忌老马的疲惫，跃身上马，向咸阳宫的方向扬鞭而去。

不远处，百里见天揭开了笼在面上的黑纱。他看着秦使驾马而去，不禁笑了笑。

这样一来，就能两全其美了。百里见天又拔出那柄黑色长剑，借着月光端详了许久。

咸阳宫大殿。

三公九卿有些惶恐地坐在始皇帝两侧各自的席位上，他们不知道为什么这么晚了始皇帝却突然把他们召集到一起，看来定是发生了什么大事。而始皇帝却并不理会这些不安的臣子，一直静默地低着头，反复翻看着手中的玉璧。

良久，御史大夫冯劫实在忍不住这般沉寂，不禁问道："陛下今天特意找我们来，怕是发生了什么大事吧？"

始皇帝抬头看了一眼冯劫，这才作声道："诸位爱卿认得这玉璧吗？"

九卿之一的老奉常胡毋敬率先走上前去，捧起始皇帝放在宽案上的玉璧，颤抖地说："这……这不是八年前祭祀江神沉入江中的那块吗？错不了的，上面的祭文还是老夫亲手所刻啊！"

始皇帝沉着脸，默不作声地点点头。

"可、可是陛下，八年前就已经沉入江中的玉璧，现在怎么会出现在这里？"

始皇帝罕见地叹了口气，一五一十地对三公九卿讲起了刚刚发生的事："一刻钟前我朝使者来报，言其在华阴县府遇到一位黑衣怪人。那怪人给了他这块玉璧，还对他说了句：'今年祖龙死。'"

始皇帝此言一出，三公九卿立刻一阵喧扰。

"有怪人敢同陛下一样身穿黑衣？谁那么胆大包天？"

"今年祖龙死？这是什么意思？祖龙是谁？"

"祖龙？是人之宗主之意吗？那莫不是陛下？"

"说些什么丧话！陛下怎么可能会死？"

"对对，陛下万寿无疆，与天同齐！"

始皇帝失望地摇摇头，这些三公九卿都在奉承迎合自己，没有一个说些有用的话。

而始皇帝也没有告诉三公九卿那怪人说的另一句话。方才秦使来通报始皇帝时，还告诉他当那怪人把玉璧交给他时，还说了一句"替我把它交给滈池先生"。

三公九卿都不知道滈池先生是何许人也，但始皇帝却对此一清二楚。他还记得自己几年前巡访东郡西侧的那个小村庄，在那里遇到了自称滈池先生的人，并扬言泱泱大秦必将在十年内亡国。始皇帝盛怒，当即与滈池先生为约，若是滈池先生能找到当年沉入江中的玉璧，他就肯相信滈池先生关于大秦亡国的话。

当年那只是一句无心之言，谁都不可能把一块多年前沉入江中的玉璧重新捞上来，始皇帝这么说，只是想告诉那滈池先生他说的话不可能实现，大秦千秋万代，传之无穷。

可现在那块玉璧就放在自己眼前。始皇帝又反复翻弄了两下玉璧，怎么看都不像是伪造的东西。这是货真价实的沉江玉璧，是大秦帝国的末日征兆。

那句"今年祖龙死"，又该怎么解释呢？

所谓"龙"，天子也。"祖龙"，德高望重之辈，天下共统之祖。照这么说，那祖龙指的正是始皇帝了。

始皇帝看向位列两侧、默不作声的三公九卿，浅浅地叹息一声。这么说，自己很快会死了吗？的确，自己老之将至，身体愈加不好，而去寻找神山和不死药的徐福航队遥遥无期，恐怕真的是这样了。

始皇将死，大秦欲灭。黑色的阴霾笼罩在咸阳宫的上空，像是一只巨手遮住了所有的一切。

始皇帝感觉自己有些偏头疼，他咳嗽了两声后声音沙哑道："诸位爱卿都回去吧，这么晚辛苦了。"

三公九卿缓缓起身，都对始皇帝说了句"陛下保重"，继而满腹不解地离开了咸阳宫大殿。

"哦？那朕怎么听将间所说，你还在偷偷教胡亥为政之道？"

赵高的眼珠不易察觉地转了转，随即扑倒在地哀叫道："赵高错了，罪该万死。本想小公子这么大了，还没有人教他为政，甚是可怜。这样想着赵高就教了小公子一两句浅显的东西，也不知对错与否。忤逆了陛下的旨意，实在罪该万死，罪该万死。"

"唉，行了，你起来吧。"始皇帝叹了口气，摆摆手叫赵高站起来，"以后别再教胡亥为政了。"

"赵高再也不敢了。"

始皇帝揉了揉眉心，努力让自己有些精神。他平视着赵高，神情严肃地问道："赵高，你忠于朕、忠于大秦吗？有否二心？"

赵高脸色陡然间变得煞白，又一次哀叫道："陛下，赵高心向圣君明主，甘愿为陛下和大秦奉献终生，怎么会有二心呢？赵高若有二心，不得好死，天诛地灭……"

"好好好，没有就没有，哭叫什么，快起来。"

赵高轻泣着起身，大胆地握着始皇帝的手说道："陛下如今实在憔悴，还是让赵高去取一服药吧。不然赵高真的放心不下陛下啊……"

"不必了，药医身病，难愈心病。"始皇帝叹着气摇摇头，"唉，赵高，在这偌大的咸阳宫中，都是些奉承迎合朕的人。目力所及，也只有你肯真的和朕说些诚挚之语了。"

赵高带着那哭声答道："赵高一心一意侍奉陛下，定然坦诚相待。"

"赵高觉得，陛下莫不如请一位坊间的卦人看看。"

"那些民间的卦人，靠得住吗？"始皇帝不置可否地问道，坑儒事件还是令他有些心有余悸。

"今年接二连三地发生怪事，先是荧惑守心的天象，继而东郡坠石，现在又是这沉江玉璧。几件怪事下来，咸阳宫内已是人心惶惶，各居其心。陛下，有道是人心叵测呀，所以比起宫中的占星官，莫不如民间的卦人会真的为陛下着想。赵高一时说了心中话，若陛下觉得不中意或是觉得赵高说得不对，还请陛下治罪。"

"赵高，这宫中还真是只有你对朕是一片诚心啊。"始皇帝声音有些沙哑，一脸颓丧。

"刚才都说了，赵高心向明君。像陛下这般千百年来不遇的贤君圣主，赵高当然要诚心相待了。陛下若信得过赵高，莫不如让赵高帮陛下寻一寻民间的卦人，三天后给陛下答复，陛下看这样如何？"

"好，就依你说的办。"始皇帝颓唐地点点头，他感觉自己已经全然没有了天下之主的威严，反而像个不谙世事的孩子一样，惶恐不安，不知所措。

东郡刻石的事情过了好久，楚天暮才从伤痛中缓了过来。但咸阳宫并没有一如既往的平静，沉江玉璧失而复得的事情很快传遍了宫中。

"暮儿，你听说了吗？赵高好像建议始皇帝找民间的卦人。听说他在始皇帝面前的时候，一副卑躬屈膝的样子，大气都不敢喘。"

楚天暮忍不住骂了句："赵高那狗东西，可真是够下贱的。"

文馨摇摇头："没办法，始皇帝听信那小人的句句谗言，怕是已经被那小人蛊惑了心窍。这肯定也是赵高早已料到的，他必须要自己得到始皇帝的信任，不断地接近始皇帝。至于他到底想得到什么，我们就不得而知了。"

到底想得到什么？像他这种人，最渴望的不就是权力吗？楚天暮一惊，被自己的想法吓了一跳。她不敢继续想下去，她不愿意去想象赵高翻云覆雨的模样。

文馨如往日一样，弹了支曲子，但楚天暮听得出来，这曲子中带了许多杂音。

倘若此前荧惑守心的不吉天象，乃至"始皇帝死而地分"的东郡坠石仅仅让始皇帝感到心烦意乱和恼怒，那这次玉璧的事情，恐怕真的令他坐立不安了。朝中文武百官都不知道连荆轲刺秦都经历过的始皇帝为何会因为几句恐吓之语而整日惶恐。而在这咸阳宫中，也只有楚天暮知道，风瑾的父亲滴池先生与始皇帝立下赌约，若他能找到多年前沉入江中的玉璧，那么大秦会在十年内亡国。

始皇帝真的慌了。几天来，每日都有民间卦人进宫。而这一天，楚天暮听到了路过琅轩的两个小宫女的谈话。

"哎，你们听说了吗？今天宫里进来的术士终于不是那些糟老头子了。

听说是个相当俊秀的青年呢。"

"岂止听说，我还亲眼看见了呢。"

"看见？长得怎么样？"

"美若天仙，一头黑色的秀发。对了，名字也相当好听，叫'百里'什么什么的。"

"真的真的？在哪里？快带我去看看！"

"真的。就在章台宫那边呢……"

楚天暮听完两个小宫女的谈话，突然暗叫一声不妙，赶紧向章台宫的方向跑了过去。

章台宫，为始皇帝躬操文墨之处，昼断狱，夜理书。楚天暮在章台宫宫苑前的林荫大道上，看见了熟悉的背影。

"百里。"楚天暮叫住前面走着的人。

"暮儿？你也在咸阳宫？"百里见天略略有些惊讶，不过随即笑了笑，"如我此前所说，我来做那件事情了。"

楚天暮见四周无人，压低声音："刺杀始皇帝？"

"对。"

"之前那些，都是你准备的吗？"

"是啊，"百里见天坦然道，"之前你对我讲过风瑾的事情，我就去找她详细地了解了一下情况。然后我请江神找到多年前沉入江中的那块玉璧，并在华阴县府拦下秦使，同时叫那秦使将玉璧还给滈池先生。那个秦使自然根本就不认识滈池先生，但他一定会将这句话也转告给始皇帝。至于滈池先生是谁，始皇帝可就一清二楚了。这样一来，他恐怕就会坐立不安了。始皇帝心慌，自然不敢相信宫内的人，也就会去找宫外的卦人。而我，也可以趁此机会入咸阳宫，然后刺杀他。"

"你为什么一定要这么做？"楚天暮试图阻止他，"始皇帝并不能决定这天下。阿朝曾经和我说过一句话：'不是大秦在桎梏着秦人的思想，而是天下每一个人的想法都会决定大秦的千秋万代或是亡国灭种'。"

百里见天摇摇头："我不是为了这天下，而是为了你。"

"什么？"楚天暮一头雾水。

百里见天长舒一口气，只能吐露真相："宛渠之木在枯萎，但我不能因此而杀了你。"

楚天暮一时没反应过来是什么意思，突然，一阵强大的气场出现在背后。

"百里见天。"一个威严的声音突然从背后响起，是宛渠上师。

百里见天猛然回头，见他的师父宛渠上师正从远处向他缓缓走来。宛渠上师对百里见天怒目而视，身上裹着的蓝色长袍无风自动。

宛渠上师怒道："我叫你来人间，杀死神使楚天暮，以其生命之火祭献宛渠之木。而你究竟在做什么？我知道你下不去手，那就由我来。"

百里见天力争道："师父！我很快就可以杀死始皇帝，效果是一样的！"

"一样？"宛渠上师讥笑道，"用人类的生命之火让宛渠之木重生，恐怕是个天大的笑话。"

百里上师不再多说，掌风飒动，身上的蓝袍在狂风中展开。百里见天看出宛渠上师这是要来夺他的黑色长剑，连忙闪身躲避。乱流击穿了树丛，在地上留下一圈弧形的痕迹。百里见天指望有人会发现他们，殊不知宛渠上师早已布下结界，旁人根本看不到这里的情况。

宛渠上师在空中回旋，拔出背后的天穹戟。百里见天正欲阻挡，却没有料到那天穹戟向楚天暮直刺而去。宛渠上师乃万年上神，功力之深堪比天帝辅臣。这一击若下去，楚天暮肯定会元神俱散。

也许是出于下意识，百里见天握紧了手中唯一的武器，这柄宛渠之木果核铸成的黑色长剑，迎了上去。

宛渠上师始料未及，没能避开。黑色的长剑直刺宛渠上师的胸膛，那来自宛渠之木的力量刺破蓝色的长袍，由胸口贯穿宛渠上师的全身。

宛渠上师感觉全身麻木，一声不响地倒了下去。

黑色的剑身开始变红，那是在淬炼宛渠上师的生命之火。宛渠上师浑身扭曲着，像一摊水一样渐渐化掉。他拼尽最后一丝力量仰起头来，用狰狞的双目瞪着百里见天，用像流水一般的"咝咝"声说道："百里见天，迟早会有一天，你会为你的自以为是后悔的！"

宛渠上师说完这句话，再也没有了力气。他完全化开了，一大片水渍浸湿了那件蓝色长袍，渐渐融进了下面的沙石土地中。长剑渐渐变回黑色，吭当一声落在了地上，缠在宛渠上师遗留下来的蓝色长袍中。

宛渠上师死了，一切是那么突然。

而在一旁惊呆的楚天暮，最终也明白了一切。

楚天暮好久才缓过来，走到百里见天身边，对他轻轻说了句："对不起。"

百里见天摆摆手，没说什么，提着那柄剑跌跌撞撞地向远处走去。

此后的好长一段时间，楚天暮都没有再遇到百里见天。

始皇三十七年年初，始皇帝接受民间卦人的建议，开始东巡天下。皇室的车队浩浩荡荡地从咸阳宫始发，在驰道上马不停蹄地向东方奔去。在小公子胡亥的不断哀号下，始皇帝终于也同意带他前去，中车府令赵高与一人之下、万人之上的丞相李斯随行；少了这些宫中的焦点，咸阳宫的日子不免平淡了些。

　　始皇帝此前积劳成疾，身体尚未休养，本不该东巡天下。宫中的人们都认为那卦人是被赵高买通，故意这么说的。始皇病体，咸阳宫中也没有皇储，给这天下的中心留下了太多的真空。

　　这天夜里，文馨陪楚天暮一同在高台上看星星。

　　"暮儿，你看！"文馨突然吃惊地叫了一声，继而指向了夜空。

　　楚天暮顺着文馨手指的方向看去，见那原本悬在夜空一角的帝星微微闪烁了几下。这的确是个异象，自去年有荧惑守心的天象以来，帝星就日渐暗淡，再无闪烁过。可楚天暮很快就明白过来为什么此刻帝星频频闪烁——这是垂死的挣扎。象征天子的帝星突然爆发出一道夺目的烈光，继而彻底熄灭了。天空中的那个位置归于黑暗，吞噬于寂静之中。

　　帝星陨落，天子失位。

　　同时，千里之外的沙丘宫中，正在东巡途中的始皇帝口吐鲜血。他挣扎地扑在遗诏上，颤抖地写下"以兵属蒙恬，与丧会咸阳而葬"几个大字后浑身抽搐，继而倒在案上，再难喘息。

　　他身边的赵高有些惊愕，虽然这次东巡途中始皇帝屡屡发病，可他却未料到始皇帝竟然会病死途中。寂寥的沙丘宫只有寒夜的微风吹过。赵高很快冷静下来，他看了看空无一人的四下，很快被一个想法占据了头脑。一丝邪魅的笑攀上赵高的嘴角，他拾起了始皇帝抛下的毛笔。

　　大秦的千里沃土披露于寒夜之下，在暮秋的凛风下像是一个无家可归的孩子在流落天涯。

行从直道至咸阳，发丧。

太子胡亥袭位，为二世皇帝。

九月，葬始皇骊山。

————

《史记·秦始皇本纪》

朝阖楚

第十二章　天下易主

天界，宛渠天宫。

"奉天诏：宛渠宫卫百里见天于人间咸阳弑杀宛渠上师，以诛戮天神之罪，违行天规，乱序天道，特以除名神籍，贬谪人间，永不得还，诫讼天地反仄，以儆效尤。"天界小吏浑圆的声音回荡在宛渠天宫，久久不绝的判词犹如一道利剑刺入了百里见天的心中。

天界小吏宣判结束后，云端之上的宛渠天宫陷入了死一般的沉寂，宛渠天国的国人默然地站在殿堂两侧，心怀崇敬地看着这昔日的守护者双手捧着那柄黑色的长剑，无声无息地走向了那棵巨树。

百里见天走得很慢，想必是对这片他守护了半生的地方依旧怀有一丝留恋。宛渠国人将目光都投向这边，他们见百里见天微微地躬下身子，黑色的长发垂了下来，他将手中的剑庄严地插入了巨树的根系，然后退后一步，静静地等待着。最先爆出一声脆响的是剑插下去的那块树根，漆黑的剑身渐渐变得火红，仿佛融化了一般。整支剑摊成一片火红的炙热，渐渐融进了巨树的根系之中。

烈火从息壤中腾起，黑红相间的火焰缠住了巨树枯萎黝黑的树皮，那是宛渠上师的生命之火。在这悠悠火光的笼罩下，宛渠之木吐露新芽，重新枝繁叶茂，郁郁葱葱。整个宛渠天国，又是一片欣欣向荣的样子。

做完这一切后，百里见天无声无息地带着自己流放人间的诏谕，默默离开，向承天台走去。

咸阳宫苑，秋色悲凉。

"陛下归来兮——"老奉常胡毋敬对东面行了一礼，继而跪倒在始皇帝的棺椁前，泪如雨下。

"陛下归来兮——"满朝的文武百官依照宗礼祈告道。他们身着素衣，悲痛地倾倒在朝堂两侧。

咸阳宫的宫墙上挂满了招魂幡，白色的布条在清冷的落日余晖下微微飘动，沙沙作响。宫院中的人们身着素衣，无声无息地踏在遍地的白色纸花上，看着千古一帝犹如这冷日般缓缓落下。

始皇帝死了，这是楚天暮始料未及的。但更令她惊讶，或是说令全天下人都惊讶的，是登基成为二世皇帝的人。

不是扶苏，而是胡亥。

始皇帝在临终时亲手写下遗诏，称扶苏不思进取，勒令其自尽，立胡亥为二世皇帝，继位大秦之主。这是全天下人都不肯相信的事情，但那的的确确是始皇帝的笔迹，有始皇帝的印玺。

只怕是那赵高又做了什么手脚了吧，咸阳宫中的人都这么想，却没有人敢说。

几年前天界派遣神使降临人间，从某方面来讲，就是因为始皇帝为求一己私欲，寻找神山和不死药，破坏天地平衡而立此决策的。现在始皇帝驾崩，天下的权力中心彻底改变。对于楚天暮来讲，想要对人间给予客观公正的评价更是难上加难。

离天界给出的时限只有一年多了，楚天暮知道自己现在必须离开咸阳，去更多的地方了解认识人间的意义。

"你要走了，是吗？"琅轩内，文馨轻声问道。

"对，"楚天暮点点头，"今天傍晚徐福先生会派人来接我离开，以后应该不会再回来了。"

"我也不会回来了。"文馨轻叹一声，抿了一小口茶。

"啊？文馨姐姐也要离开咸阳宫了吗？"

文馨沉默了一会儿，良久才吐出一句："我怀了将闾的孩子。"

楚天暮低头不语，她对此事并不吃惊，只是暗暗担心起文馨来。赵高与胡亥当权，定然会将一切嬴氏血脉斩草除根。文馨腹中这个小小的嬴氏血脉自然也难得活下去。

"将闾已经安排人在三天后将我悄悄送出咸阳宫。现在情势太紧，出咸阳城的传令要被反复彻查，不好出去。我会在咸阳的朋友家里住一段日子，等天下稍微安定下来再想办法离开咸阳。你不用担心我，我只是一个小小的琴女，赵高和胡亥不会注意到的。"

"那四公子呢？"

文馨摇摇头："将闾说他会一直留在这里，与赵高和胡亥抗争到底，为了嬴氏，为了大秦。"

几日后，徐福先生派来马车。借着夜色笼罩，楚天暮悄悄离开，文馨送她最后一程。

"等一下，暮儿！"楚天暮上车前，文馨突然叫住她。

"怎么了？"

文馨抿着嘴说道："暮儿，你还记得吗？你刚来咸阳宫的时候，我问你，在天界，有没有门当户对的姻缘。"

楚天暮点点头。

"其实我想说的是，无论是在人间还是天界，也许都有着不被祝福的姻缘和感情。我们无法决定结果，但可以享受足以留下回忆的过程。有时候，即便殊途，也可以在内心深处同归。"

楚天暮知道文馨说的是四公子将间，但她想起了另一个人。

一瞬间，楚天暮的眼眶湿润了。

"谢谢你，文馨姐姐。"楚天暮有些哽咽，不知是因为她说的话还是因为离别。她与文馨道别，踏上了马车。

马车驶离了一段距离，突然间只听"倏"的一声，一道不胜防的冷箭从远处射来，正中那御者脊背，御者连叫都没来得及叫一声，就松开缰绳，脖子一歪倒在地上，艰难地扑腾了两下后就没了呼吸。

拉车的马儿受了惊，在原地打着转，高高地嘶鸣着。

楚天暮惊恐地将头探出窗子，能看到远去的咸阳宫墙上隐约站着一名射手，正在挽弓搭箭，企图射出下一支箭。

楚天暮一下子明白过来——她本以为能秘密地离开咸阳宫，却还是被防不胜防的赵高和胡亥他们发现了。楚天暮此前惹恼过赵高，又谙熟宫中的许多秘闻；如今天下易主，人心惶惶，赵高和胡亥自然不肯轻易放她离开。

正当楚天暮想下车奔逃时，一道影子突然闪过，轻车熟路地登上御者的位置。

"百里见天？怎么是你？"楚天暮扶住横梁，万般惊愕地问道。

"当然是来接你离开了。"百里见天说着，驾马驱车。

"你最近去哪里了？后来事情怎么样了？"楚天暮关切地问道。

百里见天轻描淡写："我失手杀了宛渠上师，被天界流放，已经不是神了。"

"你被除名神籍了吗？是真的吗？"楚天暮一阵眩晕，这是她所想到的最坏结果，却真的发生了。

"一会儿再说吧。"百里见天对楚天暮说道，继而飞快地驾起马来。拉车的马儿刚才受了一惊，在百里见天的驱使下跑得越发快起来。在马蹄踏地声之余，又有几道冷箭"嗖嗖"射来。百里见天几次调转马头，避开咸阳宫墙上射来的箭矢。见咸阳宫墙渐渐远去，楚天暮正准备松一口气的时候，有一个身影从远处半开的南宫门驾马而出，直追百里见天驾驭的马车。

"那人是谁？"百里见天快速回头瞥了一眼，见那从咸阳宫中紧追不舍的人越发跟近。

楚天暮已经看清了来人的面孔，惊叫道："九卿之一的卫尉，是咸阳宫卫！"

不过和我一样嘛，百里见天暗想，一个守卫者而已。

百里见天一边侧过身子，习惯性地抬起一只手，但并没有一丝水流从他指尖涌出。这时候他才恍然意识到自己已经被除名神籍，不再拥有法术了。

百里见天暗叫一声糟糕，见那追上来的卫尉离自己驾驭的马车只有几尺远了。他连忙回头叫道："暮儿，随便用些什么拦住他！"

楚天暮不禁心头一颤。驾马的卫尉已经行到马车的正右方，同时拔出腰间的佩刀，向马车的车窗中用力刺去。

楚天暮正坐在马车的右侧，见那卫尉的青铜刀刃横来，她下意识地伸手握紧那刀锋，同时施以火术。一股烈火从她指间泻出，漫过青铜刀面烧到车外的卫尉手上。毫无防备的卫尉被突如其来的火焰烫伤了手，下意识地扔下刀，同时重心不稳，一下子从马上跌了下来。

百里见天趁机御车逃离，空留下那倒在地上的卫尉一阵痛骂。

楚天暮对百里见天说："现在不能贸然离开咸阳。那卫尉肯定会通告咸阳城的禁卫，叫他们守在城界。我们从秦川走。"

"知道了。"

马车驶进秦川之中，在枝繁叶茂的林间停靠下来。楚天暮与百里见天走下马车，深吸了一口清新的林间空气。这里四周环山，山势绵延险峻，不必担心赵高派人追上来。

楚天暮低下头说道："之前那些事情，对不起。我错怪你了。"

"应该说对不起的是我，"百里见天说道，"我早应该告诉你这一切。"

"山里太冷，别着凉了。"百里见天又解下他的披肩，覆在楚天暮肩上。

火浣布带来同样的温暖，但楚天暮的心境较之前复杂了许多。

"百里。"楚天暮轻轻叫道。

"怎么了？"

楚天暮斟酌了一下词句，问道："我们一生中会遇到太多的人，你为什么偏偏对我这么好？"

"这样不好吗？"百里见天的声音有些发颤。

"你为了我，甚至放弃了神的身份。"

"如果回到那天，我还会那样做。"

"对不起。"楚天暮突然止住脚步，站在百里见天面前，对他说："我亏欠你太多，弥补不了。"

百里见天摇摇头："我不需要你来弥补。"

她知道，百里见天付出得太多了。他经不起失去，但她终究要回到天界。百里见天已经为她失去了神的身份，楚天暮不想让他为了自己更加赴汤蹈火。因为即使这样，殊途异路，付出再多也终究不会有结局。到最后，待他难以释然时，他会痛苦终生。

而楚天暮不愿看到这样的结果，她还是下定了决心。

"百里，你一直在保护别人。但现在你不是神了，没有无限的生命，我希望你的余生能自私一些，做你自己。"楚天暮哽咽了，抽了抽鼻子，"下山的路，我想自己走。"

楚天暮头也不回地下山。百里见天望着她的背影，恍惚了一阵，心中的执念渐渐释然了。

也许鬼谷先生是对的。

颍川郡阳城县。

深秋的一个傍晚，天阴沉得很。偶尔有几只乌鸦嘶鸣着飞过阳城县的上空，刺骨的凉风将干枯的树干上仅存的几片残叶吹到杂草丛生的地上。阳城县的今天颇为安静，可能是因为天转凉了，里巷中的人们都缩在屋里，不愿出门。

陈胜下午的时候去县里的市集买过冬的备品，还没回来。家中只有秦闻朝一人，他独自清扫着一地黄叶，那只黄狗则一声不响地绕着门前的桑树闲转。

秦闻朝不时停下动作，抬起头揉了揉有些酸痛的脖子。他望向阴沉的云天，一边想着这几天来阳城县的人们讨论得最多的一个话题：始皇帝驾崩，公子胡亥继位为二世皇帝。

若是没有认识楚天暮，始皇帝的死根本不会让秦闻朝感到震撼。因为无论天下之主是谁，与他们这些平民百姓都没有太大关系。普通人只在乎君主是否贤明，是否关照民生；至于那个高高在上的人，是谁都无所谓。

但现在不一样了。秦闻朝从楚天暮那里了解到了天界的事情，他了解到这曾经的天下之主竟然连天神都为之困扰。而且秦闻朝还去了咸阳，见到了他此前从未见过的歌舞升平之景。可如今那个一手遮天、统领四海九州的始皇帝，竟然死了。

是啊，始皇帝再强大，他也不过是一个人类，而人都会死。

"汪汪！"正当秦闻朝出神地望着天时，自家黄狗突然对着院门叫了两声。秦闻朝转头向门口看去，萧瑟的秋风中站着一个熟悉得不能再熟悉的少女，两个人之间只有十几秦尺的距离。

"暮儿！"秦闻朝喜出望外地跑过去，拉着楚天暮走进院子。黄狗半张着嘴，好奇地看着曾经在这里待过一段日子的少女又回来了。

天色略略阴沉了些，秦闻朝走进昏暗的屋子，把提灯点亮。楚天暮随即进了屋，从怀中掏出了一个包裹。

"这是什么？"秦闻朝好奇地问道。

"从宫里带出来的面点，给你带的。"楚天暮说道，随即把包裹放在了一旁的案上。

楚天暮四下望望，问秦闻朝："阿朝，家里没人吗？"

"没有，父亲去了集市。"秦闻朝说道，"你是刚从咸阳回来

196

吗？"

"嗯，"楚天暮点点头，"从咸阳宫一出来，就连夜赶到这儿来了。"

"可是怎么突然回来了？"秦闻朝问道。

楚天暮的神情严肃了些："现在始皇帝驾崩，胡亥继位为二世皇帝。这完全打乱了天界最初的想法，天下易主是我们没有考虑到的。接下来这段时间，对于神使的意义和责任更为重大。我和尘云打算游历天下，了解各个阶层的心声，以更好地了解人类。"

"也就是说，又有很长时间见不到了？"秦闻朝有些失落。

"是啊。"楚天暮无奈地点点头，"不过，阿朝，我一定会回来找你。现在是乱世，每个人的生活可能都会发生变化；但是，阿朝，你要相信我，一定要等我回来。"

秦闻朝郑重地点点头："一定会再见面的。"

此后，楚天暮游历天下，昼渡渭水，夜临秦川；秦闻朝躬耕阳城，日出而作，日落而息。

二世元年秋天的一日，秦闻朝收到楚天暮寄来的信函。信中说她已经游历了天下，收集了足够的民情，三天之后就要回到阳城。秦闻朝满心欢喜，在院门前等着暮儿回来。

可造化弄人，命运无常。

这一早县尉带来了朝廷的传令，阳城闾左谪戍渔阳。陈胜和秦闻朝以及乡人被推搡着离开家乡，前赴渔阳郡戍边。

那是个雨天，仿佛上天都能感觉到二世倒行逆施，人间的悲凉。在戍卒们远去的队伍后，百里见天无声无息地跟了上去。

二世元年七月，

发闾左谪戍渔阳九百人，

屯大泽乡。

陈胜、吴广皆次当行，为屯长。

会天大雨，道不通，度已失期。

——

《史记·陈涉世家》

朝蕙桃

第十三章

大泽乡

二世元年七月，泗水郡蕲县。

秦闻朝记不清自己走了几天了。

天仿佛被人用刀划开了个大口子，多年难遇的暴雨漫灌向人间。惊雷四起，大雨肆虐，狂风将枯树吹得秃槁，从枝头打落的残叶被密集的雨点打成了烂泥。山路崎岖险峻，山野间不时传来野兽凄厉的嘶鸣。

雨水从秦闻朝的衣领灌进去，使他的整个衣服都湿透了。他低着头，混在九百戍卒中间艰难地前行，脚上磨出的血泡让他寸步难行，步步痛心。

"快点儿，都给我快点儿走！逾期要斩首的，寒露时还没到渔阳就谁都活不了了！"断后的阳城县尉挥着佩刀，紧逼这支低迷冗杂的队伍前进。

秦闻朝向前望去，隐隐约约能看到自己的父亲陈胜和阳夏县的吴广在队伍的最前面整队敦促。雨雾中陈胜的影子时隐时现，只能听到几声"快跟上"的催促声。

几天前颍川郡郡守征召阳城闾左戍边渔阳时，要求从中推举出一位戍卒长，而这戍卒长也很快就被推举了出来——秦闻朝的父亲陈胜。原因很简单：一是没有人愿意当这戍卒长，二世皇帝倒行逆施，修建始皇陵用了那么多民力，百姓自然也都看在眼里，谁都知道这一去可能再回不来，去争那个戍卒长不仅没有意义，反而可能会枪打出头鸟；二是因为陈胜的一番鸿鹄之志，他坚信自己能将队伍带到渔阳，也坚信所有人都能活着回来。

几天前出发时，阳城县尉与陈胜整顿纪律，带着几百人的阳城闾左走出了阳城县，在颍川郡的边界与来自阳夏县的戍卒们会合。阳夏县的县尉与戍卒长吴广和陈胜以及阳城县的县尉相互交代了一下情况，这支九百余人的戍卒队伍便缓缓地向渔阳郡的方向进发了。

如今大雨倾盆而下，几日不绝，像是上天的嘶吼，像是上天在为这二世皇帝倒行逆施的天下感到深深的悲哀。

前去探路的阳夏县尉拖着臃肿的身子匆匆赶回来，他用他那刺耳的尖利嗓音叫了一声："前面暴发山洪了，一两天内肯定退不下去，绕路而行！"

阳城县尉赶紧查看地图，与陈胜和吴广暂且制定了条新的路线。他们刚准备叫人们调转方向，雨势猛然间又大了些，狂风吹得人们衣角横飞，细密的雨水让人很难睁开眼睛。

两个县尉又扯着嗓子喊了些什么，没有人听得清楚，雨声雷声风声遮盖了一切。

戍卒们很快乱作一团，排好的队伍乱作一团。人们像无头苍蝇般在雨雾中乱撞着，无论戍卒长和县尉怎样整队都没办法让人们平息下来。

"离这儿最近的乡里在哪儿？"陈胜声嘶力竭，问混在人群中整顿纪律的阳城县尉。

阳城县尉看了眼地图，回过头也扯着嗓子答道："大泽乡！大泽乡乡亭！"

"不行就去那里稍作休息吧！雨这么大，想走也走不成了！"陈胜大声建议道。

阳城县尉犹豫了一下，继而与阳夏县尉商量了一下。两个人觉得这样下去的确没法再走了，便一致同意在此稍作休息。

"吴广兄，带乡亲们去大泽乡乡亭！"陈胜招呼道。

"好嘞！"吴广挥挥手，应道。

这九百余人走了这么久，早已精疲力竭，垂头丧气。他们听见可以休息一下后，赶快加紧了步子，不用戍卒长和县尉敦促就一致向大泽乡乡亭的方向涌去。

随着乡亲们步伐加紧，一堆破破烂烂的大房子在雨水中若隐若现。这里就是大泽乡乡亭，看上去已经年久失修了。

"我过去看看！"陈胜对阳城县尉说道。阳城县尉点点头，陈胜便小跑向那些大房子。

九百余戍卒远远地看着，见陈胜敲了敲第一栋大房子的门，不一会儿就有一位老人开了门。这老人应该是大泽乡乡亭的亭父，他与陈胜交涉了一会儿，顷刻后点了点头。雨声太大，没人听清陈胜与亭父说了什么，只见亭父抬头看了看这些戍卒，陈胜也向他们挥挥手，乡亲们就在吴广和两个县尉的带领下涌向了那些大房子。

得到了大泽乡乡亭亭父的准许，县尉和戍卒长立刻开始着手为戍卒们分配住所，不一会儿工夫便填满了所有的大房子。大房子内很空很潮，只有一层草席铺在地上，个别房子的墙壁上还露着窟窿，但这不影响舟车劳顿的戍卒们休息的需求。亭父特意让戍卒长和县尉分别住进两座虽然不大但看似还体面的石屋，陈胜没有接秦闻朝到自己的石屋来住，而是将他也分配到了一间普通的大房子里。但秦闻朝理解父亲：要想在人群中树立威信，就必须一视同仁，不能偏袒自己的亲人。

戍卒们开始准备晚饭，幸好大泽乡乡亭内还有些干柴。年轻力壮的男人开始支起炊具，准备食材，并在每间大房子里清出一块儿做饭生火的空间。

秦闻朝趁这个工夫扫视了一圈，见父亲不在，想必陈胜一定还在组织戌卒们有序准备伙食。秦闻朝看见亭父正一个人在屋檐下站着，表情中带着一丝落寞。

秦闻朝走向亭父，问亭父："您在看什么啊？"

"看天，"亭父答道，雨水顺着他苍老的面容淌下去，"等着天放晴。"

秦闻朝又问道："这大泽乡里面，除了我们这些戌卒，为什么居民特别少？"

"唉，"亭父长叹一声，"本来这儿住着不少人的。二世皇帝继位后，把所有男人都带去修始皇帝的陵墓了，男人久去不归，妇女孩童也渐渐离开了。唉，现在只留着我和极少的人，守着这座空空如也的乡亭了。"

秦闻朝默默地点点头，雨丝从他的面庞滴到嘴里，有一点儿苦。

亭父看了看秦闻朝，关切地俯下身问"孩子，你多大了？"

"十七岁。"秦闻朝答道。

"才十七岁啊！"亭父痛心地哀叹了一声，"这二世皇帝，真的不给百姓留一条生路了吗？"

一道惨白的闪电划开了大泽乡的上空，紧接着由远及近的雷鸣仿佛神的咆哮与宣泄般震撼着人们的耳廓。雨水如箭矢一样细密地射向大地，给这些戌卒带来了死亡的气息。秦闻朝默默在雨水中站了一会儿，便回到了大房子中。

"阿朝！"吴广突然喊了一声，从戌卒中走出来，走到秦闻朝身边。

吴广摸了摸秦闻朝的头发，对秦闻朝说道："你父亲正忙着和大家一起清地方生火，叫我来看看你。他让我嘱托你，一会儿多吃点儿，晚上早点儿睡，好好休息。"

秦闻朝感到心头一阵温暖，抿着嘴点了点头。

"别想了，一切都会好起来的。"吴广拍了拍秦闻朝的肩膀，对秦闻朝笑了一下，就又挤进戍卒中查看情况了。

晚饭的时候，有个戍卒用领来的猪油在大房子中央点了一盏灯，成了这黑暗阴霾中唯一的一抹亮色。人们围着这灯火呼噜呼噜地大口吃着饭，因为疲劳和饥饿几乎没有什么交谈。

秦闻朝吃不下饭，他盯着那轻轻摇曳的灯火看了一会儿。这明亮的火光仿佛黑夜中残存的落日余晖，这使得他不由得想起了楚天暮。

已经多久没有见面了呢？

……有半年多了吧。

明明只差一天就能见面了，但命运似乎注定如此。

秦闻朝觉得从始皇三十四年到被勒令戍边前的那些经历都像是场梦，唯有此时此刻浑身的酸痛与寒冷才是真实的。

漫长的黑夜中，秦闻朝不愿颓废。他一直记得，楚天暮说会回来找他。

那灯火逐渐熄灭，阵阵呼啸的寒风和大雨顺着墙上的窟窿淌进来，一片漆黑中响起了一阵阵戍卒们的鼾声。

人们还没有意识到，这只是第一个风雨交加的夜晚而已。

到了第二天，依然是风雨大作，而且较前一天更大了些。县尉们担心再待下去寒露前到不了渔阳郡，可无奈风雨太大，无论如何也再难继续前行。戍卒们由第一天可以驻足休息的安逸变得有些害怕，再止步不前就不能按时到达，依法当斩，谁也活不下去。

可这雨又是一连下了五天。人们除了吃饭睡觉外什么都做不了，只能等待这漫天的暴雨停息之时。

第五天的夜里，秦闻朝做了一个意义不明的梦：他梦到自己变成了秦武阳，正随着荆轲一步一步地走进咸阳宫大殿。大殿之上的秦王嬴政英姿凛然，在金碧辉煌的大殿中目光炯炯。荆轲将燕国地图献给秦王，随着图幅的展开，那把淬着毒的匕首赫然呈现。荆轲与始皇帝绕柱环走，仿佛是一场闹剧。从大殿外涌进的禁卫挥剑劈向秦武阳，正当那剑尖逼向秦武阳的喉咙时，一道火光劈开了咸阳宫大殿，万丈霞光从天边喷涌而下……

秦闻朝从梦中猛然惊醒，脖子上还流着冷汗。

一滴一滴的雨水落到他的鼻梁上，顺着秦闻朝的面庞淌到半潮的地上。半晌他才意识到，原来这间大房子的屋顶漏水，从屋顶裂隙不断下落的滴水声与戍卒们一声比一声响的鼾声混杂在一起，使得秦闻朝再也睡不着了。

秦闻朝坐起身子，一阵饥饿感泛了上来。这时候他才意识到，自己已经一整天没吃饭了。

透过墙上的窟窿，远处山坡上那方不小的水洼在雨雾中依稀可见，秦闻朝记得刚到大泽乡的时候，他在那儿看到了活蹦乱跳的鱼。

他决定去找找看。

秦闻朝站起来，摇摇晃晃地经过那些横七竖八躺着的戍卒，推开那扇漏风的门走了出去。雨相较白天稍小了些，淅淅沥沥地打湿了泥泞的草地。掺着泥水的草地十分柔软，但当秦闻朝将他磨破的双脚踏上去时，不免还是火辣辣地疼。他顺着山路向那水洼走去，沿路又经过几间满是戍卒的大屋子，其中震耳欲聋的呼噜声不亚于天边不时响起的雷声。当秦闻朝走到那水洼边上时，恰好有一条大鱼轻跃而出，又倏地落回水中。

捕鱼对秦闻朝来说并非难事。他从一旁的树上折下一根长枝，用它探了探水的深度，见水洼很浅，秦闻朝便只身下去，这水才淹到他的膝盖。秦闻朝用长树枝在水里搅了几下，又在水中摸了好一会儿，一条滑溜溜的鱼才落到他的手中。

秦闻朝欣喜地抓着这条鱼走出水洼，这时他才想起自己身上没有燧石；而且即便带了燧石，周围能充当柴薪的树枝也已被雨水打湿，不能点燃了。手里抓着这条不能填腹的鱼，秦闻朝心头一阵懊丧。

鱼儿在秦闻朝手中拼命地挣扎着，他暂时还没有把它放回水里的想法。秦闻朝摸着发腥的青色鱼鳞，看着那鱼瞪得滚圆的眼珠，突然觉得自己就是这条鱼，完全身不由己，再怎么挣扎也逃脱不了死亡的命运。

要是暮儿在这里就好了，她能轻而易举地生火，秦闻朝想到。

"不知道暮儿现在怎么样了……"秦闻朝一边看着鱼儿在自己的两掌之间扭动着，一边回忆起与楚天暮一同游览过的地方，一同经历过的事情。

水洼的一旁有片桑林，多数的桑叶已经被狂风卷到了地上，一地枯槁凋零。桑树的枝条在秋雨中轻轻摇动着，像是在召唤一个阔别家乡已久的孩子。

秦闻朝抬起头，突然发现桑树林的后面有一片光亮。他提起鱼尾巴，好奇地走向那片亮光。当他看到桑林那端的石屋还亮着灯时，秦闻朝心中不免有些惊讶。

这座石屋是亭父专门为戍卒长准备的，也就是秦闻朝的父亲陈胜和吴广两个人的居所。秦闻朝虽不知道现在是什么时间了，但少说也有三更了，可这时候父亲和吴广竟然还没睡。

想必他们也是因为寂寞和无望而难以入睡吧，秦闻朝这样想着走向了石屋，他想和父亲说说话。

正当秦闻朝准备叩门时，几句悄声的话语从窗口飘出，传到秦闻朝的耳中。当秦闻朝听清楚屋内的人在说什么时，不由得一惊，手一松，那手中的鱼便挣脱而出，在秦闻朝脚边的泥泞草地上无济于事地奋力挣扎。

"……当年始皇帝发兵几十万，征集民夫修建长城，百姓苦不堪言，生灵涂炭……"陈胜的声讨夹杂在雨声中从窗口飘入秦闻朝的耳中。

秦闻朝一惊：自焚书坑儒以来，平民百姓讨议政事与皇帝者便少之又少，父亲这些年自然也少有谈论这些事情，只是把一腔所谓的鸿鹄之志藏在心中。可父亲如今沦为戍卒，竟敢厉声声讨始皇帝，也不怕被别人听到。

秦闻朝决定继续偷听下去。他半俯下身子，将耳朵贴在窗上，余光瞥向窗内；借着窗内昏暗的烛光，秦闻朝隐约看见屋内有三个人在交谈。

"始皇帝还好，不管怎么说也是建下了丰功伟业，开创了大秦盛世；可是如今这二世皇帝昏庸无道，倒行逆施，光是修建始皇陵就用了几十万工匠，惹得百姓们怨声载道。"这是吴广的声音。

"雨下得这么大，寒露之前，我们已经不可能抵达渔阳了。失期当斩，也是一死。既然都是死，不如为国而死，为百姓而死；不如联合百姓，反秦暴政。"陈胜继续说道，他的声音中夹杂着些许秦闻朝少有闻之的愤怒。

"对，"吴广在一边附和道，"为国而死。"

"二位说的这些事情我自然也看在眼里，你们当下的处境与举措我也能够理解。不过，二位请我来，需要我做些什么呢？"第三个声音温文尔雅地问道。秦闻朝一愣，他似乎听过这个声音，但他绞尽脑汁也想不起来这个声音是谁的。

"听说先生在这一带小有名气，占卜之术尤为出众，还懂得些《周易》。今天特地请先生来为我们占卜，看看揭竿而起、反秦暴政这事能否成功。"陈胜诚恳地说道。

"确定吗？"又是那个温文尔雅的声音。

"天下苦秦久矣，为国而死，毋庸置疑。"陈胜和吴广齐声说道。

石屋内突然一片寂静，那陈胜口中的占卜先生是开始占卜还是在思考问题，秦闻朝都不知道。他将目光探向窗口，又怕被父亲发现，只好在寂静中漫无目的地等待着。

一阵寒风吹过，秦闻朝觉得有些冷。他任由雨丝从发尖滑下，将自己的身子与雨夜融为一体。他不知道自己在那里站了多久，等了多久。雨点儿抑扬顿挫地打在已经消了颜色的房檐上，发出轻盈而细碎的声音。那声音像是一支古琴曲渐渐告终，好似光阴淌向了世界的尽头。

少顷，那占卜先生终于开口了："吉兆，不无凶险。"

屋内传出陈胜急切的询问："请问是什么意思？"

那占卜先生悠悠然道："的确可以建功立业，成一番大事。在此之前，不如去问问鬼神的意见。"

嘎吱一声，门突然开了。秦闻朝连忙躲身到一旁的桑树后。率先走出门的是那位占卜先生，陈胜、吴广紧随其后送客。

在占卜先生出门的一刹那，借着从石屋内渗出的微弱亮光，秦闻朝看清了这位占卜先生的面孔。他有着很亮的眉眼，仿佛是秦闻朝记忆中的某个人。

但秦闻朝真的想不起来这个人是谁了。

占卜先生逐渐走远，在雨雾中那白衣的影子渐渐变小，仿佛没有来过一般。秦闻朝见父亲和吴广在屋檐下站了一会儿，目送着占卜先生离开这里。

"吉兆，建功立业，这是好事啊！"吴广犹豫了一下，"可这占卜先生最后说的'不无凶险''问问鬼神的意见'是什么意思？"

陈胜低下头，突然看见了秦闻朝丢在地上的那条鱼。那鱼在泥泞的草地上无济于事地垂死挣扎，若不是大雨应该已经死了。

陈胜紧盯着那鱼，突然眼中一亮，他环视了四下，见周遭无人，悄声对吴广说道："我们出身平凡，不过是一介农人，即便起义也怕没有人追随。所谓询问鬼神吉凶，恐怕是在隐晦地让我们假借天意或是利用神迹在人群中树立权威。"

吴广惊讶地张了张嘴。

时过午夜，倾盆的大雨又压了下来。

尘云在大雨中走远，脱下了占卜先生的宽衣。他行到一棵大树下，猛然注意到树冠的阴影下藏着一个人。那人穿着黑蓝色的长衣，一动不动。

"认得我是谁吗，小神使？"百里见天发话问道。

"不认得，你是谁？怎么知道我是神使？是徐福告诉你的吗？"

"徐福，那是什么人？"百里见天耸耸肩，"你可是神使，自然在天界鼎鼎大名。"

尘云仔细端详了面前的长发男子好一会儿，才想起面前的长发男子是何许人也。宛渠虽与昆仑山的女娲神殿有九万里之遥，但在众神决议的盛会上还是见过几面的。尘云依稀记起了面前的这个人，是位于天界的宛渠宫的宫卫，宛渠上师之弟子，百里见天。

"这么说，您也是神？不过为何来到人间呢？"

百里见天知道尘云这是在讥讽他，倒是毫不在意地轻描淡写道："我杀了我师父，被逐出神界，流放人间。"

"哦，是吗？那我还真不清楚。"尘云不在意地说了一句，这倒反而让百里见天略感吃惊。毕竟他被流放人间在天界也不算是一件小事，可这尘云居然真的毫不知情。百里见天此前也有所听闻，这尘云与楚天暮的不同之处，在于尘云极力想要证明自己，日夜奔劳于完成天界的任务，对其他事情竟然真的充耳不闻。

"你刚才那么做，是为了什么呢？"百里见天问道。他指的是尘云为陈胜、吴广解卦。

尘云轻描淡写道："人间净是些麻木之众，不容易出现几个有反抗之心的人。他们若是肯祭告天神，天界也会知道人间并非都是一群乌合之众。不然到时候我回到天界汇报，怕口说无凭。"

"真是有趣。"百里见天玩味地摇摇头，在雨幕中离开了。

第二天一早，虽然天边还挂着阴云，不见日头，但雨终于停了。陈胜与吴广在一早特地去村口查看了下路况，见山洪还没有泄去，周围其他的路线也因为积水而不能前行，故而这样一来短时间内队伍还是无法继续前进。

戍卒们目光空洞地躺在大泽乡乡亭的大房子里，一动也不想动。当知道即便插翅也难在寒露前抵达渔阳时，这些戍卒开始日趋麻木，绝望在他们的心中深深扎根。死亡的阴霾笼罩在大泽乡上空，没有苦苦哀号，也没有撕心裂肺，只有一种必死无疑的等待。

秦闻朝也躺在其中一座大房子里，心中却想着昨天晚上听到的那个秘密，父亲与吴广的那个无比疯狂的计划。秦闻朝有种隐隐约约的预感——一切现状都要改变了。

一阵阵敲门声接二连三地响起，是吴广在招唤戍卒们到乡亭前的空地集合。当吴广把所有房子的门都敲了一遍后，人们揉揉眼睛，无精打采地从大房子中陆续走出来，七扭八歪地在乡亭前的那片空地集合。

吴广与两位县尉站在人群的最前面，粗略地查了查人数，然后叫熙熙攘攘的戍卒们安静下来。

秦闻朝挤到人群的最前面，见这里只有吴广和两名县尉，便不禁问道："父亲呢？"

阳夏县尉没好气地答道："我让他带着几个戍卒回上一个县买东西了，得晚上才能回来。你管那么多干吗？"

秦闻朝瞪了县尉一眼，但终不敢出声，缩回人群之中。

吴广一摆手，大声说道："大家听好了：虽然现在雨停了，但周围都是山洪和积水，十天之内我们还是难以继续向渔阳郡的方向前进。接下来这几天，我们可能还要继续待在大泽乡乡亭，等着山洪退去再走。"

人们麻木地听着吴广说话，心中却不起一丝波澜，反而有了些能多活几天的窃喜。本来由于这几天大雨的耽搁，人们就已经没什么希望按时到达渔阳了；如果再在这里待上十天的话，那注定不可能在寒露前抵达了。失期依秦律皆斩，与其去刑场般的渔阳郡赴死，还不如在这里多过几天舒坦日子。

吴广继续说道："我和陈胜这几天大概了解了些情况。大家都反映说乡亭的房子漏风漏水，那不如我们用这几天的时间来整修一下我们暂时的住所，让大家这几天都能休息好，也算是我们为大泽乡做些贡献了。"

此言一出，戍卒们纷纷表示赞同——反正都是死路一条，不如稍稍整修一下大泽乡乡亭破旧的房子，让自己死前还能度过几个不至于冻醒的晚上。

吴广很快分配给戍卒们不同的任务：一队砍伐搬运木材，寻找合适的石料；另一队采摘野菜，准备柴薪，为这几天的伙食做准备。

戍卒们兴致渐渐高涨起来，他们争先砍伐树木，在乡亭前的空地上堆成一堆堆的硬实木材；另一些戍卒搬来质地结实的大石头，交给一些身强力壮的戍卒来打磨。那些为伙食做准备的戍卒也不甘示弱，他们挖下大把大把的野菜，将树木的枝条砍断充当柴薪。

有两个住在大泽乡的孩子蹦蹦跳跳地跑到吴广身边，天真地问："我们能帮上什么忙吗？"

吴广慈父般地笑了笑，摸了摸孩子的头，递上几枚秦半两后说道："听人说山洪退去后水里的鱼会被卷到岸上，岸边村子里的村民会借机把鱼都捞上来。你们去山口看看，若是见到捕鱼的村民，就从他们那儿买下两条鱼回来。"

那两个孩子一阵欢呼，接过秦半两后蹦蹦跳跳地向山口跑去了。

"注意安全啊！"吴广向那两个孩子招招手，嘴角不禁挂起了一抹微笑。

一上午的工夫，成堆成堆的柴薪和石料已经在大泽乡乡亭前堆起来了。人们用袖子擦去额头上豆大的汗珠，歇息一会儿后又忙着支起大锅煮午饭。那两个好吃懒做的县尉无所事事地在忙碌的人群中环走监督，其实心里也暗暗怕起来因为不能按时到达而遭到的惩戒。

那两个孩子很快也回来了，他们的两手各抓着条鱼。两个孩子的裤腿卷得很高，小腿上沾着湿漉漉的泥水。他们对着吴广兴奋地挥了挥手中的鱼。

"把这几条鱼做成汤吧，犒劳一下大家上午的劳动成果。"吴广笑眯眛地说道。

其中一个中年男子自告奋勇，说自己在阳夏县的时候正是做鱼汤生意的。他接过吴广递来的刀，以娴熟的手法很快切开了两条鱼并洗净了内脏。当中年男子用刀横剖第三条鱼的鱼腹时，他的手突然停住了，一种奇怪的粗糙质感取代了鱼内脏的那种黏稠。

"怎么了？"吴广见中年男子的手突然止住了，奇怪地问道。

"这里面……好像有东西。"中年男子皱了一下眉头说道。

"鱼肚子里面能有什么啊？准是这条鱼吃了异物，洗一洗就好了，你快切吧。"一个老人在旁边见怪不怪地催促道。

中年男子犹豫了一下，随即剖开鱼腹。他定睛一看，这鱼的内脏间竟裹着一团白花花的东西，有些褶皱。中年男子把那团东西捡起来，见藏在鱼腹中的竟是块绸子！

"吴广老弟，你快来看！"中年男子看了看绸子，双手不由得颤抖起来。

"怎么了？"吴广有些惊讶，一头雾水地将头探向绸子。当吴广看清那绸子上有三个字时，也不由得惊得瞪圆了双眼。

其余的戍卒也都探头探脑地看过来，他们见这绸子上用丹砂写了三个篆字，可无奈大多人都不识字，也不明白写了些什么。戍卒们着急地问吴广这三个字是什么。

吴广的脸上挂着惊愕，他好一会儿才反应过来，结结巴巴地念道："陈、陈胜王。"

"陈胜王？"人群中立刻炸开了锅——

"陈胜？那不是我们的戍卒长吗？"

"陈胜王？这是什么意思？陈胜称王吗？"

"这绸子为什么藏在鱼的肚子里，还写着这样的内容？"

"莫非这是天意为之？"

人们的七嘴八舌引来了阳城县尉。只见阳城县尉打着哈欠走进大屋子，隔着重重戍卒向人群之中的吴广喊道："喂！他们吵什么呢？都把我吵醒了！"

戍卒们一阵紧张，担心阳城县尉发现这绸子。见那县尉正准备从人群中挤过来，吴广立刻冷静下来；他没有犹豫，立即低手将绸子扔进了柴火当中。

"喂！怎么回事？"阳城县尉挤到人群当中，睡眼惺忪地质问道。

吴广应道："这几个孩子在山口捡了几条被山洪冲上岸的鱼，我就让他们做顿鱼汤。见今天能开顿荤，大伙正高兴呢。"

"喊！"县尉不屑道，"做顿鱼汤有什么新鲜的，真是没见过世面。"

那县尉摇摇晃晃地出了大房子，回去睡觉了。人们松了一口气，继而面色都开始凝重起来。

"天行有常，"吴广严肃地说道，"这是要我们置之死地而后生。"

"嘘，安静，"吴广赶紧叫戍卒们静下来，"这事儿可别让县尉知道，不然咱们的陈胜兄弟可就麻烦了。"

"对，对。"人群中立刻安静下来，一种由衷的感激和对生的渴求在戍卒之间蔓延开来。

午饭时分，人人都喝上了一碗热腾腾的鲜鱼汤。那些当时没在场的戍卒经过在场戍卒神乎其神的描述和渲染，人们很快确立了共识：上天要拯救困于二世暴政下的秦人们，陈胜将称王解救天下。

下午的时候，人们继续准备整修乡亭的石木以及伙食，但效率明显要比上午快得多。两个县尉一觉醒来还正纳闷，觉得这些戍卒头干起活儿来兴致勃勃还真是奇怪。

秦闻朝下午在帮忙搬运木料时不时能听到人们的私语声，要么说一定要和陈胜兄弟混下去，要么说这天下的苦日子终于要到头了。秦闻朝也无法判断丹书鱼腹这件事情与自己昨晚听到的秘密是否有关系，也许一切都是既定好的，也许一切皆是天意。

夜幕降临，月明星稀。大泽乡乡亭那里有一处破败的庙宇，已经很久没人光顾了。戍卒们躺在冰冷的大房子中，竟然听到那个方向传来声音。

"……大楚兴……"一些模糊的声音从更远处传来。

人们立刻叽叽喳喳地讨论起来，大屋子内一时嘈杂。

"别说话，仔细听！"人群中有个人低声喊道。

人们立刻安静下来，开始仔细聆听这个奇怪的声音。

"大楚兴……陈胜王……"

人们终于听清了这奇怪的声音说的是什么。

"什么意思？大楚将兴，陈胜为王？"

"难不成我们陈胜兄弟真是天生帝王？"

"吉人自有天相。我看啊，我们这苦日子是快到头了！"

满是戍卒的大房子里叽叽喳喳，窃窃私语。人们头一次这么兴奋，在一天的体力劳动后仍没有倒头大睡。

有几位老人捂着胸口，涕泪交加地感慨道："天意，天意啊！"

第二天一早，阳城县尉和阳夏县尉的怒吼声惊醒了好些人。

"喂！他扬言要逃跑！"

"你身为戍卒长，不起表率作用，一天天地却嚷着要跑！跑什么跑！"

"不跑怎么？不跑在这待着等死吗？"

阳城县尉气急败坏："我让你跑！我看你今天是不想活了！好，今天就拿你开刀，杀鸡儆猴！"

阳城县尉气势汹汹地挥起了佩刀，刀还未落，那县尉就被吴广一脚踹了肚子。县尉扔下刀，捂着肚子疼得哇哇大叫。吴广趁此时机又是一脚，直直地踢在了阳城县尉的额头上，鼻血瞬间就从县尉的鼻子里淌了出来。

阳夏县尉见吴广此般举动，从地上随手抄起一根棍子就挥了上去。吴广连连躲闪，同时叫了一声："陈胜兄弟，快来帮我！"

陈胜从观望的人群中冲了出来，从背后控制住阳夏县尉。阳夏县尉拼命挣脱，不料他的脖子却被陈胜有力的手臂夹得喘不过气。陈胜顺手捡起地上的一块硬邦邦的木柴，以农人特有的力气劈向阳夏县尉的脑袋，县尉脖子一挺，向前倒去，阳夏县尉倒地抽刀时，陈胜顺势对着他胸口狠狠地踢了一脚，那县尉就躺在地上，顿时没了呼吸。

令戍卒们大快人心的事情竟来得这么突然。

陈胜、吴广随即召集戍卒，道："诸位因大雨受阻，误了期限，定要杀头。大丈夫不死便罢，要死就要名扬后世！我们不应忍气吞声，应做一番大事！以扶苏和项燕之名，顺应民意，大兴起义。诛灭秦朝暴政，了结王侯将相的祖代相传！王侯将相，宁有种乎！"

"听凭差遣！"

"王侯将相，宁有种乎！"

"陈胜兄弟快称王带我们打天下吧！"

陈胜欢喜道:"如果大家信得过我,我就自封将军,让吴广兄弟做都督。我们一步一步来,称王的事,等到日后再说吧。"

"将军好哇!陈将军万岁!"

"陈将军万岁!"

继而,陈胜喊出了此后无数次呼出的口号:"今我来征——"

戍卒们一呼百应:"为定苍生!"

这一天是二世元年七月十四,这里是泗水郡蕲县大泽乡。

在这一天,在这里,发生了这样一件足以记入大秦史册的事件。

始皇初即位，穿治骊山，

及并天下，天下徒送诣七十余万人，

穿三泉，下铜而致椁，宫观百官奇器珍怪徙臧满之。

令匠作机弩矢，有所穿近者辄射之。

以水银为百川江河大海，机相灌输，

上具天文，下具地理。

以人鱼膏为烛，度不灭者久之。

——

《史记·秦始皇本纪》

第十四章
始皇陵

楚天暮火急火燎地回到阳城县，却发现这里满目疮痍。里巷中一个人都没有，空空如也。

"发生……发生什么事了？"楚天暮颤抖着敲了敲秦闻朝家的门。门没有锁，屋内的尘埃飞卷出来，落在楚天暮的脸颊上。

"阿朝？"楚天暮走进去，发现这里没有任何人。

尘云从外面走进来，对楚天暮说："我们还要去一个地方。"

"我哪里都不去！"楚天暮失魂落魄地摇摇头，"阿朝不见了，他答应我要等我回来的。"

尘云厉声道："你忘了自己身为神使的职责吗？那个地方，我们必须去看一看！"

"哪、哪里？"楚天暮心头一颤。

"始皇陵。"

"咸阳太远了，"楚天暮摇摇头，"我不能走，我要在这儿等阿朝回来。"

"他回不来了。"尘云小声道，摇了摇头。

"你说什么？"

"暮儿，你答应同我去，我便告诉你他的去向。"

"你知道阿朝去了哪儿？"

"当然。"

楚天暮咬了咬嘴唇，点了点头。

三天后，咸阳骊山。

天阴沉得很，见不到一丝阳光。

楚天暮和尘云匆匆从马车上下来，驻足在骊山脚下的密林中。眼前巍峨的骊山横卧于眼前，满山的苍松翠柏昭告着亘古的沉寂与守望的威严。秦始皇陵地上宫殿的内外城垣在这里可以依稀看到一角。那些宏伟的建筑群落突兀于古松之中，与始皇帝生前的咸阳宫的豪奢相较有过之而无不及。

楚天暮望向山脚，见那里站满了密密麻麻的禁卫。她回头看了一眼尘云："要怎么进去啊？"

尘云没有回应楚天暮，而是伏在地上，仔仔细细地在杂草之中找着什么东西。他不时起身，摸了摸旁边的树干，然后摇摇头，继续伏在地上找起来。

"你在找什么啊？"楚天暮问道。

尘云依旧没有理睬楚天暮。他又找了找，直到走到一棵不起眼的大树下才止住脚步。他敲了敲树干，又侧耳倾听了一会儿，这才谨慎地点点头："应该就是这里了。"

"什么'这里''那里'的？你到底在干吗啊？"楚天暮有些糊涂。

"这棵树中心是空的。"尘云上下打量着树干，一边对楚天暮说道，"看来外界传闻的秦陵密道，就是这里了。"

"什么？秦始皇陵竟然有密道通往外面？"

尘云点点头，解释道："根据我近些天来的探查，发现秦始皇陵有三道墓门，分别为'外羡''中羡'和'内羡'。而这条密道，通往'内羡'之内，可以越过三道沉重的墓门，直接进入秦始皇陵的内部。自然，当三道墓门落地后，困在秦始皇陵里面的人也可以顺着这条密道离开。"

"这么说，这条密道是修陵者为自己留的后路喽？"

"嗯，"尘云点点头，"但没有一个人活着出来。"

"为什么？"楚天暮有些惊讶，"不是都挖了这条密道了吗？"

尘云面无表情地解释道："那些为自己留了后路的筑工没有想到，二世皇帝的诏令别出心裁地残忍。正是考虑到这些修陵者可能会为自己留后路，禁卫们就将那些人聚在'中羡'和'外羡'两道墓门之间，然后再使这两道墓门浑然落下。这样一来，那些筑工就被锁死在两道墓门之间的狭长走廊，没有办法通过墓室中的密道离开，只能绝望地在一片漆黑中等死了。"

"好残忍啊。"楚天暮不由得打了个寒战。

尘云白了楚天暮一眼："此前早就和你讲过人类的残忍和无可救药，你还不信我。今天叫你一同过来，就是想让你改变对人类错误的看法。"

楚天暮反驳道："那只是高高在上的皇帝的行为，并不能代表所有人。"

尘云倒是不在乎："无所谓你现在说什么。但我相信，等你从这秦始皇陵离开的时候，你自然会改变想法。"

楚天暮和尘云从树中进入，潜入始皇陵。重明和青丘紧随其后。从密道爬出来后，楚天暮隐约感到自己身处在一间石室之中，大门四周一片漆黑。她召唤出一团火托在手中，发现自己刚才爬出的地方在墓室墙体的一角，不仔细看不会发现那里有一道密道通往骊山山脚下的丛林，同时她也看清了身后那道沉重的墓门以及面前一道幽长的墓道。

尘云渐渐适应了周围的黑暗，四下看了看后开口道："我身后的这道墓门，就是'内羡'，三道墓门中最内侧的这道。看样子我们已经成功越过了三道墓门，前面应该畅通无阻，我们先往前走吧。"

"嗯。"楚天暮不安地点点头，跟着尘云向前走去，突然脚下发出了一声清脆的"咔嚓"声。

"小心！"尘云一手拦住楚天暮，另一手向前一探，用两指夹住了从墓道那端飞来的一支箭矢。楚天暮惊恐地低下头看了看，发现自己刚才踩到的青砖陷了下去，显然是一处机关。

　　"始皇帝为了不让自己死后长眠之所遭到侵扰，故而在这始皇陵中修了数不胜数的机关。接下来千万要小心一点儿，注意脚下。"尘云提醒道，然后小心翼翼地跨进了墓道。楚天暮有些后怕地四下望了望，确保没有其他机关后才跟了上去，重明和青丘紧随其后一同进入了黑漆漆的墓道。

　　几个折转之后，楚天暮突然在一面墙边停了下来。

　　"尘云，"楚天暮叫住他，"你看这面墙，和其他的墙好像不太一样。"

　　"哦？"尘云警觉地走过来，见这一侧的墙体果然有些不同。刚才走过的旋梯和回廊两侧的墙壁都是夯土砌成，为了安置箭弩机关而在部分墙体上嵌入青铜。可这一侧的墙体较为湿滑，凹凸不平且颜色发青。

　　"是青泥膏。"尘云用手指抿了一下墙体，然后将手凑到鼻子边上嗅了嗅说道，"我之前在秦孝公的墓穴中见过这种材质。"

　　楚天暮一边暗想着尘云在这几年里究竟下了多少人类墓穴，一边问他："为什么这里要用青泥膏砌墙？"

　　"嘘。"尘云示意楚天暮噤声，然后闭上眼睛，像是静静地在听什么。

　　楚天暮不明所以地闭上嘴，也学着尘云一样闭目聆听。本来四周一片死寂，但楚天暮渐渐听到了一些奇怪的窸窸窣窣的声音，像是水流的声音。

　　"原来如此。"尘云睁开眼睛，摸了摸青泥膏砌成的墙壁，然后他又叫青丘去闻一闻墙体。青丘凑过去，轻轻嗅了嗅之后肯定地轻叫了一声。

　　"到底怎么回事？"楚天暮一头雾水。

　　"水。"尘云轻轻吐出一个字。

　　"水？"楚天暮还是不解，但突然间她似乎明白了。

　　尘云拍了拍墙壁解释道："这是一道通往地下的水渠，墙的对面就是集水的地方。这个地下水渠将骊山的水引下来，通过这座陵墓中四通八达的暗道将水注入，以保证始皇陵时刻都有不腐的流水和充足的水分。"

楚天暮点点头，正欲向前走，脚下又是"咔嚓"一声。这次不是机关，楚天暮用火照亮，脚下的东西，吓得她惊叫了一声。

那是一具骷髅，胸前扎着毒箭。

"听说二世皇帝在诏谕文武百官为始皇帝送行时，将那些忠于始皇、忤逆赵高的人悉数杀死于始皇陵中，以绝后患。这具尸骨，应该就是某位开国老臣不愿指鹿为马的下场。"尘云面无表情地解释道。

"胡亥那小子真是歹毒。"楚天暮看着裹在破碎衣冠里的骷髅胸前扎着毒箭，不免想起了两年前胡亥在咸阳宫射向文馨的那一箭，不免一股寒意泛上心头。

这时候，墓道尽头传来了脚步声。楚天暮尚未缓过来，尘云则大喊一声："谁在那？"

脚步声加快，越来越远，继而突然传来一声重重的落地声。

"看上去有什么人摔倒了，我们快去看看！"楚天暮方才缓过来，向那边跑去。尘云、重明和青丘紧随其后。

墓道中摔倒的是一个小男孩，看上去不足十岁，脸上脏兮兮的，嘴唇有些青紫。小男孩见有人来，吓坏了，瑟缩在墙角不敢动。

"尘云，你吓到他了。"楚天暮埋怨道，同时走到小男孩身边，蹲在他面前。

"小弟弟，你能告诉我你叫什么名字吗？"

小男孩惊慌地摇摇头，见楚天暮没有敌意，才结结巴巴地说："我、我没有名字。"

"那你为什么会在这里呢？"

小男孩垂下头："我原本在咸阳宫，是四公子将间的一个书童。后来二世皇帝杀了所有人，我也在一个月前被赶到这里。当时送我们来的禁卫在陵中杀了所有人，我当时躲在陶罐里，逃过一劫。这一个月来，我就靠陵中的贡品为生的。"

提到将间，想起那昔日鲜活的生命已经成为了始皇陵中的一具尸骨，楚天暮有些难过。

"哥哥姐姐，你们是谁啊？"小男孩有些胆怯地问道。

"我们是神，来裁决人类。"尘云冷静地答道。这让楚天暮很惊讶：尘云一向谨慎，不会轻易在人前展示神的身份。可现在，他却轻描淡写地告诉了这个小男孩。

"神？那你们能带我出去吗？"小男孩有些渴望。

尘云不置可否："你先跟上来吧，不要碍手碍脚就好。"

然而，他们很快又遭遇了一处机关。脚下的墓道断开，石道塌陷，滚滚碎石将三个人冲向了三个方向。

楚天暮揉揉脑袋站起来，见自己来到了一处奇怪的地方。这里有一处水池，有些青铜水禽立在水池中，水池中平放着一处伏羲八卦。而在伏羲八卦之上，赫然立着一面铜镜。

楚天暮不由得倒吸一口凉气——在这种地方立着一面铜镜，谁也不知道会映出些什么。

她没敢走近铜镜，转过头看了看刚才塌陷的石道，那里已经被坠落的碎石堵得严严实实。她试着推了推，发现除非使用法力，否则根本移不动这些碎石块。但她不敢贸然用火冲开这条石道，担心会触动更多的机关。刚才密如雨下的青铜箭镞和那不断转动的铜弩机让她还心有余悸。

楚天暮又环视了一周这间不大的石室，仔细地在墙体上摸索着，却没有找到任何通道的机关。这么说来，这间石室中唯一可疑的，就是那青铜水禽之间立着的铜镜。

她深吸了一口气，小心翼翼地靠近那面铜镜。这铜镜足有半人之高，以砗磲和琉璃为饰，四边有玉龙盘踞。她向铜镜中看去，在那光滑的镜面上，她看到了一个模模糊糊的人影，是那么熟悉。

她又凑近了些，在镜中看到一个少年正在一片暮色苍凉中挥剑砍伤一匹战马的马腿。从马上跌下一人，依那人身上的衣服，楚天暮辨识出那是一名秦兵。秦兵正欲反抗，一个微胖的中年男子横来一棍，正中那秦兵脑后。那秦兵一声不响地倒下，中年男子拍了拍少年的肩膀，走出了镜中的画面。

少年转过头，气喘吁吁，楚天暮看清了他的脸。

"阿朝？！"楚天暮难以置信地看着镜面，"是你吗？"

但镜中的秦闻朝显然听不到楚天暮的呼声，他只是稍稍喘息，将几缕头发挽到耳后，也抬着自己的剑离开了镜中的画面。

继而，镜中的画面万马奔腾，尘土飞扬。虽然听不到声音，但楚天暮可以感觉到那两队人马血腥的厮杀。

"阿朝？你在哪儿？"楚天暮用力敲着青铜镜面，大声呼喊着。但那镜中的画面渐渐消失，只留下斑驳的镜面，映着楚天暮迷茫的面孔和始皇陵中这一间小小的墓室。

楚天暮愣愣地看着这青铜镜，不明白镜中的画面是什么意思。就在这时，那铜镜突然在伏羲八卦的卦盘上微微转动了一圈。当那青铜镜恢复原位后，在它正上方墓室顶部的墙体突然移开了一块不大的小口，随着一阵清脆的响声，从那小口中落下一条结实的铜链，垂在楚天暮眼前。楚天暮犹豫片刻，顺着链子爬了上去。

很快，一股乱流冲开碎石，尘云、重明和青丘也来到了这个奇怪的地方。

尘云走到镜前，在镜子中竟然看见了楚天暮。

镜中的暮儿正在一处宽阔的场所前，面对着造型奇特的陶俑。那些陶俑巍然直立，面部逼真，似一个个威严的、东征西杀的战士。尘云不明白自己看到的含义，直到一条锁链垂了下来。

尘云也爬了上去，两只山海异兽紧随其后。他来到了一处难以言表的恢弘之所。楚天暮正站在其中，触动心魂般默默欣赏着。

那是无数的陶俑，成整列展开。兵俑身着不同的战甲与头盔，身材高大，目光坚毅。马俑四蹄矫健，鬃毛飘飞，似随时都能嘶鸣驰骋。

那个小男孩不知道是什么时候爬出来的，竟也站在楚天暮身边。他解释道："这些兵马俑，是始皇帝希望自己在阴司仍能指挥千军万马而修建的。我们误打误撞来到了这里，下面有一条小径，通往始皇帝长眠的玄宫。"

尘云默默欣赏了一会儿这摄人心魂的场景，终于说道："带我们去看看吧。"

玄宫即是始皇帝长眠的宫所，在整座陵墓的最下面。穹顶之上，无数夜明珠似星光般映照着四下的图腾和壁画。四周的墓墙上，人鱼膏点燃着不灭的烛火，幽幽地照亮始皇帝过世后的行宫。玄宫之中有无数银亮的水银流动，勾勒出大秦的山河，以水银为百川江河大海，机相灌输。

"尘云，你看！"楚天暮指向半空，在那里，刻着女娲和伏羲交合的壁画。

尘云被深深震撼了，一句话也说不出。他沿着回旋的阶梯向下走着，靠近最中心的那座木制堡垒——黄肠题凑。

在"黄肠题凑"中，是永远长眠的始皇帝。

"要来看看吗？"尘云问楚天暮。

楚天暮有些害怕，她摇摇头，和小男孩站在上面。

尘云点点头，推开黄木堡垒的窄门，独自一人走了进去。过了很久之后，他才走出来。

"里面……是什么样子的？"楚天暮的脸色有些发白。

"只有始皇帝，像是睡了一样。"尘云简单地说道。

尘云和楚天暮都沉默着，他们面对着始皇帝的黄肠题凑看了好一会儿。一些东西在他们心中油然而生，那是对生老病死自然圭臬的无可奈何以及对于人类生生不息的崇敬。

"我们走吧。"良久，尘云向玄宫外迈出一步。

刹那之间，整座始皇陵开始摇晃，有机关轴承转动的声音。

尘云立刻明白过来："这里应该也有一处机关！我们快走！"

楚天暮拉着小男孩，和尘云一同向外面跑去。但几道墓道随机关转动而封死，他们被困在一处狭窄的立方形墓室内，不得出去。墓室的顶端有些晃动，几块石块落了下来。

"尘云，是那个墙！"楚天暮指向墙体。尘云立刻反应过来，这边的墙也是青泥膏，说明这里也有地下水渠。

正当此时，因为机关的原因，墙体断裂，无数的水涌进狭窄的墓室。

"我们只能毁了这座陵墓！"楚天暮被呛了一口水，正欲唤出熊熊烈火。

"不行——"尘云阻止道，"若是始皇陵全部崩塌，人类就会注意到我们，神使的身份就会暴露给天下。我们仔细找找，墙的边缘肯定有控制水渠的轴承！我们让水渠停下来，然后从裂隙飞上去！"

"没有用的，"小男孩插话道，"轴承机关在墙体断裂的时候就随之断了，除非有人一直按着，不然水不可能停下来。"

"那怎么办？"尘云也没了主意。

"都是你非要来这秦始皇陵。这下好了，我们都走不成了。"楚天暮有些生气。

"这是尽一个神使的责任！"尘云厉声道。

"哥哥姐姐，你们不要吵了，"小男孩眼睛红红的，"我帮你们按住断掉的机关，你们快走吧。"

"那怎么行？"楚天暮连连摇头。

小男孩带着哭腔："哥哥姐姐，你们真的是神吗？"

尘云点点头。

"那答应我一个愿望，好吗？不要毁灭人间。虽然二世皇帝倒行逆施，但人间还是有许多很美好的东西。四公子就对我很好，还有咸阳宫的那棵大杨树，我喜欢夏天的时候到那下面乘凉……"

小男孩说不下去，一阵哽咽。楚天暮泪如雨下，摸了摸小男孩的头，说了句："我答应你。"

小男孩露出了一丝笑容，在更多的水涌入之前，头也不回地跳下墙体的裂缝，用身体接住了地下水渠的轴承。水渠中流下的水变少了。尘云抱紧楚天暮，借御风之力飞上水渠。重明与青丘紧跟其后，向着上方的光明奋力而去。

不知过了多久，楚天暮醒了过来。她发现自己和尘云被冲上了渭水河岸，已经离开了始皇陵。

"为什么……你刚才为什么不救那个小男孩一起出去……"楚天暮脸上挂着泪痕。

"我救不了他，当时的情况你也看到了，"尘云冷静地说，"而且你没看他嘴唇青紫，显然是中了水银的毒，根本活不了多久了。"

"为什么？"楚天暮抽泣着摇摇头，"为什么神就要摆出一副高高在上的姿态？我们有什么资格高高在上，就因为我们是神吗？"

"我有想要完成的事情，我不能辜负天界对于神使的期待和要求。仅此而已。"尘云说道，"你接下来要去找他吗？"

楚天暮点点头："对。"

"暮儿，我一直不明白。他只是个人类，你为什么那么在乎他？"

"人类怎么了？我们此行的目的，不就是了解人类吗？"

"别总用同样的理由了。他对你很重要，我看得出来。"

"所以呢？"

"所以你为什么那么在乎他？"

"为什么那么在乎他？既然你问了，我就把这几年的事情都告诉你。在我来到人间，人地生疏，还被别人诬陷的时候，是他主动愿意相信我，愿意帮助我。在我想要和徐福先生学习诸子百家时，是他把自己家的谷仓让给我们。在桃花源，是他帮我找的草药。在百越之地，是他帮我挡下的那一剑。他的确很弱小，在人类的阶级中也是最下层而已，但他愿意帮助和保护身边的人。他从不认为人类渺小，他很坚强，他不自私，他在荣华富贵的迷惑下也能保持本心。在阿朝身上，我看到了人类的希望。在阿朝身上，我还看到了人与神是可以平等共处的。更重要的是，在阿朝身上，我看到了我一直想要得到，却在天界可能永远也得不到的东西。"

楚天暮的最后一句话使尘云有些心痛，但他还是佯装镇定和高傲。

"帮助你？保护你？他只是个弱小的人类而已，没有能力和法力，凭什么保护你？"

楚天暮没有直接回答尘云的质问，而是转而问道："你相信吗，尘云？一个琴女也可以爱上皇子。"

尘云不明所以地摇摇头："琴女与皇子？那注定是场悲剧。"

"你说对了，但我们在乎的东西不一样。"

尘云有些失望："是啊，你能记得一个人类所有的好，却……"

"什么？"楚天暮没有听清。

"没什么。暮儿，我本以为此行带你来，会改变你对人类的看法。但没想到，很多事情，可能是我错了。"

"尘云，"楚天暮心平气和道，"我一直很欣赏你的自强，但我不希望你因此对弱小者产生偏见。等我们回到天界时，我希望你能对人间给出公正而客观的评判。"

尘云轻轻吐出口气："我告诉你他在哪儿。几天前，二世皇帝征召阳城县和阳夏县闾左前往渔阳郡戍边。他应该也在这支队伍里，被迫背井离乡，一路北上。你快去找他吧。"

"那你……接下来准备怎么办？"

"你不用管我，我还有自己的打算。"尘云平静地摇摇头，"二世皇帝倒行逆施，徭役苛重。倒是如果你不快点儿去找他的话，可能连最后一面都见不到了。"

楚天暮愣了好一会儿，才说出一句："谢谢。"

"快走吧。"

楚天暮用力点点头，继而与重明加急步子向咸阳的北面走去。看着那雨中的身影愈来愈小，尘云突然又叫住了她："暮儿。"

"怎么了？"楚天暮停住回过头，见尘云向自己这边走近了几步。他张了张嘴，欲言又止。

"没什么，我走了。"尘云转过头去，头也不回地与青丘渐渐走远了。他的身影在雨雾中消失不见，行过之处留下了轻泣似的风吟声。

比至陈，车六七百乘，

骑千余，卒数万人。

攻陈，陈守令皆不在，独守丞与战谯门中。

弗胜，守丞死，乃入据陈。

——

《史记·陈涉世家》

第十五章

大楚兴，陈胜王

自从在大泽乡振臂高呼，讨伐天下并攻下蕲县以来，这支由阳城县和阳夏县的戍卒组成的起义军兴致高涨，一心追随陈胜收复天下。

在短短的一个多月来，陈胜派葛婴率军攻打蕲县以东的地方，自己则率起义军一路攻占下铚、酂、苦、柘、谯等地。起义军在攻下的郡县和沿途一路收纳新的战士，其中流亡者、旧儒生、农人群体和六国老贵族多如牛毛。当陈胜的兵马浩浩荡荡地抵达陈县时，已经有了战车六七百辆，骑兵一千多人，士兵也有好几万了。

二世元年，陈县。

到达陈县时是一个夜晚，凄冷的天幕不见星月，穿过林子的狂风带来野兽的阵阵哀嚎。崎岖的山路和茂密的丛林遮盖了千万起义军的身影，他们没有点一盏灯，靠着严格的军纪和高度统一的默契保持着阵型。只等陈胜一声令下，借着夜幕来一场突袭战。

"要攻吗？"吴广整个身子低下来，借着地势看向密林那端的陈县城墙，紧张地问陈胜。

陈胜有些摇摆不定，他拨开头顶的树枝，仔细观察了一下对面的情况，悄声说："再等等。"

陈县那端静悄悄的，没有一丝风吹草动。起义军们有些沉不住气，却又不敢轻举妄动。

"嗖——"一支冷箭突然从陈县的城墙上射出，直中站在密林前端的一名起义军。那中箭的起义军"啊"地惨叫一声，顿时倒在地上没了呼吸。

被发现了！

"杀——"陈胜一声高呼，几万的起义军密密麻麻地涌出林子，冲出山路。士兵们点起了手中的火把，另一手提着长剑或是长戈冲向陈县城墙。

陈县的城墙顶上瞬间站满了弓箭手，密集如雨的箭矢和投出的火把似天罗地网般射向了起义军。陈县与密林间的空地俨然成了一片血腥的地狱。厮杀声不绝于耳，黑夜仿佛被这片血色染红了。

秦闻朝也提起自己的那柄剑，万分紧张地向陈县的城门跑去。不时有几支从城墙顶投出的火把擦过秦闻朝的肩头，甚至还有几支箭矢直接撞在秦闻朝的盔甲上，发出一声声叮叮当当的撞击声。

起义军久攻不下，已经被箭雨和火把逼退三次了。根据此前得来的情报，陈胜了解到这陈县的郡守和县尉在这个时间已经外出，城中只留着平日辅佐郡守和县尉的守丞令兵作战。可陈胜没想到这小小守丞防守城池的能力这么强，想必是因为此前被起义军攻下的郡县太多，而使得陈县备受压力，决意要守住城池。

随着又一次冲锋，起义军憋足了劲，决心这一次一定要攻进城里。不料这时陈县守丞大开城门，放出陈县的重重军队，与起义军正式交锋，开始了近身搏斗与厮杀。秦闻朝用剑拦下几名陈县军，却迟迟不敢杀人；当又有一名陈县军在秦闻朝面前虚晃一枪时，秦闻朝感觉脑袋被人重重地砸了一下，瞬时失去了知觉。

"撤退——"见战势胶着，起义军久攻难以入陈县，陈胜便高呼令起义军迅速撤退至林中。

奇怪的是，陈县的军队没有立刻追杀过来，而是在守丞的一声令下后回到了城中。弓箭手也纷纷放下手中的火把和箭矢。

正当陈胜和吴广奇怪之时，他们见陈县守丞自信满满地登上了城墙，手中持剑挟持着一个人。陈胜定睛一看，守丞手中挟持之人竟是秦闻朝！

"你要做什么？"陈胜粗声粗气地愤恨道。

"令你们叛军立刻归降秦军，不然我就把他扔下去！"守丞的嘴角挂起一丝扭曲的笑容，他剑下的秦闻朝面无血色，紧张万分。

起义军中立刻炸开了锅，陈胜与吴广赶紧安抚人们平静下来。陈胜率先跨向前一步，盔甲在月光下闪闪发亮，他凛然道："我们可以慢慢谈条件。如果你想让我们都降于秦军，那先开城门让我们进去。"

守丞放肆地笑了笑，破口骂道："当我是傻子啊！放你们进去，陈县不就不攻自破了吗？"

"那你要怎么办？"陈胜与他周旋道。

守丞又是笑了笑，丝毫没有松动逼在秦闻朝脖子上的剑，对陈胜喊道："给你们一刻钟的时间，只能陈胜和吴广两个人带着你们所有的粮草进来！只有一刻钟，快点！"

秦闻朝感到剑的丝丝寒意，他一阵眩晕，俯视着城楼下的起义军。

不一会儿的工夫，陈胜和吴广各自驾着一辆青铜战车缓缓走向陈县，其余的起义军老老实实地等在城门外面。守丞叫人将城门只打开了一个只能容纳青铜战车的缝隙。当陈胜和吴广进了陈县后，那城门立刻封闭了。

守丞从城楼下来，使得陈胜第一次近距离地看清他的面孔。守丞年纪不大，冷冷的月色映在他狡黠的眉目里，使他整个人显得难以捉摸。

守丞剑下胁迫着的秦闻朝与父亲对视了一眼，陈胜对秦闻朝略微点点头，使秦闻朝稍稍心安了些。

"去检查粮草！"守丞没有放松警惕，他一边紧盯着面前的陈胜、吴广，一边叫一旁的陈县军去检查那两辆青铜战车内的粮草。几个陈县军迅速检查了一下青铜战车，确定没有什么问题后将两辆车牵去了粮仓。

"将军、都督二位，我们进里面谈吧。"守丞指了指县府的门，说道。

"你不过一个小小守丞，有什么值得趾高气昂的？"

守丞嗤之以鼻，冷哼一声。

一个陈县军惊慌失措，踉踉跄跄道："报、报告守丞，粮仓失火，粮仓失火！"

"什么？"守丞将信将疑。当他看向粮仓的方向时，那里果然冒着滚滚浓烟，不时有几丝火光踊跃而出。灰白色的烟尘在夜幕中极为显眼，惹得陈县守丞不由得皱起了眉头。

守丞恶狠狠地看着陈胜、吴广："说，是不是你们干的？"

"怎么可能是我们烧的粮仓？"陈胜无奈道，"我们的人都被你们关在城门外面，想进也进不来啊。"

"哼！"守丞对那惊慌失措的陈县军说道："你带十五个人去看看，尽快灭火！"

"是、是。"陈县军紧张地点点头，赶紧跑出了县府。

守丞再一次将目光转向陈胜、吴广和秦闻朝，说道："你们可别再想要什么花招。"

守丞难以置信："夜里没有风，火势怎么可能越来越大？"

守丞心里暗暗害怕起来——一旦火势难以控制，给陈县造成大面积的损失，自己就没法向郡守和县尉汇报了。

"那我去看看情况。"守丞直起身子，眼珠子滴溜滴溜地转。

"你，"守丞指了一下秦闻朝，"和我一起去查看情况。"

守丞又看向陈胜、吴广，恶狠狠地说道："你们留下来，别耍花招。"

当守丞将秦闻朝带出县府时，他回头看了一眼夜色中的县府大门。县府的门外守着两个陈县军，秦闻朝知道这两个人应该不是父亲和吴广的对手，但他不确定父亲和吴广会不会贸然行动。

守丞带着秦闻朝，加紧步子向冒着火光的地方走去。等他们七扭八拐地到了粮仓前时，那座建筑已经被烧得不成样子。陈县军们拼命地运水救火，从烧塌的墙那侧裸露而出的粮草都被烧得焦黑，冲天的火光照亮了黑压压的半边天。

秦闻朝向火场中看了一眼，见父亲和吴广带来的粮草也在里面。那两辆青铜战车就停在粮仓的最里面，粮草应该也没有卸下来。

"守丞，守丞！"其中一个正在灭火的陈县军见守丞来了，赶紧前来汇报情况，"这火真是邪了门儿了，久浇不灭，火势还越来越大。真是怪了，怪了。"

守丞奇怪地看了看被烧毁的粮仓，这火确实没有减小的迹象。夜里很静，根本没有刮风，这火势不应该无端蔓延的。

"真是奇怪啊……"守丞不解地自言自语。

此时此刻，陈胜和吴广感觉时机已到，立刻从县府破门而出。守在县府门口的两个陈县军还没有反应过来，就被陈胜和吴广从背后撂倒在地。那两个陈县军手中的长戈滚到一边，被陈胜和吴广一人一个拿在了手里。

"吴广兄弟，你那要两个人藏在粮草马车下的法子可真是个妙计。他们不断点着粮草，估计那守丞还不明所以呢！"

吴广哈哈大笑："我去开城门，你快去救秦闻朝吧。"

吴广大开城门，早已等候多时的起义军蜂拥而入。正在灭火的陈县军不明就里，被拿着长剑长戈的起义军迅速控制了。

"陈胜，那家伙想逃！"眼尖的吴广一眼就望到那守丞慌慌张张地跑上城楼，准备从城墙上翻下来。

陈胜确保阿朝无事后，登上云梯走上城墙，向前一挥长剑，守丞的前胸就被划出一道血迹。那守丞躲闪不及，脚下重心不稳，像流星般从城墙之上跌了下去。

"哦——"人群之中爆出一声声欢呼。

"陈将军，我们现在攻下这么多郡县了！您快称王，领我们平定天下吧！"

"对对，天意不可违啊！陈将军快称王吧！"

"称王，称王！我们都愿意效忠陈王！"

"效忠陈王，打倒强秦！"

"效忠陈王，打倒强秦！"

在月色之下，陈胜与吴广对视了一下，彼此会心地一笑。

这一天，终于来了。

自云先世避秦时乱，

率妻子邑人来此绝境，

不复出焉，遂与外人间隔。

——

《桃花源记》

朝南嵩樾

第十六章

桃花源之二

从函谷关出来后，楚天暮乘着重明，一路向北飞去。重明恢复了巨鸟的样子，振翅穿行在重重云海之间，所经之处留下了一道道火的痕迹。楚天暮不时降到地上来，向附近的人们打探消息，了解是否有一支前往渔阳的戍卒队伍经过。

这样找的希望相当渺茫，因为楚天暮根本不知道秦闻朝他们走的是哪条路线。但她不愿意放弃，因为她知道秦闻朝在等她。

在天空中飞行一天后，楚天暮正打算降下去看看附近的情况。不料突然一道黑影从云中蹿过，擦过重明的翅膀惊慌地飞走了。

紧接着，又有几道黑影慌张地飞过来。楚天暮这才看清，那些惊慌失措的影子是形似蝙蝠的山海异兽当扈，此前在桃花源的岩洞中见过。

"它们为什么要这么惊慌啊？"楚天暮不解。这时候重明突然厉叫了一声，收紧翅膀做好了攻击姿势。

"怎么了，重明？"云海之中凛风袭来，楚天暮抓着衣角，根本看不清前面有什么。

重明突然一甩尾巴，借力俯冲。一个庞然大物切开云层飞了过来，划过重明刚才停滞的地方。

楚天暮终于明白了那些当扈为什么惊慌失措，也看清了飞来的这个庞然大物。那是一只巨大的异兽蛊雕，正发出饥饿的叫声。

为什么这里会有山海异兽？楚天暮心中发问。她还来不及想，那蛊雕似乎发现了她们，怪叫一声伸出爪子向重明抓来。

"重明，注意回避！"楚天暮抓紧重明的羽毛。重明在空中盘旋，振翅避开了蛊雕的爪子，继而口吐烈火，正烧在蛊雕的鼻子上。

这只蛊雕可能因为饥饿而反应迟钝，以至重明的几次火焰都没能避开。

楚天暮乘胜追击，唤出一团火光凝成长戟，向蛊雕直刺而去。蛊雕见势不妙，竟发出婴儿似的啼哭。

重明和楚天暮面面相觑。这时候楚天暮突然反应过来：蛊雕为山海异兽，可发出似婴儿般的啼哭，哭声蛊惑人心，使人迷乱。

楚天暮正欲捂住耳朵，突然感觉一阵头晕目眩。重明也失去了力气，软软地抖了几下翅膀，就一头栽了下去。

楚天暮感觉寒风刺骨，在昏迷前看到的最后情景是扑面而来的滚滚黄河。

不知过了多久，楚天暮感觉口中苦涩。她下意识地咳嗽两声，然后听到面前有一个熟悉的声音道："天女终于醒了啊。"

楚天暮迷迷糊糊地睁开眼睛，见自己面前坐着一位老者，老者手中端着一碗汤药。

"桃、桃源长老？"楚天暮不敢相信自己的眼睛，"这里……是桃花源。"

桃源长老点点头，随即把剩下的汤药递给楚天暮。楚天暮一勺一勺地喝下汤药，同时环顾四周。她发现自己又来到这间树藤盘绕而成的小屋中，正躺在一张藤椅上。她的意识渐渐清醒，想起了自己和重明中了蛊雕的吟声，失去意识坠了下去。

"重明呢？"楚天暮问道。

"它没什么大碍，我叫人带它去山下的溪边饮水了。"

"那就好，"楚天暮松了一口气，"是桃源长老救了我吗？"

"不是我，"桃源长老摇摇头，"而是另一个人，她已经等不及了，一直担心你呢。"

楚天暮心生疑惑，听到桃源长老说了声"进来吧"，藤屋的门就被轻轻推开了。

进门之人，让楚天暮着实吃了一惊。

"风、风瑾？"楚天暮不敢相信自己的眼睛。但那个记忆中的女孩子就站在自己面前。除了几年的光景让她有些成熟，其他的，和那时候在东郡看到的小女孩别无两样。

"暮儿姐姐，你终于醒过来了。我当时正乘着桃木舟泛江，就看见你和重明昏迷在岸边。"

"可是……你不是已经……"楚天暮清楚地记得四公子将闾所说，有一块坠石落在东郡，有人刻字"始皇帝死而地分"，彻查之后没有结果，始皇震怒，下令将附近的村子连人带地焚烧一空。

"不是这样的，暮儿姐姐，"风瑾笑了笑，解释道："在那些官兵来的前两天，老爷爷就意识到了。他在村中留下假人，带着大家从村子里连夜逃了出来，赶到这桃花源。"

"老爷爷？是鬼谷庙中的那个老人吗？"楚天暮问道。

"对，"风瑾点点头，"大家都不相信老爷爷的话。我和他劝了大家好长时间，他们才同意离开。"

楚天暮若有所思，继而道："那个老人呢？他为什么会知道桃花源？"

风瑾的面色突然沉了下去，声音有些哽咽："我不知道。老爷爷……老爷爷送我们来之后，就、就说了一些奇怪的话。他、他说什么'死亦当生'，什么'有一些事情，总该结束了'，然后……然后，从瀑布上跳了下去。我们找了三天三夜，也没有找到……"

风瑾泣不成声，楚天暮帮她擦了擦眼泪，小声地问："老爷爷还说什么了吗？"

"他、他还说，说我的眼睛很像她。她……她像你一样，是个聪明可爱的孩子。"

"像她？她是谁？"楚天暮疑惑道。

"我不知道……"

风瑾哭了好长时间，才渐渐平息，小声啜泣着，擦了擦眼角的泪水。一直沉默不语的桃源长老拍了拍风瑾的肩膀，对她说："叫你父亲进来吧。"

风瑾点点头，拉开了门。

门外进来一个饱经沧桑的老者，他只有一条手臂。

"你、你是？"楚天暮比见到风瑾还要惊讶，她怎么也想不到，风瑾的父亲滴池先生，竟然是长生庙里的独臂人。

"你就是滴池先生？"楚天暮难以置信地问道。

"是啊，"滴池先生点点头，"此前在长生庙见过了。"

"可是……风瑾不是说你去找沉入江中的玉璧了吗？为什么会一直守护着长生庙？"

"暮儿，你随我出来一下。"滴池先生的表情有些复杂。

楚天暮随滴池先生走出藤屋，来到阳光之下。滴池先生叹了口气，然后说道："关于我的事情，你迟早会知道的，但不是现在。"

"为什么啊？"

"对不起，现在真的还不是时候。"

楚天暮想了想，又问道："滴池先生，那关于那个老人的事情，你是不是知道什么？"

"老人？"滴池先生回过头来。

"嗯。"楚天暮点点头，"刚才风瑾说，东郡村落的那位老人带着村中的人来到桃花源，然后从桃花源的瀑布上一跃而下，三天三夜都没有找到。刚才风瑾说这件事的时候，我看你的目光一直在躲闪。"

滴池先生那只空荡荡的袖子在空中摇了摇，他迟疑了一下，然后嗓音沙哑地说："不知道。"

"如果真的有什么事情的话，我希望你能告诉我，"楚天暮认真地说，"虽然村子里的人都很讨厌那个老人，但风瑾一直很在意那个老人的事情。"

滴池先生又一次迟疑，他问楚天暮："你还记得刚才风瑾所述，那个老人对她说的话吗？"

楚天暮回忆了一下："你是说'有一些事情，总该结束了，还有'你的眼睛很像她'这句吗？"

"对。"滴池先生点点头。

楚天暮疑问道："什么事情结束了？还有，'她'是谁？"

"你会明白的，而且不会太久。"滴池先生远眺着桃花源的漫山桃林，淡淡道。

楚天暮一头雾水地问："我会明白？明白什么？什么时候明白？"

"至少不应该是现在，"滴池先生看向楚天暮，"你不是还有很重要的事要做吗？三天前陈胜于陈县立国张楚。如果我没有预料错的话，二世皇帝一定会狗急跳墙，派军平定。那里，可能会发生最惨烈的一战。你若是不快一点儿，恐怕真的没有机会和他再见了。"

楚天暮心头一凉，赶快转身向藤屋的方向跑去。

"等一下，你要做什么？"滴池先生叫住楚天暮。

楚天暮的声音有些焦急："和长老他们告别，然后赶快离开桃花源啊。"

"告别就不必了，我会和他们解释情况的，"滴池先生一指山崖之下，"我在那里给你备好了桃木舟，重明也在那里。赶快走吧，真的不能耽搁了。"

"谢谢你。"楚天暮点点头，向山下跑去。

因相与矫王令以诛吴叔，献其首于陈王。

陈王使使赐田臧楚令尹印，使为上将。

田臧乃使诸将李归等守荥阳城，

自以精兵西迎秦军于敖仓。

与战，田臧死，军破。

———

《史记·陈涉世家》

第十七章

世事如棋

陈胜称王后，秦闻朝的生活彻彻底底改变了。

陈胜命人在陈县县府的基础上修筑了陈城王宫，立国号张楚，陈胜为王，吴广为代授假王。秦闻朝做了张楚的王子，过起了此前从未想象过的荣华富贵的生活，还由儒生孔鲋亲自授学。这孔鲋是儒家先贤孔子的八世之孙，先前是秦国博士，如今也倒向陈胜，倒戈于秦。

每天都有黎民百姓倒向陈胜这边，甘愿做张楚之民。其中竟还有当年诬陷楚天暮的那个庄贾。他卑微地向陈胜表示自己的忠心，愿意做陈胜的随行车夫。陈胜虽也知道这庄贾曾犯过罪，但念得他的诚意，便将他收在身边了。

但秦闻朝觉得，那个昔日朴实勤劳的陈胜越来越远了。现在的陈胜变得高高在上，享受着这陈城王宫内的荣华富贵，让人有些难以接触。

这天，陈胜叫秦闻朝过去。

秦闻朝忐忑地进了屋子，昔日的父亲身着华丽的衣着，有些陌生。

陈胜叫秦闻朝坐过来，用他的手掌轻轻抚摸着儿子的头，这让秦闻朝不由得颤动了一下——这只手没有他往日记忆中那么温存，似乎也不再粗糙了。

"阿朝，自从起义开始，我还没怎么和你谈过心呢。现在感觉每天的日子还适应吗？"

"我……"秦闻朝不知道说什么好，"……我还不太适应。"

"慢慢就会适应了。"陈胜望向窗外，陈县远处的一片密林旷野尽收眼底，"等我们夺下咸阳，这姓嬴的天下就不复存在了。"

秦闻朝什么都没有说，他知道自己可能永远都难以适应这样的生活。他想告诉自己的父亲，他不喜欢这样衣来伸手、饭来张口的日子；他还想告诉他的父亲，夏桀、商纣王和周幽王都是因为穷奢、因为自大才导致一国被灭。

但秦闻朝不敢说。因为他知道，此时此刻坐在自己身边的人，已经不

再是那个踏实勤劳的农夫陈胜了。

"阿朝,"陈胜继续和他说道,"你想一想你的生父秦武阳,人们都说他十二岁就杀过人,别人都不敢正眼看他。但听说他在咸阳宫大殿被始皇帝接见时,吓得面色惨白,一步也不敢走。这些虽然都是些传闻,但当我听到这些时,心里就在想,始皇帝究竟是多么可怕的人啊!现在看来,皇帝也没有什么与众不同,等我们攻破咸阳城的那天,我们就可以轻易进入始皇帝的大殿;而那个属于始皇帝的位置,也就属于我们了。阿朝,到时候,你不仅仅可以为你的生父报仇,这天下盛世也将尽收眼底了。"

秦闻朝轻轻摇了摇头,他没有必要为秦武阳报仇。虽然他是自己的生父,但在秦闻朝的记忆里,秦武阳这个人连一张模糊的面孔都没有。他们之间没有交集,秦武阳在秦闻朝的心中不过是一个符号,一个代表牺牲品的符号。

他也不想让陈胜去做那天下之主——陈胜不懂治国之道,这个国家恐怕又会战乱频频,起义不绝。而且伴君如伴虎,到时候,那个高高在上的人就彻底不是自己的父亲了。

秦闻朝更不想有朝一日去继承皇位,那简直太荒唐了。

陈胜的面容上多了丝愠色:"秦闻朝,难道你对现今这天下还心存满意吗?"

秦闻朝一惊,无数的面孔在自己眼前浮现出来……

可仅仅凭借这些来判断这天下真的公平吗?

有那么电光火石的一瞬间,秦闻朝突然明白了,陈胜为什么要他保留秦姓而没有随自己姓陈。原因不过在于,陈胜想以秦武阳的死为戒,以荆轲刺秦的事情为戒,以此来时刻告诉自己秦政暴虐、秦法严苛以及天下的不公。

秦闻朝低下头,不禁自嘲地笑了一声:呵,自己的姓氏,竟是这天下的名字。

陈胜还想说些什么，可这时突然有人敲门。

"你先出去吧。"陈胜拍了拍秦闻朝的肩头。秦闻朝走出屋子，但没有走远。

他看见来人是曾经的邻人李默。他的表情有些愤怒。秦闻朝听不大清李默和陈胜都说了些什么，似乎李默在指责陈胜的生活过于奢靡。过了一会儿，陈胜和李默一同走了出来。秦闻朝连忙藏在柱子后。

秦闻朝见陈胜面无表情，静默地打量着李默，像是在看一个陌生人。

李默鄙夷道："你不配做王。"

"杀了他。"陈胜平静地说，转身离开。

李默被陈胜身边五大三粗的护卫们推搡着出了庭院，陈胜站在阁楼上面无表情地看着李默被拉走。随着李默被带远，陈王高大的身影在雨水中逐渐模糊不清，这张威严的面孔掺杂在李默的记忆之中，他仿佛看到了一片季秋的残阳——

记忆中的陈胜融在温暖的夕阳光晕当中，他颇有些感慨地说道："将来我们当中要是有谁富贵发迹了，可不要忘了大家啊。"

苟富贵，勿相忘。现在的陈王，真的允诺了当年的陈胜的那个诺言吗？

李默浅浅地讥笑了两声，心里暗想：贪心和私欲，害了多少帝王，又害了多少天下。这陈胜最初只是想要富贵发迹和摆脱困苦，到最后竟打起了这天下的主意。

真是可笑，也很可悲。

躲在柱后的秦闻朝看到了一切，他难以置信，却又无可奈何。

那之后，被陈胜重信的周文没能攻下函谷关，在章邯将军率领的秦军如潮水袭来时，拔剑自杀于战场。而假王吴广也没能攻下荥阳，被迫退兵。陈胜斩杀吴广，在昔日的同胞面前毫不留情。

如果说李默的死已经足以让秦闻朝感到震撼和眩晕，那么当吴广被杀的消息传入他的耳朵时，秦闻朝再也不相信那高高在上的陈王是自己曾经的父亲陈胜了。

三川郡的荥阳归由丞相李斯之子李由管辖，重兵把守，久攻难下。吴广进退两难，比起打一场全军覆没的无望之战，不如退兵来得聪明。这是连秦闻朝都懂的道理，但陈胜显然已经被杀敌打胜仗平天下的热血蒙蔽了双眼，不仅轻易相信了将军田臧的谗言，而且竟封田臧为张楚令尹，满足其勃勃野心率精兵攻秦。

秦闻朝三番五次地想去陈胜的宫殿找他谈一谈，但每次走到那大殿之下却都停下了脚步——他不敢去见陈胜，不敢去见那个想要平定天下的陈王。

先是李默，然后是假王吴广，下一个……会是自己吗？

秦闻朝不敢想，也不愿意去想。

自古帝王身边多少亲眷好友，不过是些可有可无的工具，有用的会留下，无用的则会被轻易夺取性命。

正当秦闻朝穿过陈城王宫的连廊，想要回到自己的寝宫时，他见陈胜的车夫庄贾正箕踞在院子里的那棵大杨树下，端着一碗残酒独自喝着。庄贾也注意到了秦闻朝，他向秦闻朝挥了挥手，秦闻朝便穿过连廊，走下楼梯，进了西院。

"殿下。"庄贾摇晃着站起来，行了一礼。

秦闻朝愣了一下，每当有人称他殿下时他都会有些不知所措。

"您也听说假王吴广被部下杀了吗？"庄贾醉醺醺地说。

秦闻朝点了点头，心中有种说不出的滋味。

"唉，唉，"庄贾叹息了两声，"世道不济，人心难测啊。"

"不、不是这样的，"秦闻朝涨红着脸辩解道，"父亲这样做，一定有自己的考量……"

说到这里，秦闻朝不由得意识到，自己竟在为陈胜辩护。

是啊。父亲，终究还是父亲。

庄贾费力地直起身子，笑呵呵地说道："没关系的，殿下。我跟随陈王，并不是因为我相信陈王的那番鸿鹄之志，更不是想要去解救什么苦秦久矣的黎民百姓。我唯一知道的是，只有追随陈王，我才可能在这乱世之中活下去，仅此而已。"

秦闻朝惊讶不已，他想起这几天在寝宫看过的《孟子》，反问庄贾："难道不应该舍生取义吗？"

庄贾没听明白，眯着一双醉眼问道："什么意思，殿下？"

"舍生取义，"秦闻朝重复了一遍，"《孟子》中的话。生命与正义不能兼得时，就应该舍弃生命，求取正义。"

"哈，那不见得。"庄贾突然一笑，"我的殿下啊，我庄贾不过是一个车夫，那些大道理我可不懂。东周时期那些诸子百家各云其说，我却觉得只能相信自己。"

"只能相信自己？"

"对，"庄贾无奈地笑笑，"我只相信我自己的眼睛，绝不去相信那些道听途说。"

这样的说法令秦闻朝心头一阵难受，不过所谓"舍生取义"，这真正的正义又究竟是什么呢？是绝大多数人的利益，还是某种真正存在的天理？

秦闻朝突然又想起了徐福的话：人间并不复杂，复杂的是人心。

"殿下！"秦闻朝突然听到后面有人叫喊。他回过头，见孔鲋正目光炯炯地站在阁楼的围栏后，向下挥着手。

"上来一下可以吗？"孔鲋喊道。

秦闻朝微笑着对孔鲋点点头，继而和仍醉醺醺的庄贾说了句："那我先走了。"

庄贾又勉强行了一礼，继而把碗里剩下的酒仰头一饮而尽。几滴酒从庄贾的嘴角流下来，沾湿了庄贾的衣领。

秦闻朝上了阁楼，见孔鲋今天穿了件很干净的深衣，手中持着一副楠木棋具。

"这是什么棋？"秦闻朝看着这棋具问道。

"六博棋，"孔鲋答道，"殿下，我们去下一局吧。"

"可是，我不会下啊。"秦闻朝有些尴尬。他这几天虽在学习棋戏时听夫子讲起过六博棋，却没有下过这种棋。

孔鲋微微一笑："没关系的，学起来很简单。"

秦闻朝随孔鲋从东侧下了阁楼，径直走进了鼓楼的正屋。孔鲋将棋具放到案上，同时在屋内的四角的香炉内各燃起了一炷香，顿时熏香溢满了朱红的四壁之内。孔鲋与秦闻朝坐在案前，孔鲋把棋具打开，秦闻朝见其中摆着一方棋盘、十二枚棋子和用竹子削成的数根博箸。

孔鲋说道："《楚辞·招魂》中有一段话简单交代了六博棋的下法：'蓖蔽象棋，有六簿些；分曹并进，遒相迫些；成枭而牟，呼五白些。'"

"什么意思？"秦闻朝不解。

孔鲋继而详细介绍道："这六博棋共由三部分组成：棋子、棋盘和博箸。

殿下与臣下各持六枚棋子，其中一枚枭棋，五枚散棋，分别为卢棋、雉棋、犊棋以及两枚塞棋。行棋通过投箸决定步数，在刻有曲道的棋盘上行进。行棋过程中相互紧逼，若将对方置于绝地，便可取胜。"

孔鲋把举着棋子的手又放下，轻轻摇了摇头："真是焦灼啊。"

秦闻朝也是一头雾水，早已弄不清该怎么走棋了。虽然他根本就不会下六博棋，但他也能看出几分孔鲋让他的意思。

孔鲋又看了看棋局，想要执起棋子又轻轻放下，对秦闻朝说道："先休息一下吧。"

"不下了？"秦闻朝问道。

"臣下先给您讲个故事吧。"孔鲋笑了笑。

秦闻朝长松了口气，心想总算能休息一下了。

孔鲋开始讲述："东周时期，先师曾受困于陈蔡一带，又七天七夜未曾尝过一粒米。直到一天中午，先师的弟子颜回百般周折讨回一些生米来煮稀饭。当饭快要煮熟的时候，在内间休息的先师竟看见颜回在用手从锅中抓饭吃。"

秦闻朝奇怪地问："这没什么吧？"

孔鲋摸了摸光滑的棋子，摇摇头说："殿下不懂，《论语》有载：'不学礼，无以立。'先师所倡导的儒学以礼教为立世之本，故而在先师看来，食物应先献给长辈，不应自己先食。"

秦闻朝吐了吐舌头，他不太理解孔子的礼教，觉得那东西可能有些过于严苛了。

孔鲋继续讲道："但先师假装没有看到。当稀饭煮熟，颜回为先祖端上一碗稀饭时，先师对颜回说：'我常听别人说，食物要先给长辈，岂可自己先吃呢？'颜回的脸一下子红了，他连忙解释道：'您误会了。刚才是因为有煤灰掉到锅中，所以我才把弄脏的饭粒拿起来吃了。'先师长叹一声，这才知道自己误会了颜回。"

秦闻朝若有所思地点点头，其实他并不是很明白孔鲋讲这个故事的含义。

"我再为殿下讲一个吧。"孔鲋笑了笑，继续讲道，"春秋之时，鲁国有律定：若鲁人于国外为奴，任何将他们赎回的人，都可领赏。先师的弟子端木赐于外赎鲁人，却拒收赏金，自鸣得意。先师知晓后，却批评了端木赐的行为，认为此后若再有鲁人在外为奴，有人赎回而领赏，则违背伦理。久而久之，则再无人赎人了。而与之相较的，是先师的另一位弟子子路。相传子路曾救起落水者，那人感激他，便送他一头牛，子路收下了。先师褒奖子路，并认为鲁人此后定将勇救落水之人了。"

秦闻朝仍不是很明白："夫子教我这些……"

孔鲋语重心长道："殿下，每个人想要的东西是不一样的，而每个人都站在不同的立场思考对错。世上本无对错，无论是陈王做的，还是始皇帝做的，包括二世皇帝做的，在他们看来，都是对的。人生如这棋局，没有人会愿意给自己下一步错棋，只是你根本不知道自己是对是错罢了。"

秦闻朝恍然大悟，孔鲋之所以叫自己来下这一盘棋，是想告诉自己，人生就像盘棋局，而我们每一个人都是一枚棋子，行着自己的步数，也在或对或错地影响着全局。

世事如棋，一旦开始，不知何时结束。

腊月，陈王之汝阴，

还至下城父，

其御庄贾杀以降秦。

陈胜葬砀，谥曰隐王。

———

《史记·陈涉世家》

第十八章

流离

　　腊月的一天早晨，章邯终于率领秦军攻进了陈县。陈城王宫一片慌乱，人们四下逃窜着，张楚政权岌岌可危。

　　"父亲，父亲！"秦闻朝焦急地四下喊着，横冲直撞地向陈胜的寝宫奔去。与他朝着相反方向跑去的人们如洪流般阻碍着秦闻朝的视线。人们大包小裹地运着东西，战士们一边穿着胄甲一边向城外集结。陈城王宫一片混乱，已经没有了作战前应有的井然有序。

　　当秦闻朝气喘吁吁地在陈王寝宫前站住脚步时，寝宫内早已空空如也，只有两个日常服侍陈胜的小内侍还毕恭毕敬地站在门边。

　　"父亲呢？"秦闻朝满头大汗地问道。

　　小内侍恭敬地答道："回殿下：陈王陛下亲自点兵上阵，将与秦军决一死战。"

　　秦闻朝心头一惊，双腿有些发软地走上王宫的高台。在这个陈城王宫的制高点上，他看到了如落日余晖般，无比苍凉萧索的一幕：在陈城王宫外的郊野上，陈胜坐在庄贾驾着的四马战车之上，身披盔甲，凛然目视远方。战士们蜂拥向陈县的郊野，开始排兵布阵；张楚的大旗则破了一角，在晚霞中仿佛一道渺远的幻影。这支最后的军队已经没有了半丝气势汹汹，但每个人都抱着决一死战的信念——这一战若不能胜，唯有死。

　　"殿下，殿下——"慌乱之中，秦闻朝听见有人叫自己。他回过头，见孔鲋正气喘吁吁地从回廊外跑了过来。

　　"夫子，您怎么……"

　　"殿下，臣、臣下可找到您了，快、快和臣下走。"孔鲋半弯着腰，气喘吁吁，接着他一手从背后拔出佩剑，另一手拉紧秦闻朝，沿着陈城王宫的后墙攀了下来。在复道，孔鲋撞见几个从后墙爬上来的秦兵。他简单估量了一下形势，随即退到墙角，将秦闻朝护到身后，其中一个秦兵横来一戟，孔鲋没有半分踌躇，将佩剑插到戟下，向上用力挑，那只长戟就从复道的木栅栏边跃了下去。其他几个秦兵目瞪口呆，没有料到一个文弱书生竟有此般武力，孔鲋眼中含笑，趁着秦兵喘息的刹那，踢中他们的胸口，将那几个人逼到木栅栏边上，继而凭空刺出一剑，秦兵仰头向后躲闪，脚下重心不稳，纷纷从木栏边跃了下去。秦闻朝也看得目瞪口呆，惊讶得说不出话来，孔鲋丝毫没有炫耀的意思，拉住秦闻朝的手，就匆匆离开了陈城王宫。

宫院的西北角停着一辆马车，隐蔽在树丛间不易被发现。孔鲋叫秦闻朝坐在车中，自己翻身上马，持鞭驱马，向城外的方向冲去。

交战已经开始，秦军和张楚军的叫骂厮杀声不绝于耳。几个弓箭手围守宫门，向其中逃出的百姓接连射箭，匆匆逃出的人们纷纷倒在血泊中，天地之间一片血色。扑面而来的箭雨嗖嗖作响，让秦闻朝不敢掀开帷幕去看外面的情况。不时有几支箭矢射中马车，嵌入车厢，露出泛着寒光的箭头，让秦闻朝一阵惶恐。突然间，马车猛地颠簸了一下，一侧的车轮下陷，使马车卡住不动了。

"怎么回事？"秦闻朝紧张地问道。

"殿下，有一支箭头卡在车轮中，一时无法向前了。"帷幕外，孔鲋回应道。

"那把马车放下，我们骑马走！"秦闻朝掀开帷幕说道。

孔鲋矢口否认："哪有让殿下驾马的道理？"

"都什么时候了，还说这些？"秦闻朝从马车中跃出来，和孔鲋坐在同一匹马上。他抢来孔鲋手中的剑，砍断马与马车相连的缰绳，马儿受惊，嘶鸣着向城西枯树林的方向奔去。

天色暗下来，冷月高悬。秦闻朝与孔鲋骑马逃出围攻圈，闯到西边的枯树林。这里已经听不到战马嘶鸣和箭雨作响，林中一片死寂，交结的枯枝让天上的星光都不能洒进来一丝一毫。

孔鲋下马，对秦闻朝说道："日出之前，会有人接您离开，殿下。"

"等一下！"秦闻朝叫住孔鲋。

"怎么了，殿下？"孔鲋转过身，问道。

秦闻朝说道："叫我一次阿朝吧，这没什么的，我不喜欢别人老是叫我'殿下殿下'的。孔子不是也说过'己所不欲，勿施于人'吗？我最亲近的人都这么叫。"

孔鲋的眼中流露出一丝轻松，他微笑着点了点头，说道："那我走了，阿朝。"

孔鲋一步一步地向陈县的方向走去。他渐行渐远的身影在月光下有些扑朔，佩剑在冷月下映出星星点点的白光。此刻在秦闻朝的眼里，他的背影不再像是一个文质彬彬的儒生，而更像一个视死如归、护主卫国的执着将士。

待孔鲋离开后，这片枯树林中又恢复了寂静。

腊月的夜里非常寒冷，满是青苔的岩石让秦闻朝感到一种黏糊糊的冰凉触感。他在一片死寂中等了很久，冰冷难耐，意识却格外地清醒起来。

自己究竟是怎么落得今天这般狼狈的样子呢？

腊月微寒的风吹过秦闻朝不知所措的面庞，他感到无尽的绝望；他不想再做张楚的王子了，也不想再待在陈城王宫了，他想回到那片春耕秋收的土地——颍川郡阳城县。

可一切，似乎都回不去了。

为什么会这样呢？秦闻朝不明白。

他在大秦的土地上长大，在大秦的盛世中成长，每天沐浴着大秦的阳光，每天呼吸着大秦的空气。他一直生活在颖川郡阳城县的一小片土地上，虽然家里不富裕，甚至没有自家的地以至于要帮别人耕田，可秦闻朝的生活至少是轻松的，是快乐的，是无忧无虑的。

直到有一天，秦闻朝日复一日的平静生活被打破了，而这一切变化的原因竟是一个名为"苦秦久矣"的理由。

也许在大泽乡那九死一生的绝望境地之下，才是真正的"苦秦久矣"，而现在这个理由又何尝不是陈胜坐拥天下的一个看似合理的借口呢？

抑或只有秦二世倒行逆施的时候可称上"苦秦久矣"，把始皇帝苦心竭力统一天下、开创大秦盛世的那段光辉岁月也归于暴虐的秦政真的合理吗？

秦闻朝终于明白了：所谓苦秦久矣，也不过是个托辞和借口罢了。

如果暮儿在这里的话，想必她也会赞同吧。

片刻，枯树林的一边响起了脚步声。

他向响动的方向走了过去，看到枯树林的一边有模模糊糊的火光，听到了马蹄踏地的声音。火光和马蹄声渐近，秦闻朝这才看到是四个张楚士兵骑着高头大马，打着火把来接他了。

秦闻朝有些失望，看到那火光时，他还以为是楚天暮。

那几个张楚军在秦闻朝面前让马驻足，纷纷下马为秦闻朝行了一礼，然后其中一位张楚士兵恭敬地说道："是孔鲋先生让我们来接您离开的。

这里不安全，恐怕一会儿秦军会来搜查这林子。"

"我知道了。"秦闻朝淡淡地点了点头。

那个人继续问道："那请问殿下需要我们护送您去哪里？"

秦闻朝想了想，问张楚士兵："现在哪里还是安全地带？"

另一名张楚士兵答道："陈县已经被秦军占领了，回去的路都有秦军把守。现在唯一还相对安全的道路，就只有从这片枯树林的西面出去，再辗转到汝阴城了。"

秦闻朝突然记起孔鲋说起的，一旦战势不利，陈胜会被部下送到汝阴城全身而退。他决定去汝阴城与父亲会合。

"那就去汝阴城吧。"秦闻朝对四个张楚士兵说道。

"知道了。"张楚士兵们点点头，纷纷重新骑上马。秦闻朝跨上孔鲋为他留下的马，在四位张楚士兵前后左右的护卫下，借着月色缓缓向枯树林西边行去。

当四个张楚士兵护卫着秦闻朝离开枯树林，辗转向汝阴城方向驾马而去时，天仿佛较刚才亮了些。秦闻朝以为是太阳快要升起，抬起头才发现是下雪了。细碎的雪片落在秦闻朝的鼻尖，有些发凉。天幕一片灰蒙蒙的，雪夜的风渐渐大了些，卷起一地肃穆的寒气。

"殿下，那是陈王陛下的马车！"一位张楚士兵突然喊道。

秦闻朝看过去，见陈胜的马车正停在雪地中央。陈胜的车夫庄贾鬼鬼祟祟地绕着马车走着，看见秦闻朝他们走来，立刻跨上马奔逃，留下陈胜的马车厢在雪中。

秦闻朝不明所以，他走近陈胜的车厢，撩开帷幕的那一刹那，令他心悸和不敢置信的画面已经猝不及防地出现在了眼前。

半卧在车厢中的陈胜已经没有了呼吸。他的胸前插着那把象征权力的陈王剑，胸口四周的血迹已经有些凝结。车厢内留着些许血迹和一点点搏斗过的痕迹，看来陈胜也没有料到自己随行的车夫庄贾会下此狠手，令他毫无防备。

陈王死了。

陈胜死了。

父亲死了。

褪去了那在乱世潮水中生出的荣华富贵和乱世英雄，面前这毫无呼吸的躯体不过属于一个和善淳朴的农人和父亲。

秦闻朝不敢相信自己的泛湿的眼睛，但此刻的冷是那样真切。

秦闻朝深深自责，他知道是自己大意了。他应该提醒父亲，那庄贾是个有野心有贪欲之人，留在身边是最大的忧患。可秦闻朝没有这样做，一方面他担心父亲不会相信自己，另一方面也没有料到庄贾会做出杀戮这等事来。

若是秦闻朝他们晚来一步，恐怕庄贾就会带着陈胜的尸首降敌吧。

想到陈胜立国，庄贾请求要做陈胜随行车夫时那人畜无害的神情，秦闻朝就感到一阵心寒。他更加明白天界派遣神使考察人间的意义——人世沉浮，人心叵测；有些事情，不了解，真的难以做出评判。

而最难解的则是人心，恐怕也永远难以做出评判。

北风刮来，雪又大了些。

"殿下，要去追吗？"其中一个张楚士兵指了指庄贾驾马逃亡的方向。

秦闻朝一时没有反应过来，他感觉自己的心底一片空白，犹如眼下白茫茫的雪原。

"殿下，"那张楚士兵又叫了一下秦闻朝，"我们，要不要去追庄贾？"

秦闻朝这才反应过来，他轻轻摇头，说了句："不必了。"

这之后的事情，秦闻朝有些恍惚。他模糊记得自己与其他的张楚士兵将父亲葬下，飘零的白色纸花在灰烬中飘往天国，与白茫茫的雪夜融为一体。

秦闻朝告诉自己要坚强。失去了陈胜，秦闻朝就失去了唯一的亲人。虽然陈胜是秦闻朝的养父，虽然父亲后来变成了一个被荣华富贵遮住双眼的人，但那些在阳城县度过的岁月，想来还会心痛。

他跌跌撞撞，一个人行走在雪夜中，直到遇到了十几个不善的面孔。

那些人身着破布粗麻的衣服，一脸横肉，让人一眼就能辨认出是一些乱世中烧杀抢掠的流盗。

"就是他！"为首的流盗头子叫了一声，"张楚王子，庄贾叫我们取首级的人。兄弟们，庄贾给出的酬劳可不少啊。"

秦闻朝一阵心悸，那庄贾连自己也不放过。他知道自己面对这十几个彪形大汉毫无胜算，只得惊恐地一步步后退。

秦闻朝以为自己眼花了，但突然之间左边的一个流盗应声倒地，手中的长刀滚了出去。而站在那流盗面前的，是一袭黑衣的百里见天。

"是、是你？"秦闻朝万分惊讶，他怎么也没想到百里见天竟然会出现在这里。

"退后一点儿，我来对付他们。"百里见天说着，拾起那流盗的长刀，闪身划过一道刀光，刀光所及之处，又有三个流盗倒了下去。那些流盗终于按捺不住，挥起武器向百里见天砍了过来。百里见天虽已不是神，但他身手仍然异于常人，刀光剑影之中，那些流盗纷纷倒地。流盗头子大惊失色，被百里见天一脚踢下了山崖。

秦闻朝有些难以置信，看着百里见天一气呵成的动作，说不出话来。

"你是暮儿的朋友吧？"百里见天率先开口，很客气地问道。

秦闻朝点点头。

"阿朝，她能有你这样的朋友，真是幸运。当然，有她那样的朋友，也是你一辈子的幸运。"百里见天笑了笑，把手中一直紧攥的东西放在秦闻朝手中，然后缓缓松开了手。秦闻朝见那东西是一棵有九个叶瓣的植株，只有半个巴掌大小。

"这是……什么？"秦闻朝问道。

"忘心草，"百里见天说道，"如果你还有机会见到楚天暮，就把这个给她，暮儿很喜欢的。"

"哦，"秦闻朝点点头，"你……为什么要救我？"

"呵呵，"百里见天又笑了笑，"也没有什么。如果你在这乱世中不幸死去，暮儿恐怕会很伤心吧。日后多保重，我走了。"

百里见天说罢，在飘雪的夜晚走远了。

秦闻朝看着那九叶忘心草，久久说不出话来。他将忘心草收在衣袋里，又迷茫地走着，直到发现自己随身携带的那半枚秦半两不见了。

秦闻朝像发疯了般地四下找着，却没有发现它的踪迹。他让自己冷静下来，仔细回想，终于想起那秦半两可能落在那片枯树林中了。在这茫茫雪夜中，秦闻朝拼命地跑向那片枯树林。他的脸上沾满了雪，又摔了好几跤，但仍然没有放慢步子。

在枯树林，秦闻朝气喘吁吁地停下脚步，见站在自己面前的竟然是杀死自己父亲的庄贾。

庄贾一扬手，那半枚秦半两落在秦闻朝脚下。他发出令人厌恶的笑声："想来你会回来找这个。那些流盗也真是靠不住，竟然没能取下你的头颅。"

庄贾面无表情，手中握着一把沾满血渍的剑，像是刚从战场上捡拾来的。秦闻朝下意识地想向后退几步，发现自己被逼退到了林边的断崖上。只要再向后一步，秦闻朝就会像脚边的土块一样落入万丈深渊，在萦绕着云雾的断崖之下永远消失不见。

秦闻朝咽了咽口水，强作冷静道："庄贾，你这么做没有意义。如果你把我逼下山崖，你一样得不到我的尸首，自然也得不到秦军的犒赏和大秦的宽恕。"

"你说得对，我的殿下。"庄贾的面容变得扭曲，一丝狰狞的笑攀上了他的嘴角，"但你也会不得好死，摔得粉身碎骨。"

秦闻朝有些激动："你把我逼下山崖不会得到任何利益，那你为什么还要这么做？"

庄贾的回答异常冷静："如果我不杀你，你就会为了报杀父之仇而杀了我。"

秦闻朝一阵眩晕，他知道自己彻底没有希望了。

然而有那么一刹那，秦闻朝以为自己在死前出现了幻觉——他看到一个无比熟悉的身影闪到了庄贾身后，继而一道刺目的霞光击中了庄贾的后背，庄贾面部猛然抽搐，一口鲜血从口中喷出，有好些溅到了秦闻朝的衣襟上。秦闻朝下意识地一侧身，避开了跟跟跄跄险些坠下山崖的庄贾。庄贾猛地咳着血，那把剑从他的手中滑落，坠下了深不见底的悬崖。

　　庄贾感到背部一阵灼痛，他惊恐地回过身，见自己眼前站着一个面带愠色的少女。少女刚才抬起的手还没有放下，指间还残存着几丝霞光和一缕烟气。

　　"暮儿！"秦闻朝惊喜地叫道。

　　楚天暮风尘仆仆地站在秦闻朝面前，她的面容没有什么变化，只是衣着破损了些。秦闻朝不可思议地看着她此时此刻就站在自己面前，两个人熟悉地看向彼此，仿佛昨天刚见过面一样。

　　庄贾见两个人无声地对视着，趁此机会连滚带爬地跑开了。秦闻朝没有继续追逐他的意思，嘴角微微抽动，他有太多话想说了。

　　楚天暮拂去脸上的雪，对着秦闻朝笑了一下。

　　于是，在这漫长的雪夜中，秦闻朝看到了希望和温暖。两个人紧紧地抱在一起，感受着彼此的体温和回忆。

　　"阿朝，我还以为我来晚了。"楚天暮和秦闻朝坐在一棵树桩上，经历了这么多又能重逢，她不禁哭了出来。

　　"不晚，"秦闻朝帮楚天暮拭去眼泪，"暮儿，只要你能来，就永远不会晚。我一直相信你会来的。"

　　"阿朝，我听说了你父亲的事情。"楚天暮同情地说。

　　"是啊，"秦闻朝喟然，眼角含泪，"他变了太多。世道真的能完全改变一个人。"

　　"阿朝，我们得走了。"楚天暮站起身来。

　　"走了？去哪儿？"

　　"去琅琊见徐福先生，他说会给我们一个真相。"

目贵明

耳贵聪

心贵智

——

《鬼谷子·符言》

第十九章

真相

微咸的海风拂过面颊，带来些咸湿的气息。海鸥划过云天，在水天一色处留下一声声空灵的鸣叫。

楚天暮敲了敲海边小屋的门。门中传来徐福先生的声音："是阿朝和暮儿吗？进来吧。"

秦闻朝和楚天暮走进屋子，屋中的檀木案上摆放着一个鎏金铜盒。

徐福先生开口道："三天前，一只金色的大鹏鸟从西边的天际飞来，落在琅琊石壁上。它为我送来这个鎏金铜盒后，随后又拍打着翅膀飞走了。"

楚天暮入神地盯着羊皮毯上的鎏金铜盒，那铜盒呈四方形，有一臂左右的长宽，通体金色，上面镌刻着龙图腾与虎纹。

"这里面装的是什么？"楚天暮声音颤抖地问，其实她已经十有八九猜到了。

"正如你所想的，华夏契约。"徐福微微一笑，随即俯下身子打开了鎏金铜盒的锁扣，随着铜盒的盖子被打开，尘封多年的谜团终于水落石出了。

躺在鎏金铜盒中的是一卷纸，沙黄色的，皱皱巴巴的，像是那种中原地带不可多见的羊皮纸，普通极了。

"这东西就是华夏契约？"秦闻朝难以置信，在他的想象中，华夏契约总该是某种华贵而耀眼的东西。

"对，这就是。小时候先祖女娲给我看过。"楚天暮肯定地点点头。这就是华夏契约，千真万确，就是天界寻找了整整十九年的东西。

"可是，为什么华夏契约会在徐福先生这里？"楚天暮不解地问道，"那只金色的大鹏鸟，是从哪里飞来的？"

"鎏金铜盒是我的师父送来的，那只大鹏鸟也是师父早年修行的时候驯养的。"

"鬼谷子？这么说……"

徐福垂下目光，点了点头："事到如今，想必你们也猜到了。十九年前从天界盗来华夏契约的人，就是我的师父鬼谷子。"

"这到底是怎么一回事？"秦闻朝摸不着头脑，感觉刚刚捋清的思路又变成了一团乱麻。

"这次叫你们来，就是想要告诉你们一切一切的前因后果。华夏契约在人间流转了这么多年，是时候该做个了结了。"

清凉的海风吹开窗扉，在海岸清晨的一缕阳光下，徐福开始讲述起尘封了十九年的前尘往事。

"二十五年前，鬼谷先生在游历匈奴地界时，发现了一个无家可归的小女孩。那个匈奴女孩父母双亡于战争祸乱中，十分可怜。鬼谷先生见她十分可怜，便将她收养了，并带回了他当时正在修行的百越之地。这件事情，从长生庙离开后我告诉过你们，还记得吗？"

一个电光火石般的想法闪过，楚天暮突然问道："那个匈奴女孩，叫什么名字？"

"挛鞮阿娅。"徐福先生脱口而出，仿佛早已料到楚天暮会问这个问题。

秦闻朝也立刻明白过来："那不就是我们在百越之地的那块墓碑上看到的名字吗？"

徐福先生默默地点点头。

"这么说，那个匈奴女孩已经死了？"楚天暮突然有些感伤。

"是啊，倘若那女孩还活着，也就不会有这么多事情发生了。"徐福慨叹一声，继续讲道，"可惜挛鞮阿娅自幼体弱多病，身体非常不好。多亏了鬼谷先生的悉心照料和百越之地静谧的疗养环境，那个女孩才活到了十五岁。鬼谷先生也是为了她，才……"

"只身前往天界盗走了华夏契约？"楚天暮已经猜到了答案。

又一次，徐福先生默默地点了点头。

"挛鞮阿娅出生于匈奴地界，自然见过广袤的草原。鬼谷先生带她到了南边的百越之地，在那里，她也见到了一望无际的南海。这样一来，挛鞮阿娅没去过的地方，只有高耸险峻的山了。尤其在她听过鬼谷先生为她讲的泰山封禅后，更是对那里产生了向往和憧憬。可由于那女孩身体不好，鬼谷先生带她从匈奴地界回百越之地，就已经是舟车劳顿，几乎走了半年。若是从百越再到泰山，恐怕这一路会使习惯了百越之地的女孩吃不消。于是鬼谷先生在很久很久之前就答应了挛鞮阿娅，在她十五岁生辰那天，带她去登临泰山之巅。小女孩很高兴，一直把这个愿望藏在心底，每天都期盼着十五岁的到来。"

"那鬼谷子最后带那个女孩去泰山了吗？"

"十五岁生辰前，小女孩病入膏肓。鬼谷先生不忍看见挛鞮阿娅带着未实现的愿望离开，便只身前往天界盗取华夏契约，利用华夏契约的力量延续了小女孩十日寿命，为她实现了愿望。挛鞮阿娅在泰山之巅去世后，鬼谷先生万分悲痛，他带着挛鞮阿娅的身体回到了百越之地，将她葬在了小木屋前的草地上，一同葬下的还有华夏契约。"

"可鬼谷子为什么要将华夏契约留在人间？他已经延续了那个匈奴女孩十日寿命，之后为什么不能送还天界呢？"楚天暮不解地问道。

徐福先生这次久久没有回答，像是在考虑这个真相是否应该告诉他们。在楚天暮的一再追问下，徐福才开口道："因为这一切，都是天神女娲的主意。"

"先祖女娲？"楚天暮真的怀疑自己听错了，"徐福先生，这是什么意思？"

徐福没有立即解释，而是反问道："暮儿，你觉得鬼谷先生能从春秋时期一直活到现在，原因是什么呢？"

楚天暮一时间错愕，继而脸上出现了惊愕的神情。秦闻朝一时间没有明白怎么回事，忙问楚天暮怎么了。楚天暮这才回过神，结结巴巴地说："是华、华夏契约的力量吗？"

"对，"徐福淡淡点头，"春秋时期，天下礼崩乐坏。女娲不忍看到人类战争相残，又发现鬼谷先生是世上少有的高人，便下到凡间将华夏契约中的上古混沌之力借予鬼谷先生，想令鬼谷先生在人间长久地活着，借以传鬼谷之道，普化百姓，将修身铭心之法教给凡人。"

楚天暮恍然大悟："可惜纵横家的道义既背悖儒家的仁义礼让，又背悖法家的严苛治国，故而天下讥诋者多，而遵从者甚少。鬼谷先生几百年来在人间踽踽独行，那个匈奴小女孩是他唯一的知己。也就是说，当年鬼谷子上天盗取华夏契约，先祖女娲也是知道的。"

"对，"徐福先生继续讲述，"这么多年来，女娲一直清楚鬼谷先生将华夏契约留在人间，而没有返还天界，使得华夏契约在人间消失了十四年。而鬼谷先生这样做，正是女娲的旨意。当时人类已经像始皇帝一样，有了不死的贪欲，不少激进的神主张立即毁灭人间。这样一来，使神使的出现有了契机，天界也因此可以有一个机会来了解人类。"

"可是鬼谷没有归还盗走的华夏契约，这样一来，不是使得不知真相的天神更加仇恨人类了吗？"楚天暮问道。

"女娲当然也将这些考虑在内。华夏契约落入人间，这样一来，天界激愤的天神也不敢贸然毁灭人间。华夏契约成了一颗筹码，起到了制衡天地的真正意义，这也给神使了解人类留下了时间。"

楚天暮听到后感到万分震撼，久久难以平静下来，她没有想到先祖女娲竟然策划了这背后的一切。

"那太古石盘呢？"楚天暮突然想起，"鬼谷子为什么要将太古石盘一并取走？"

"那也是女娲的主意。"徐福解释道，"凶兽混沌与华夏契约的力量同出于盘古开天时清浊未辨、轻重难分的上古混沌之力。华夏契约流落人间后，它作为制衡天地之器那强大的气息恐怕会吸引凶兽混沌来掠夺，故而女娲放任鬼谷先生将太古石盘一并带走，以防备不敌凶兽混沌时，利用太古石盘将其封死。当然鬼谷先生也是出于同样的考虑，才带走了太古石盘。"

楚天暮听后更为震惊，先祖女娲和鬼谷子先生竟将如此微小的变数都有所考虑，以保证计划的万无一失。

"后来的事情，不必多说你们也能猜出来了，"徐福先生面对窗外的大海与朝阳微微说道，"当时天界派神使来人间，我去咸阳骊山与刚降临人间的你们见了一面。可那个尘云不肯相信我们人类，我便没有谈及华夏契约在百越之地的事情。那之后我去见了鬼谷先生一面，鬼谷先生也觉得倘若你们神使还对人类抱有敌意，而这时将华夏契约归还于你们，恐怕会激化天界与人间的矛盾。所以，鬼谷先生决定他先一直保护华夏契约，直到你们真正了解人类，愿意相信人类，再将其归还给你们。"

"后来的事情，我对你们隐瞒了许多。那之后，混沌不出所料地被华夏契约吸引而来，鬼谷先生用本经阴符七术震慑住混沌，但也同时意识到华夏契约继续存放在百越之地过于危险，可能会吸引其他异兽，便将华夏契约送往桃花源交给桃源长老保存。桃源长老便将华夏契约存放在了洞穴中的石柱内。"

"桃花源？"楚天暮一下子明白过来，"那条巴蛇就是被华夏契约的力量吸引过去的吧？可是，那桃源长老为什么要找我去斩杀巴蛇呢？"

徐福先生答道："华夏契约的力量吸引了那条有着千年修为的异兽巴蛇。但桃源长老等人虽为夸父后裔，却因为时间之久而没有法术了。他叫你去，一方面是想让你杀死巴蛇，为民除害；另一方面，则是想让你借此机会带走华夏契约。"

楚天暮恍然大悟："可是我当时中毒受伤了。桃源长老担心我携带华夏契约离开后，由于还没有调养好而遭到其他异兽袭击，所以没有给我。"

"是这样。"徐福点点头，"那之后，桃源长老与鬼谷先生联络过。在鬼谷先生的指引下，桃源长老将华夏契约送到北海之上的长生庙继续保存。"

"长生庙？"秦闻朝难以置信，华夏契约在人间周周转转，所经行之处竟然都是他们去过的地方，却又一次次地与之擦肩而过。

"对，"徐福继续说道，"将华夏契约存放在长生庙，这是鬼谷先生很久之前就有的想法。他早就料到将华夏契约放在挛鞮阿娅的墓下会不安全，于是在始皇三十三年的时候，就令弟子滴池先生看守长生庙，等待有一天华夏契约转移后的保护。于是，滴池先生告诉女儿风瑾自己要去寻找沉江玉璧，实则前往北海，看守长生庙。"

楚天暮恍然大悟，明白了为什么滴池先生就是那独臂人。

"可阿朝当时被混沌击中，只得去长生庙恢复身子。长生庙的混沌之力被阿朝抽走，失去了保护能力。华夏契约自然不能再存放在长生庙，滴池先生也完成了守护任务，回到了风瑾身边。为了保护华夏契约，它又被辗转运到了鄢陵云海，那里的事情你们也都经历过了。混沌又一次被华夏契约吸引而来，可是这一次仍没有得逞。百里见天用太古石盘封死混沌，带走了华夏契约。"

"等一下，"楚天暮问道，"百里怎么知道华夏契约在鄢陵云海？又怎么会得到太古石盘？"

"是鬼谷先生告诉他的，石盘也是鬼谷先生借给他的。"

"鬼谷子？他怎么会认识百里见天？"

"当年鬼谷先生前往天界盗取华夏契约，那日承天台的守卫便是百里见天。百里见天本可以拦住鬼谷先生，但鬼谷先生说了一句话，百里见天便让他带着华夏契约离开了。"

"什么话？"楚天暮问道。

徐福答道："鬼谷先生当时对百里见天说：'我知道你心里也有一直想要守住的东西，不是吗？'"

楚天暮心头一颤。

"回到刚才的讲述，鬼谷先生请百里见天将华夏契约从鄢陵云海带回来。百里见天知道此事非同小可，关乎天界与人间之事，便答应了鬼谷先生。在鬼谷先生的预料之内，百里见天从鄢陵云海拿到了华夏契约，亲手送还给了鬼谷先生。那之后，鬼谷先生一直亲手保存着华夏契约，直到三天前，通过大鹏鸟将它带来，要我送还给你。尘云也知道这件事情了，是我托付其他山海异兽转告他的。"

秦闻朝和楚天暮听得感慨万千，时隔多年，一切的真相终于水落石出。

"如果人类做了什么错误的事情，我代表师父，向天界道歉。"徐福先生说着，深深地鞠了一躬。

徐福先生与秦闻朝和楚天暮道别。从琅琊离开后，马车一路颠簸。秦闻朝问楚天暮："接下来你要去哪儿，暮儿？"

楚天暮沉默了一会儿，方才低落地说："阿朝，我要走了。"

"走了？"

"天界派遣神使到人间，以六年为期，你忘了吗？"

秦闻朝有些恍惚，他这才意识到已经过去了这么久。初遇楚天暮时的场景还历历在目，如今却要真的分别了。

泪水没有止住，从秦闻朝眼角淌了下来。他好久才平静下来，轻轻说了句："暮儿，我和你一起去咸阳，送你最后一程。"

天上何年

人间朝暮

——

《感皇恩·一叶下梧桐》

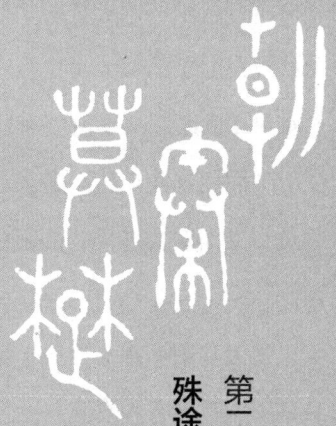

朝南慕楚

第二十章

殊途

马车行到帝都咸阳后，秦闻朝和楚天暮便在一家客舍住下了。楚天暮已经派重明去和尘云打好招呼，明天一早，楚天暮会带着华夏契约，到骊山与尘云会合。

傍晚时分，秦闻朝与楚天暮站在客舍前，出神地看着天边。

帝都咸阳的天色昏暗了些，漫天霞光洒在两个人身畔。远处的一些人家已经点起了长灯，星星点点的微光融在一片余晖之中。远处商贾的叫卖声在风中断断续续，空气有些沉重的黏稠。

"阿朝，我……"楚天暮欲言又止，她十分认真地看着秦闻朝。日暮昏黄，秦闻朝在楚天暮的眼中除了看见自己之外，还看见了一种无声的告白。

楚天暮微微摇了摇头，像是要驱走什么似的。她最终没有说出什么，只是感觉眼眶有些发湿。

秦闻朝张了张嘴，他最终也没有说出心底想说的话，只是淡淡地安慰道："暮儿，别想太多了。明天我会早点儿起来，到时候我们一起去骊山。"

楚天暮低着头，微微颔首。她不敢抬头，怕忍不住哭出来。

至于为什么要哭，她也不知道。只是这六年来经历得太多，无论是那些快乐的还是痛苦的记忆，无论是那些需要缅怀的东西还是行于人世的迷茫，都值得痛痛快快地哭一场。

秦闻朝知道，楚天暮需要一定的空间。她需要最后一次完整而认真地思考，好让她明天返回天界后能够对人间做出最真实客观的评价。这几年来，秦闻朝最不希望看见的事情就是暮儿孤独和迷茫，但现在，他真的帮不了她。

秦闻朝看着欲言又止的楚天暮，没有再多说什么，只是默默转过身，在夕阳的背后推门离开。

太阳落下还会再升起。现在没能说出口的话，就留给明天早上的分别吧。

希望你未出口的话，会成为我一生的回忆。

秦闻朝这样想着，兀自回到自己的舍间，坐在席上，取出了颈间挂着的那半枚秦半两。这断裂的圆形方孔钱在暮光下微微闪动着，凸起的"两"字篆字尤为发亮。秦闻朝摸了摸当年被楚天暮挥手烧断的断痕，那凸凹不平的断痕一如老树的年轮般清晰。

从那时到现在，已经六年了。

随着最后一丝晚霞的沉没，秦闻朝昏昏睡去。乱七八糟的意象和情景在他的浅梦中蔓延开来：荆轲刺秦的咸阳宫大殿，倾洒着月光的阳城坡，阴雨连绵的百越之地，寒冷而真实的大泽乡……混杂的喜怒哀乐在梦的变幻中丛生着，直到梦境的最深处，他与她手牵着手，一同走进了混沌之间的永恒。

月落乌啼，星斗阑珊。

楚天暮没有睡，她睡不着。冷冷的星光映在她的眸子里，天空是瞳仁一样的墨色，黑压压地覆在了这片失去了生机的土地上，压得人有些喘不过气。这是大秦残存的夜空，楚天暮站在客舍的窗前，正出神地望着它。

泪水又一次不经意地流下来，同之前许许多多的夜晚一样。

这六年来，每每夜幕降临，月色入户，楚天暮终究难以掩藏负在心头的重压，一开始会小声地啜泣，后来总会痛痛快快地哭出来。掺杂着月光的泪水顺着面庞淌下来，滴落在自己的影子中。她在一次次的自我挣扎中反复着，像是陷入了永无白昼的黑夜深谷。

楚天暮将头探出客舍的窗子，轻轻地吸了一口窗外的空气。空气中夹杂着泥土的味道，这是大秦的土壤，她已经很熟悉了。

而每每这时，肩头的担子仿佛更重了。楚天暮每每想起自己背负着两个世界的命运，眼前这一切就仿佛失去了色彩，变成破碎的黑白两色。责任的天堑在她面前直直地铺开，背后的路在破碎。她只能往前走，别无选择。

六年前当先祖女娲问她想不想去人间时，楚天暮欣然答应了。那时候只是出于一个小女孩的好奇心和天性。当时先祖女娲对她说，这是很重大的责任，会很累。然而那个时候的楚天暮却并不明白什么是责任。她只知道，自己不足千年修为，不能前往人间。有次机会，正可以看一看有趣的人间。

可到头来她才发现，一切都错了。来到人间并不是什么好玩儿的事情，反而陷入了相当复杂的人世沉浮。她不是没有想过放弃，只是那样做，会辜负先祖女娲和所有天神的期望，也是对人间生灵的不负责任。

楚天暮不由得叹了口气，相比自己，尘云总是做得那么好。有时候她真的很羡慕尘云。面对同样的责任和困难，尘云总是把它们视作一次次的挑战。在尘云的眼中，一切绊脚石都可以为他铺路。他可以越战越勇，但楚天暮却做不到。

凄冷的月色被一片薄云遮住，洒在客舍窗上的柔光顿时少了很多。楚天暮想用力敲开隔壁舍间的门，她想去叫醒秦闻朝。她有好多好多的话想和他说，可以一直说到天亮。可当楚天暮面对着那扇门时，她还是放弃了。

说再多又有什么用呢？即便倾诉了自己想说的话，明天也终究要离开这一切了。

楚天暮将身子倚在窗口，任由窗外的冷风将泪痕吹散。每每重负压得她喘不过气时，楚天暮并非不会说出来。当她说自己很累、很迷茫的时候，尘云对她说，你必须走下去，这是我们必须要担负的责任，没有理由放弃。而百里见天却说，如果你坚持不下去了，我可以替你做一些。唯独秦闻朝对她说，暮儿，做好自己就可以了，不要那么在意别人的言语和评判，要坚守本心。

想到这里，楚天暮不禁暗暗笑了笑——尘云使她望尘莫及，她做不到那样优秀；而百里一直没有真正了解她；唯独阿朝知道自己想要什么，需要什么，又能做到什么。

阿朝叫她做好自己。

每每夜晚来临，楚天暮总是喜欢坐在树的枝杈上休息。那是因为相对周边的草丛，树总是高的。楚天暮总是渴望自己能站在一个很高很高的位置，以俯视的姿态来审度人间。但这几年来，她发现自己真的做不到。纵使自己是天神中的一员，也无法做到高高在上，就像先祖女娲曾经对她说的那样，我们能从人类身上学来很多，我们没有高高在上的资本。

楚天暮无法成为任何人，只能做她自己。

而现在有一件事，只有楚天暮自己才能决定，与旁人无关，与天下的生灵无关，与自己一直以来的艰难和迷惘无关。

她张开了一直紧攥的双手，手心中放着一个小葫芦，那是楚天暮傍晚时偷偷从秦闻朝的衣袋中拿出来的，她记得秦闻朝对她说过，这个小葫芦是徐福先生送给他的，其中盛着用海外仙草熬制的"重生泉"，饮下即会忘记心中最珍视的人或物。

以海外仙草熬制而成，对神也应该有作用吧。

天下罹难，匹天受之。秦二世的倒行逆施，让秦闻朝饱经颠沛与流离，如果天界对人间彻底失望，那么降下的天火与洪水也会将秦闻朝淹没，这是楚天暮不愿看到的，即便楚天暮有办法让秦闻朝逃过一劫，恐怕秦闻朝也不愿意看到天下在天界的怒火中消亡殆尽。

但楚天暮必须对天下做出最公正的评价，将她这六年来的所闻所感悉数如实地汇报给天界，而不能为了一个人而掩盖事实，哪怕是一个最重要的人。

既然不能放弃责任，又不想痛苦终生，那唯一能做的只有忘记。

忘记不是什么容易的事情，但楚天暮此时倒是有些庆幸了，她的手中拿着"重生泉"，她可以不必忘得那么痛苦。

楚天暮拔开了小葫芦上的塞子，无色的"重生泉"泛起一点星光。

有那么一刹那，楚天暮绝望了，她想要放弃。明天一早，她不想与尘云在骊山赴约，她想逃离，也许天界的所有天神都会耻笑她，笑她不自量力，是个懦弱的失败者。在那以后，如果人类还有未来，她就会永远流浪在时间的荒原上，看着一个个命中注定要遇见的人又最终离去，或将她像百里见天一样除名神籍，真正融入到人类的生活之中，像一滴水融入江海一般，默默无闻直至消失不见，而如果尘云带回的结果让天界彻底对人类失望，那她也可以目睹到灭世的天火与洪水，人类在一片绝望的哀鸿遍野中落入永恒的灭亡。

可我不能那样做呀，阿朝。楚天暮无奈地笑了笑，笑得有些惨。

重生泉溢出的那一刻，无数的画面在她眼前浮现。

那是颍川郡阳城县一座废弃的宅院，他对她说："我相信你。"

那是月色下的阳城坡，古树摇动，他对她说："我来帮你吧。"

那是烟雨之下的百越之地，他为她挡下了凶兽混沌的致命一击。

那是在她最为迷茫的时候，他说："暮儿，一定要做好自己。"

对不起，阿朝，请原谅我的不辞而别。

秦闻朝的后半夜充斥着不明的噩梦，他被一声惊雷震醒，从混沌般的黑暗中逃脱出来，意识到已经是第二天了。

窗外没有阳光，是个雨天。

秦闻朝心中有些不祥的预感。

他敲了敲楚天暮舍间的门，门内没有回应。他直接推开门，见舍间内空无一人，唯有一个熟悉的小葫芦留在地上。

那一瞬间，秦闻朝一阵恍惚眩晕，摔倒在地。继而他不顾疼痛爬起来，不顾一切跑向了骊山。

在这场漫长的雨中，秦闻朝看见了楚天暮。她正在一步一步地走上山。雨点落地，匆匆走着的楚天暮突然被脚下泥泞的杂草绊了一跤，不由得身子向前一倾。秦闻朝连忙上前一步，扶住了险些摔倒的她。

楚天暮警觉地回过身，与秦闻朝面对面地站着。秦闻朝心头一阵绞痛，他在楚天暮眼中清楚地看到了那份陌生。仿佛一切一切都回到了最初，回到了阳城县那间废弃的宅子，回到了一开始遇见的地方。

大雨倾盆而下，两个人之间只有几秦尺，却仿佛相隔一生一世。

"你是……"楚天暮皱着眉头开口道，像是在打量一个陌生人。

秦闻朝感觉雨水滑到嘴里，有些发苦，他轻轻地问了句："暮儿？"

"你、你认识我？"楚天暮的话语中有着分明的惊讶和一丝紧张。

这不是真的，不可能是真的……

秦闻朝希望能在楚天暮眼中看到哪怕一丝迟疑，但是没有。他在看到空空如也的小葫芦和那封信后，一直抱着一种侥幸的心态：也许重生泉对于神是没有作用的，或是暮儿根本没有喝下重生泉，只是怕自己太过伤心，才装作失忆的样子孤身离开。

可秦闻朝最后的这一丝幻想被打破了。他终于明白过来当年在东郡那座破庙里老人说过的话："天下哪有不散的筵席？若是有幸和你觉得重要的人共赴一场盛宴，便也不足为惜了。"

楚天暮胸前悬着的半枚秦半两在寒风中微微晃动，像是无声的告别。

你真的，忘了我了吗？

巍峨的骊山在雷声中微微颤动，这使得秦闻朝不由得想起徐福先生第一天来的时候，那天晚上楚天暮对他说："有机会我们一起去泰山吧，阿朝。"

"我们……还没有去泰山啊……"

"泰山？"楚天暮轻轻重复，仿佛第一次听到这个词一样。

秦闻朝感觉眼睛有些蒙眬，心中隐隐作痛。而那细密的雨水正落进秦闻朝心中，自那作痛的伤口冲刷而开，演绎起一幕幕的朝升暮落：在阳城县的初遇，在东郡的心声，在桃花源的担心，在百越之地的揪心，在长生庙的默契，在大泽乡的思念，在陈城王宫重逢时的激动……暮儿曾经的言语和笑容与雨水掺杂在一起，在秦闻朝脑海中融化开来。记忆的残骸像汪洋大海一般，将自己包裹其中，淹没窒息。

所有的思绪沉淀成暮儿黯淡的眼神。她正失神地看着他，陌生的面容没有留下任何一丝时间的痕迹。

风雨依旧，人已不同。

秦闻朝张了张嘴，想说些什么，但突然又恍悟，一切都已经全然无意义了。

"对不起，"楚天暮突然开口，她的声音很小，"能不能让一让，我必须走了。"

秦闻朝愣了愣神，才意识到自己挡住了楚天暮的去路。他知道自己一旦让开路来，就永远见不到了；但秦闻朝还是低着头，默默挪开了步子。

楚天暮在他面前快步走过，留下泥泞的脚印。那一瞬间，秦闻朝觉得暮儿真的很伟大。

她在喝下重生泉的那一刻，也一定会心痛吧？

面前的少女逐渐走远，泥泞的脚印仿佛会延伸至天的尽头。她是天界使者楚天暮，再也不是秦闻朝心中的暮儿了。

"再见了，暮儿。愿你今后的路，都会好走些。"

泪水和雨水遮住了秦闻朝的视线。在楚天暮模模糊糊的身影在岩壁后消失时，他突然觉得暮儿似乎回过头看了他一眼，然后消失在了远处。

就是这一瞬间的错觉，让秦闻朝发疯似的踏着泥水跑过去。远远地，他看见楚天暮走上了半山腰的那处空地。尘云、小鸟重明和白狐青丘已经等在那里。

灰黑的天幕响起令人胆颤的雷鸣。随着一道划破天际的闪电掠过，滚滚雷光纵贯天地，自天空中最耀眼的一点纷落而下，罩住了他们。

骊山随着雷光柱的劈落而微微颤动，秦闻朝跌倒在地，呛了一口泥水，感觉嘴角一阵苦涩。凌乱的思绪与点滴的光影飞旋着，曾经幻想过离别的样子成了如今冷冰冰的痛楚。

雷光渐散，神使归天。一切恢复如寂，在漫长的冷雨中，秦闻朝放下了一些东西，又把一些东西永远藏在了心底。

是啊，天下没有不散的筵席，已经有幸与你共赴一场光怪陆离的人世盛宴，便不足为惜了。

人神两界，天地殊途。

子婴即系颈以组，白马素车，

奉天子玺符，降轵道旁。

沛公遂入咸阳，

封宫室府库，还军霸上。

——

《史记·秦始皇本纪》

尾声

公元前 207 年，咸阳。

晚秋清肃，乌云漫上天际。昔日的帝都咸阳已经变了模样。

始皇帝过世后，皇长子扶苏、丞相李斯和二世皇帝胡亥相继被赵高斩除。子婴临危受命，设计除掉赵高，支撑起这片苟延残喘的大秦江山。如果没有之前这一切，也许子婴会是一个很好的帝王；但现在大秦的光辉岁月早已逝去，他再怎样努力也无力回天了。

现在的咸阳，不过是一张棋盘，供刘邦和项羽这两位棋客下着一盘逐鹿中原的生死之棋。

文馨走到已经失去了昔日光彩的上林苑前，看着荒芜的林场对面始终没有建造完成的阿房宫。那座始皇帝想象中比咸阳宫还要宏伟的宫殿只留下一层夯土台基，而且可能永远不会建成了。

她的手牵着一个稚嫩的孩子，是个男孩。那孩子还带着肚兜，有些紧张地拉着母亲的手，好奇地看着这座昔日的皇家猎场。

她记起她当时被赵高设计中了一箭，是他从林中站了出来为她解围。就是在这里，那天他穿着一身戎装，记忆中的他像阳光般耀眼。

又想到他了，文馨的心头不禁又是一阵绞痛。她以为经历了这一切，她已经足够坚强了；可只要一想到他，还是会落泪。

那小孩子突然哇哇地哭起来，不知道是因为看到母亲突然哭了，还是因为周围肃杀荒凉的景致。

文馨一边安抚起孩子，一边转了转头，眺望着秋色之中夕阳下的骊山。她记得徐福先生说过，二世皇帝为了斩草除根，杀了所有嬴氏的兄弟姐妹，令其为始皇帝陪葬。

这么说，他也在那里，只不过永远地睡了。

"阎儿，别哭了。我们去见你父亲。"文馨哽咽地抱起孩子，在一片朦胧的暮色夕阳中一步一步艰涩地走向骊山的方向。

天界下达决令那天的情景，楚天暮至今还历历在目。

当时，楚天暮与尘云回到天界，各自呈辞，天界针对他们对人间了解的情况，展开了三天三夜的讨论。诸神褒贬不一，在与人类和平共处和毁灭人间之间难以做出抉择。诸神这时将目光投向了先祖女娲。

先祖女娲叹了一口气，说道："我们留给人类一个属于他们自己的光明和未来吧。"

诸神不解，询问先祖所言何意。

先祖女娲环视了一圈殿堂内的天神，终于吐露真相："几百年前，我为了使人类戒骄戒躁，除欲悟心，故借给鬼谷子华夏契约中上古混沌的力量，想通过延长其寿命将鬼谷子门派的道义传播世人。不料鬼谷之道，讥诋者多，而迎合者甚少，难以广布世人。现在我才明白，我们应该给人类一个属于他们自己的世界，而不是将我们的意愿强加在他们身上。我想，比起一味地共处和毁灭，这是更好的方式。"

诸神决议，无一反对。

几天之后，天界与人世间布下结界。承天台被封锁，各处天的裂隙被封死，而人间那些神异之处，如桃花源、海外神山尽归于结界之下，凡人永不得入。

于是，神话的时代结束了。

当楚天暮有些疲倦地拖着步子走回女娲殿时，远远地就看到殿前的秉烛小童和燃灯小童正起劲地聊着什么。

其中的秉烛小童故作神秘道："喂，你听说了吗？北海的那条龙三个月前刚修满千年，化身为神，得以到北帝的颛顼宫做行雨令事……"

"早听说了，"不等那秉烛小童把话讲完，那燃灯小童就故作不屑道，"三个月前，北海之龙修为恰满千年，天帝念得它在人间有功，故而被提拔为行雨令事，并给予神籍。这都三个月前的事情了，谁不知道啊？"

"我说的又不是这件事，"秉烛小童翻了翻白眼，"我是说关于那条龙，在昨天发生的事情。"

"啊？什么事情啊？"强烈的好奇心促使燃灯小童问道。

"哼，就不告诉你，"秉烛小童气鼓鼓地说，"你不是什么都知道吗？还问我干什么？"

"哎呀，快告诉我嘛。"燃灯小童过来拉扯着秉烛小童的袖子。

"不要扯我的袖子，"秉烛小童嫌弃道，"你的灯油要滴到我的袖子上了。"

"快告诉我，快告诉我！"

秉烛小童噘噘嘴："那条龙喜欢上了一个人类姑娘，你说是不是很好笑？"

燃灯小童有些难以置信："神喜欢上了人类，真是头一次听说呢。"

楚天暮听到两个看门小童的谈话，不禁心头一颤。

尘云的琴声从女娲殿内响起，是人间的《流水》。

楚天暮从衣袋中翻找出两样东西，一个是半枚人类的钱币，另一个是一棵忘心草。

她看了这两样东西好久好久，直到流下泪来。

百里见天倚坐在骊山山腰耸立的岩石上，看着夕阳之下已是一片废墟的阿房宫。微红的晚霞映在他的脸上，让他不禁笑了一下。他终于明白了何为得，何为舍，也学会了享受回忆的美好。

他解下腰间系着的酒囊，用一把随身短剑挑开塞子，大口大口地喝了起来。

人间的酒没有杜康酿那般甘洌和醇香，还带着些没化开的浊气，却让百里见天越发酣畅淋漓。

一线长天之上有飞鸟穿过黄昏，山下的农人结束了一天的劳作，在树影婆娑间谈笑风生。

这将是个崭新的时代，还会有新的皇帝执掌天下，还会有更多的人过着日复一日的平凡生活，所有的痛苦都终将过去，一切放不下的东西也难免要放下。

百里见天向后仰身，躺在了骊山的山崖上，面对着西沉的红日，他感到有生以来第一次这般舒坦和轻松。

他一直在做一个守护者，想要拼命地守住自己所想守护的东西，而现在，百里见天终于做了一次自己。

颍川郡阳城县。

秦闻朝抱膝坐在阳城坡的树下，孤身一人看着漫天霞光。

黑夜之前的晚霞给大地带来今天的最后一丝余晖，燃烧的云天笼罩在这片已经易主的疆土之上，为山川水泽和亭台屋舍蒙上一层金纱。

"阿朝。"身后有个熟悉的声音。

秦闻朝转过头，见来人竟是徐福先生。岁月在他的面容上留下了刻痕，他的发梢更白了些，双眼更深了些。

多久没人这样叫自己了，秦闻朝心想。自从起义失败，他便化名流落他乡，如今回到这熟悉的阳城坡，又听到了熟悉的称呼，他觉得心中一暖。

岁岁年年，时光流转，秦闻朝不禁感慨万千。

"徐福先生此次回来，有事情吗？"

"没有，"徐福摇了摇头，"只是陪你看看这暮色晚霞。"

然后，两个人都不再说话，只是出神地望着这一片云霞。

文馨跪在始皇陵前，泣不成声。她摘下犀角手链，将其轻轻放在了石阶上。在文馨的哭泣声背后，有更多的呓语和哭喊，那是流离失所的人们。时过境迁，步履匆匆的秦人在一片车马喧嚣中走进了历史的黄昏。

那一年，秦王子婴日暮途穷，跪献传国玉玺于刘邦。那由曾经的丞相李斯亲手所刻"受命于天，既寿永昌"的和氏璧，在时间的洪流中几经斗转，终究离开了嬴氏。轵道亭畔，白马素车。像是一支送葬的队伍，而这殁去的，正是始皇帝曾以为能千秋万代的大秦。

刘邦受降，咸阳陷落。至此，大秦亡国。

一切一切，总该有个尽头。

持枢，

谓春生、夏长、秋收、冬藏，

天之正也，不可干而逆之。

逆之者，虽成必败。

——

《鬼谷子·持枢》

朝南葚樹

公元前 227 年，百越之地。

相较前些天的阴云密布，今天总算晴朗了些。挛鞮阿娅吸了吸雨后清新的空气，想出去坐一坐。

她深吸了几下，勉强用右手支起身子，扶着墙站了起来。突然的站立让挛鞮阿娅不由得一阵眩晕，好在小木屋一角的熏香让她神志清醒了些，才没有跌倒。

午后的阳光照进小木屋的窗下，盎然的暖意让挛鞮阿娅有些愉悦。她扶着墙，小心翼翼地向门边走去。每走一步都会有大滴的汗珠从额头上滚落下来。好在前些天鬼谷先生请这附近的药师为自己调了药，今天才能爬起床来，勉强走上几步。想到这里，挛鞮阿娅不禁轻叹一声，心想自己虽然自幼有顽疾在身，且不可彻治，但没想到近些天来越发严重，常常一病难起，连走路都会呼吸困难。

当挛鞮阿娅的步子挪出门槛时，她那一头好看的黑色秀发已经被汗水浸湿了。挛鞮阿娅气喘吁吁地坐在小木屋的门槛上，擦了擦额头上的汗珠，她感到自己的身子融在一片久违的暖意中。

太阳停在天的一角，有些许云遮着，挛鞮阿娅对着天边的日头孩子般地笑笑，像个时值总角之岁的幼童。

还有十天就是十五岁生辰了呢，鬼谷爷爷可是答应好了的，在十五岁生辰那天，会带自己去爬泰山，实现自己多年来的愿望。

不知道自己有没有力量爬到山顶，挛鞮阿娅这般想到，她看了看自己日渐消瘦的双手。那双手虽然已经是皮包骨头，却难掩其一度的修长白皙。挛鞮阿娅握了握拳，感到拳心一阵酸麻。

虽然自己从小患病在身，但骨子里毕竟流的是匈奴的血，是那般豪情万丈的热血。她多想亲临泰山，在泰山之巅俯视天下，一览社稷苍生。光是想想这般场景，挛鞮阿娅就万分满足，也更加向往自己亲临的那一刻。

由于十几天来第一次见到阳光，挛鞮阿娅只是坐了一小会儿便又觉眩晕，只好珍惜地呼吸了两口室外的新鲜空气，继而扶着墙一步一步地移回了床边。

鬼谷爷爷昨晚去了燕国，说是有很重要的事情要做，真希望他能快点儿回来，挛鞮阿娅这样想着，同时闭上了倦怠的双眼，她平稳地呼吸着，很快便睡着了。

公元前 227 年，燕国蓟城。

秦将王翦兵临燕赵交界的易水，使得国都蓟城不再安宁了。

秦国疆土与燕国相邻，只需突破燕国边防，长驱直入二百余里，便可攻至燕国蓟城。虽说打仗是国家的事，燕地未被征兵的百姓平日也不在乎——毕竟身处乱世，换了谁做头上天子都无妨，但这次入侵的秦军可大不相同，秦人血性谁都清楚，杀人如麻的武安侯白起让几代燕人都难以忘却，那是秦人血脉中最毒最狠的一面。燕国的百姓纷纷慌了神，生怕燕秦相战会落得个生灵涂炭的下场。

在蓟城那座不小的酒肆里，人们纷纷举杯痛饮，一边滔滔不绝。无论是市井商贾还是农人工匠，都高谈起国事来。他们纷纷揣测着，燕王喜和燕太子丹面对如此兵临城下，会以怎样的姿态面对强秦。

酒肆中有两个人没有像其他人那样高谈阔论，他们只是不断地喝着酒，不时低声交谈几句。这其中一人叫秦武阳，面色煞白，身子骨很硬实，看上去颇有些吓人。而坐在秦武阳对面的则是一个身材高大的人，他全身几乎都掩在那件黑色的长袍之下，露出的额头上点着六枚血红色的肉痣，成肃杀之象。

叫秦武阳的人嗓音沙哑地说道："今天特地把鬼谷先生从百越之地叫来燕都，其实我是要道别的。"

对面那被称作鬼谷先生的高大之人却并没有显示过分的惊讶，只是问了一句："怎么？为何说是道别呢？"

秦武阳叹了口气，看了看四周后压下声音说："秦军兵临城下，燕太子丹怕是没有退路了，才孤注一掷，想出个骇世的主意。"

"什么骇世的主意？"

"行刺。"

"行刺？对谁行刺？"鬼谷子问道。

秦武阳四下看了看，确保没有人盯着他后才轻轻说出四个字："秦王嬴政。"

秦武阳沉下头："师父，武阳不知这样做，是对是错。"

鬼谷子微笑着说："武阳，天下哪有对错可言？所谓对错，不过是叵测人心的托辞罢了。"

继而，鬼谷先生沉默了良久，才问道："武阳，这一去，有回来的希望吗？"

秦武阳倒是没有犹豫，果断地摇摇头："没有。谋刺君主，无论成功与否，哪有回来的可能？我已经将出生不久的孩子托付给朋友陈胜了。陈胜是农人，老实善良，孩子在他那长大，以后肯定会是个好孩子。唉，这样也好，我是个杀人之徒，不要让孩子继续我的道路，也是件好事。我不求那孩子以后能记得我，只希望他能快快乐乐地长大。唉，可惜我看不到了。"

鬼谷子开口道："武阳，师父没有太多要嘱托你的。只有一句，和我三年前收你为徒时说的一样：无论何时，武阳，不要违背本心。"

"师父，事已至此，无论对错，武阳都没有退路了。只希望我所做的，能真正给这天下带来和平。最后这碗酒，敬给师父。"秦武阳端起酒碗，起身敬道。

两个人喝光了碗中的酒，将燕国刀币放在案上，起身离开。

"鬼谷爷爷，门没锁，您进来吧。"挛鞮阿娅知道鬼谷子从燕都回来，心中很高兴，但真的没有力气开门了。

鬼谷子走进小木屋，怜惜地看着挛鞮阿娅的眼睛。

多么明亮的一双眼睛啊，恰似朝曦般清澈温存，又如暮色般楚楚幽然。

想到这样一个女孩已经病入膏肓，气息奄奄，鬼谷子不由得叹了一口气。

百越之地的药师进了门，把过女孩的脉后又是摇了摇头，惋叹离去。

这已经是第十三位药师了。

鬼谷子一如既往地伏在窗前沉思着，百越之地所独有的雨雾在林间染开，遮住了鬼谷子的重重视野。挛鞮阿娅再一次艰难地喘息，沉重的呼吸声压在了鬼谷子心头，他叹了口气，终于像是坠石落地般下了决心。

而多日以来始终悬在鬼谷子心头未决的，是一个渺远的神话。

世界之初，一片鸿蒙。盘古孕生，遂凿天地。轻而清者升，为之天；重而浊者陨，为之地。而至于那些轻重未分、清浊难辨之物，在诸位天神的凝练之下炼造出华夏契约，以制衡天地，平衡天界与人间。

华夏，为国之古称，炎黄合而统华夏。《尚书·周书》有云："华夏蛮貊，罔不率俾。"契约，取信誉之意。《周礼·天官》有云："六曰听取予以书契。"所谓华夏契约，为中原佑安，为天地立信，其蕴藏之力，无穷不竭。

只是，这真的是一个十分渺远的神话了。就连那些熟读《山海经》的道家人和卜师，也未必听闻过这制衡天地的华夏契约。

他知道，自己必须要去一趟秦国了。

三天后，秦国咸阳。

鬼谷子独自一人立于骊山之下，阴冷冷的风刮过他用以遮面蔽体的黑色长袍。

"盛神法五龙——"

一阵浅紫色的微风卷过，那紫色微风凝成了五条龙的形状。浅紫色的龙身盘旋着，嘶吼着，在半空中疾速飞舞着。

"养志法灵龟——"

贴着草地的一层紫色烟雾隆起，化为了一只闭目养神的灵龟形状。

"实意法螣蛇——"

又是一团紫色的云雾长长地拉伸开来，吐着信子的紫色螣蛇盘在鬼谷子脚边，目光如炬。

"分威法伏熊——"

随着鬼谷子舞袖作法，紫红色的云烟奔涌起来，随着阴风长啸变幻为一头伏地莽奔的狗熊，低低地吼叫着。

"散势法鸷鸟——"

紫红色的鸷鸟厉叫一声，飞上云端，又忽而折返回来。

"转圆法猛兽——"

猛兽从紫色烟雾中凝练出四肢，嘶吼着刨着地面。

"损悦法灵蓍——"

紫红色的灵蓍冲破土层，在风中摇摆，疯狂地生长起来。

顷刻间，五龙盘旋，灵龟冥思，螣蛇吐信，伏熊低吼，鸷鸟纷飞，猛兽游走，灵蓍狂长。

鬼谷子又是一挥黑袍衣袖，那盘旋的五龙、冥思的灵龟、吐信的螣蛇、低吼的伏熊、纷飞的鸷鸟、游走的猛兽和狂长的灵蓍一同融在一道破碎的浅紫色光芒中。那光芒直冲云霄，顷刻间，飞沙走石，惊天动地。

鬼谷子所用的，为"本经阴符七术"的最高境界，乃通天之法。

承天台上，冷风肃杀，鬼谷子卷紧了黑色长袍，从宽大的袖口伸出一只手，同时运用起内力闭目探听，寻找着华夏契约所在的方向。

片刻，鬼谷子张开布满血丝的双眼，走下承天台的石阶，沿着两侧簇拥的图腾石柱走向了昆仑之巅。

于昆仑之巅，鬼谷子取得了制衡天地的神器——华夏契约和造出华夏契约的太古石盘。

鬼谷子蓦然间回身，见自己的身后站着一位女神。女神身着素色的长衣，高大而庄严，素雅而神圣。

"先祖女娲，"鬼谷子没有一丝的慌张，而是用那沙哑的声音平静地开口道，"望借华夏契约一用。"

女娲看了看鬼谷子，面无表情地离开了。

回到承天台，却有一位神已拦在登上承天台的石阶上。这是位年轻的天神，他有着清秀的面容，五官却不失孔武有力。他那一头黑色的长发随着风的卷动而瀑下，衬得这位青年天神更为洒脱和不羁。

"你是谁？"鬼谷子用布满血丝的双眼盯着面前这位乌墨长发、咄咄逼人的青年天神，有力地问道。

"宛渠宫卫百里见天，"长发青年倒也是干脆，他简单地介绍了一句，继而怒目而视，道："此日看守承天台。你若执迷，不肯归还华夏契约，也再难开通天阵以重返人间。那么无论你要利用华夏契约的力量做什么，也都难实现了。"

鬼谷子没有慌乱，面无惧色地踏上台阶，与那自称百里见天的青年天神平视着，目光如炬。

面对这位鬼谷子，百里见天稍有些失了底气，但他还是故作镇定道："放下华夏契约，我放你一条生路。"

鬼谷子笑了笑："我知道你心里也有一直想要守住的东西，不是吗？"

百里见天心中某种柔软的东西仿佛被触到了。他心头一震，脚步后移，自觉地为鬼谷子让开了路。

鬼谷子携着华夏契约，缓步踏上承天台。他用力一挥衣袖，斑驳的承天台上突然迸射出紫色的光芒，在鬼谷子脚下形成一道旋涡。鬼谷子踏足其上，在九层云天之上一跃而下……

当鬼谷子携华夏契约推开那扇小木屋的窄门时，他眼中的锐利化为了平和，棱角分明的面孔变得慈祥。鬼谷子端起了笔，展开了华夏契约。

"鬼谷愚朽，孽心深重，盗制衡天地之器华夏契约入人间，不能承天命。惟愿可取制衡天地之力，延续挛鞮阿娅十日之寿命，得其登泰山以览天下之愿。鬼谷甘心以双目换之，永不得见朝暮光明。"

鬼谷子写毕后，华夏契约皱褶的纸面上跳跃起点点星芒，鹅黄色的光晕缠在墨字上，很快便将鬼谷子写在上面的字迹悉数吸收于光芒之中。就在那些字几乎消失时，华夏契约粗糙的纸面上突然直射出万丈光芒。那光芒亮得让人睁不开眼睛，很快便拥满了狭小的屋内。此时此刻的百越林间，那小小的木屋仿佛是夜空中最亮的一颗星，驱走了常年萦绕的水汽和白雾。

鬼谷子感觉眼前的光晕正渐渐变淡，但双目的灼痛却越发强烈起来。当华夏契约中爆发出的光芒暗淡消失时，鬼谷子觉得他的眼睛仿佛被千钧烈火焚烧殆尽，像是琉璃破碎了一般，灰蒙蒙的雾霭遮住了眼前的一切。

鬼谷子看不见了，永远看不见了。但他并没有感觉到黑暗带来的惶恐，反而长舒了一口气，欣慰地笑了。

"鬼谷爷爷，刚才怎么了？那道光是什么？"小女孩挐鞮阿娅紧张而害怕的声音响起，她的声音仿佛有了些生机和活力，没有刚才那般奄奄一息的痛苦了。

"没关系，"鬼谷子走到挐鞮阿娅的床边，俯下身子轻声说道，"明天一早，我们就去泰山。"

"真的吗？"挐鞮阿娅惊喜地问道，"我的身体，真的可以去那么远的地方吗？"

鬼谷子笑而不语，微微点了点头。

十日之后。

挐鞮阿娅终于实现了她的愿望。她站在泰山之上，一览众山皆小。

同时，华夏契约延续的十日寿命也终于耗尽，挐鞮阿娅没有艰难的喘息，也没有任何遗憾，缓缓闭上了眼睛。

泰山之巅飘起了细雪，鬼谷子抱起小女孩，盘坐在松柏之间。他眼中那丝跃动的火苗熄灭了，取而代之的则是一贯的深邃与清冷。

鬼谷先生开创的纵横门派，重权谋策略，与儒家仁义之道大相径庭，亦与法家严刑治国之道相悖，故而推崇者甚少，讥诋者极多。在这漫长的时光洪流中，鬼谷先生从不在意别人的冷眼与不解，他一直在自己狭窄的道路上踽踽独行，不动声色地洞察人心，关注着这世间的一草一木。

而挛鞮阿娅的出现，让鬼谷子感觉到了这世界上有光亮和温暖。她将他看成一个和蔼的老爷爷，与他一同分享纯粹的爱和悲伤。

这才是人间最真切的情感，故而鬼谷先生无比珍惜。

虽然这道光亮如今熄灭了，但那永恒的温暖将一直留存在鬼谷子的心中。

持枢，谓春生、夏长、秋收、冬藏，天之正也，不可干而逆之。逆之者，虽成必败。

鬼谷子知道这世上许多的道理，但他不知道，自己究竟是成者，抑或败者。

长夜风起，泰山的雪依旧在飘。